潮汕文库·文献系列

海陆丰诗词选征

叶良方 编

暨南大学出版社

JINAN UNIVERSITY PRESS

中国·广州

图书在版编目（CIP）数据

海陆丰诗词选征/叶良方编．—广州：暨南大学出版社，2018.5
（潮汕文库．文献系列）
ISBN 978 – 7 – 5668 – 2284 – 0

Ⅰ．①海…　Ⅱ．①叶…　Ⅲ．①诗词—作品集—中国—古代②诗词—作品集—中国—现代　Ⅳ．①I22

中国版本图书馆 CIP 数据核字（2017）第 319475 号

海陆丰诗词选征
HAILUFENG SHICI XUANZHENG
编者：叶良方

出 版 人：徐义雄
项目统筹：黄圣英
责任编辑：亢东昌　黄佳娜
责任校对：刘雨婷
责任印制：汤慧君　周一丹

出版发行：暨南大学出版社（510630）
电　　话：总编室（8620）85221601
　　　　　营销部（8620）85225284　85228291　85228292（邮购）
传　　真：(8620) 85221583（办公室）　85223774（营销部）
网　　址：http：//www.jnupress.com
排　　版：广州市天河星辰文化发展部照排中心
印　　刷：广东广州日报传媒股份有限公司印务分公司
开　　本：787mm×1092mm　1/16
印　　张：16
字　　数：380 千
版　　次：2018 年 5 月第 1 版
印　　次：2018 年 5 月第 1 次
定　　价：49.80 元

总　序

　　潮汕文化历千年久远，底蕴渊深，泱泱广袤，又伴随着潮人的迁播而兼收并蓄，独树一帜，是中华文明中的重要一脉。

　　秦汉之前，潮汕囿于海角一隅，与中原殆少来往；自韩愈治潮，兴学重教，风气日开，人文渐著。宋朝文教兴盛，前七贤垂范乡邦；明朝人才辈出，后八贤称显于时。明清以来，粤东地区借毗邻大海的地理优势，与域外商贸频仍，以陶朱端木之业，成中西交汇之势，造就多元开放的文化格局。饶宗颐等学界巨匠引领风骚，李嘉诚等商海翘楚造福民生，俊采星驰，郁郁称盛。

　　而今国家稳步发展，蓬勃兴盛，潮汕地区凭借深厚的历史积淀，务实进取，努力发展传统文化及其产业，如潮剧、潮乐、潮菜、工夫茶、陶瓷、木雕、刺绣等，保持并革新精巧特色，在世界各地广泛传播，备受青睐。更有海外潮人遍布全球，为经济文化交流引桥导路，探索共赢模式，拓宽发展空间。

　　为促进潮汕文化的传承与创新，进一步推动潮汕文化"走出去"，在广东省委宣传部的大力支持下，海内外学者编写《潮汕文库》大型丛书。本丛书包括文献系列和研究系列，涉及历史、文学、方言、民俗、曲艺、建筑、工艺美术等多方面，囊括影印、笺注、点校、碑铭、图文集、口述史等多种形式，始终秉承整理、抢救传统文化的原则，尊重潮汕地区的家学渊源和治学传统。以一腔丹心，在历史沿袭中为文化存证，修旧如旧，求新而不媚俗于新；以一笔质朴，在字斟句酌中为品质立言，就事论事，求全而不迷失于全；以一纸恳切，在纷扰喧嚣中为细节加冕，群策群力，求深而不盲目于深。惟愿以此丛书，提升潮汕文化品位，凝聚海内外潮人，齐心发展，助力腾飞。

在成书过程中，广东省委宣传部高度重视，协调汕头、潮州、揭阳、汕尾市委宣传部，委托潮汕历史文化研究中心、韩山师范学院、暨南大学出版社组织编写与出版。海内外潮学研究专家倾注笔墨，潮汕历史文献收藏机构及热心人士鼎力襄助，在此一并致谢！

《潮汕文库》大型丛书编委会

2016 年 7 月

卷一 宋元诗词选征

卷二 明代诗词选征

卷三　清代诗词选征

卷四　民国诗词选征

凡　例

一、本书专门收录历代海陆丰籍诗人的主要诗词作品，并收录历代外地籍诗人有关海陆丰名胜古迹、人物风情、战事往来等内容的作品。

二、海陆丰指现在汕尾市所辖之市城区、海丰县、陆丰市、陆河县、红海湾经济开发试验区、华侨管理区。

三、历史区域追溯至明代海丰县东部龙溪都〔今属惠来县，明嘉靖三年（1524）划入〕和民国陆丰县后溪乡（今属普宁市，1950年划出）以及民国陆丰县五云峒（今属揭西县，1965年划出）等部分地域。这些地域因历代行政区域的变化，至今已不属于汕尾市管辖。但是，按照当年区域所属原则，编者仍将其诗人籍贯归入海陆丰。

四、收录诗词的时间跨度自北宋起至1949年止。本书共收录历代诗人303位，诗词1236首。其中卷一收录宋元诗人13位，诗词54首；卷二收录明代诗人71位，诗词189首；卷三收录清代诗人122位，诗词534首；卷四收录民国诗人97位，诗词459首。

五、所收诗词体裁，大体可分为律绝、词、古风、歌行体等。作品次序按照诗铭、五绝、五律、七绝、七律、词、五古（歌行体）、七古（歌行体）排版。

六、历代诗词作者原则上以其生年先后排序。如生年无考，则参考卒年酌定；如生卒年均阙，则依据诗词内容或其他线索酌定，基本上以其生活年代的次序排列。为方便读者了解，特于作者名字之后略附其生平简介。

七、所收诗词之底本，以作者原著为优先，次以文献总集，再次以地方志、石刻、手抄本、族谱、口述记录资料。

八、所录诗词，除涉及重要人名、地名、干支年号于诗词后附加简注外，其余恕不费时注释。

九、本书历史纪年，清以前用朝代和皇帝年号纪年并随后括注公元纪年，括注中略去"公元"及"年"三字，如"明嘉靖十年（1531）"。民国纪年则括注公元纪年。内文用干支纪年的则保持原貌。凡农历年月日，一律用汉字表示，公元年月日用阿拉伯数字表示。

十、所收诗词均按原版本照录，改用横排版式，并遵循现代汉语规范标点断句，使用标准标点符号。原刊之繁体字、异体字均改用简体字。如词义易生混淆，则酌情用回本字。个别繁体字若因简体字库缺载，亦将沿用。古字、通假字一般仍其旧，必要时加注说明。

十一、如原刊本有错别字，则予校正；有脱漏字，尽量以他校补上。个别缺字缺句无法他校、理校者，则用方格□标示。凡疑有脱讹衍倒而无确实理据判断者，一仍其旧，必要时出校注明。

十二、凡据诗词平仄韵律等规定，有理由断定为错讹无疑者，改正后出校勘简要说明，但不作校勘范围外之考证。凡属笔画小误，显系误刻，如日曰不分、己已混同之类，一律径改，不作说明。

十三、凡作原注释，标记为【自注】；编者注释，标记为【注】；诗词来源或出处，均标记为【按】；其次序为【自注】【注】【按】。

概　述

　　汕尾市地处粤东韩江流域与东江流域的中间地带，南面是浩渺无际的南海，北面被连绵不断的莲花山脉阻隔，地虽闭塞但又位居闽粤交通的要冲。嘉靖《海丰县志》载，羊蹄岭驿道始"凿于汉，塞于孙吴，通于晋明之六年，及唐、宋、元递通递塞"。因此，羊蹄岭驿道成为古代中原文化从东路输入岭南的途径之一，位居驿路要道的海陆丰地区自然得风气之先。唐贞元年间（785—805），禅宗高僧大颠云游罗浮山等地名寺，返回潮州途经海丰县时，发现法留山藏幽聚秀，是一处难得的禅林净土，遂居于山顶石室，凿古井，创建灯光寺，使法留山成为粤东一带较早的佛教古刹，佛教文化开始进入海陆丰。宋康定元年（1040），曲江进士、海丰知县谭昉建海丰新学宫，翌年六月，其同乡进士余靖往潮州时途经海丰，作《海丰新学宫记》和《万寿寺记》，这些为培养海陆丰儒学人才，奠定了坚实的基础。在以诗赋取士的科举考试中，方邦基、郭安仁、林履中等优秀人才脱颖而出。方邦基为北宋宣和六年（1124）海陆丰第一位进士，诗文作品已散佚无存。郭安仁，海丰名贤，南宋庆元二年（1196）丙辰科进士，授宣政郎、龙川县令，行廉政平，循人爱之，擢循州守。明进士吴高赞之曰："先生名进士，五马刺循阳。守己一廉足，好修千里扬。"史称他少游邑庠，擅策论，工诗词。然而，郭安仁也没有诗作传世。宝祐五年（1257），林雷焕在法留山建书院，为启蒙当地的文化教育事业起到了极大的作用。至今，待渡山登瀛石下面有几通摩崖石刻，留有古代不少诗词残迹。但随着岁月的剥蚀，摩崖石刻已漫漶不清。其中一处石刻有朝廷年号、干支、官衔名、甲子地方名，如："淳化"（年号）、"癸春"（天干）、"西峰"（山名）、"学士山头""苏公栏外""五马秋风""江月明仙石"等字样。其中，"淳化"两字是宋太宗年号，表明了这通石刻出现的时间。还有"学士山头""苏公栏外"等处石刻，结合流传至今的地名"苏公澳"，清甲子秀才李学山《另标瀛江八咏》征诗引"登瀛两字，肇自坡仙"之句，以及清贡生张兆熺"学士登瀛"之书法，印证了绍圣元年（1094）十月至四年（1097）五月间，苏东坡曾从惠州抵达待渡山题写"登瀛"的故事。至嘉定十七年（1224）甲申春吉日，甲子名绅范良臣追慕苏东坡之风貌，在待渡山东麓临海岩石处镌"登瀛"两字。每字约2米见方，至今犹存。因此，待渡山登瀛石诗词石刻遗迹，成为海陆丰诗词创作的源头。南宋末年，随宋端宗小朝廷以及文天祥部队而来的中原部分官员及其家眷，为躲避元军的追杀而在海丰境内定居下来。其中的饱学之儒带来了先进的中原文化，对海陆丰文化的发展起到很大的促进作用。因此，那些反映海陆丰历史人文和山水风光的诗词，虽然经过漫长岁月的播迁而散佚、湮灭，但仍有一部分赖府志、县志和摩崖石刻得以保存下来；还有一部分具有生命力的诗词，在民间得到广泛的传抄口授，一代代地传了下来。经本书选征，共收集到1949

年以前有关汕尾市内容的 303 位诗人共 1236 首诗词。这些诗词，蔚然大观，从中可以爬梳出千年来海陆丰诗词的发展脉络。

一

宋元时期，反映政治军事形势，记述海陆丰人文风情的共有 13 位诗人的 54 首诗词。这个时期，面临着元兵入侵的铁蹄，涌现了陆秀夫、文天祥及其麾下赵必瑑、邹沨、陈龙复等抗元将领。他们长期驻扎于海丰县南岭、丽江浦、船澳等地，在与元兵的殊死战斗中，他们同仇敌忾，壮志凌云。因此以文天祥为代表的爱国主义诗篇，是这时期海陆丰诗词的第一种特色。此外，著名的爱国诗人李纲、杨万里、刘克庄等遭贬谪而途经海陆丰驿道所写的诗词，不仅记录了海陆丰沿途人文风物，而且面对宋朝国势衰落、民族危难日益严重的局面，在吟咏山水风光的同时，仍表现出对国事念念不忘的关心和忧虑，成为这时期诗词的第二种特色。南宋灭亡后，流落在粤东海陆丰一带的南宋遗民不愿仕元，大都归隐在海角僻野，以名节相砥砺。其中，南宋宝祐元年海丰县令陈原父后裔陈牧隐、陈舆言与其侄儿陈野仙等，拒绝出仕元朝，坚守爱国主义情操，终生逍遥泉石，以诗文自娱。他们的吟赋呈现了这时期海陆丰诗词的第三种特色。

南宋绍兴二十九年（1159），政府大力整治惠潮下路，创立铺驿，疏泄积水，植树修桥，并调部分铺兵驻防，使惠潮驿道成为古代粤闽交通史上最为悠久的一条主要官道。从此，中原文化人物到岭南任职或受贬炎荒之地，尤其是闽籍人士进入广东基本上都选择从潮州入境，因此往返路途均须经过海陆丰。这时期，周敦颐、李纲、杨万里、刘克庄等外地文化名人，曾沿着这条驿道风尘仆仆地来往于闽粤两地，并与当地文人学子交往，撒下了诗词文化的启蒙种子。南宋淳熙六年（1179）至十一年（1184），著名诗人杨万里两度赴任提举广东常平茶盐公事、广东路提点刑狱，尝往返闽粤驿道。当他路经潮阳至海丰交界处时，写下了《望海》等诗篇。嘉熙元年（1237）春，海丰驿道沿路璀璨如霞的木棉树，引起了著名江湖派诗人刘克庄的注意，他在《潮惠道中》写道："春深绝不见妍华，极目黄茅际白沙。几树半天红似染，居人云是木棉花。"将近海丰县城时，诗人兴奋地吟咏《将至海丰》诗："石路树阴三十里，今犹仿佛太平时。"淳祐元年（1241）九月九日，他辞官返回福建途中又经过海丰县城，受到薛县尉的热情接待，被安排在县驿舍宿夜。此时，面对着宋朝国势衰落、民族危机日益严重的形势，他辗转难眠，贪夜写下了《临江仙》词，其下半阕曰："今岁三家村市里，故人各自西东。菊花时节酒樽空。可怜双雪鬓，禁得几秋风。"全词境界迥阔，寄托其对国事的深切担忧，同时也充满着英雄迟暮、壮志难酬的感叹。当他离开海丰时，薛县尉闻知驿道有强徒出没，担心他在路上的安全，遂率领衙役亲自护送他到达潮阳。这种情谊使刘克庄深为感动，特赋《送海丰薛县尉》表达心意。

这时期，跋涉闽粤驿路经过海丰县发出感慨的，也有南宋福建著名理学家陈藻。他曾赴广西桂平游历，返回福建途经海丰县时，亦写有《过海丰》诗："忽听儿音乡语熟，不知方到海丰城。"此诗描述了初夏海丰县驿道两旁梅树的幽美景色，正当归家心切的诗人感到忧愁之际，忽然听到路边儿童说起熟悉的闽南乡音，不禁转悲为喜地说："海丰县城到了！"

上述这些外地文化人士路过或定居海陆丰境内所创作的诗词，发出了海陆丰诗词文化的先声。

当然，宋元时期最具文学研究价值的是以文天祥、陆秀夫等为代表写下的叱咤时代风云的诗篇。宋元交替之际，东南沿海涌现了大批铁骨铮铮、力挽狂澜的忠义之士。他们用生命和鲜血谱写了一首首壮丽的诗歌。受命于危难之际的爱国主义诗人、民族英雄文天祥、赵必㻐等便是这个群体中的杰出代表。他们在海丰转战期间的诗篇，是在马背上吟成的催人向上的号角，七百多年来一直熏陶着海陆丰人民，激发着一代又一代的爱国主义情怀。南宋景炎元年（1276）冬十二月，陆秀夫、张世杰等护送小皇帝赵昰及赵昺登舟入海，抵达海丰县石帆港。翌年初，乘船进入丽江浦海口抵达鲓门南山时，遭遇地震惊吓。至鹅埠途中，又遭到元军的追杀，巡海宪金萧御疾等将领为掩护小朝廷而壮烈牺牲。陆秀夫满腔悲愤地勒诗铭于狮山墓石："志匡复宋室，勤王报国恩。""魂游惠府地，身葬鹅埠山。"（《萧宪金公千古》）

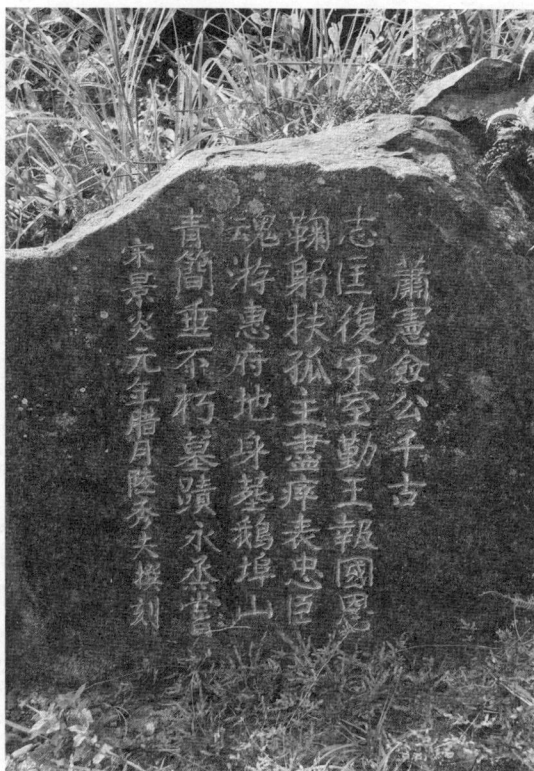

狮山陆秀夫题碑诗

景炎二年（1277）冬十二月，文天祥率兵追寻南宋小朝廷至海丰县南岭，途中作《自叹诗》："草宿披霜露，松餐立晚风。乱离嗟我在，艰苦有谁同？"这首诗记述了他一路从江西奔赴海丰县北部的风霜旅途。东莞进士赵必㻐闻文天祥开督府于丽江浦，从惠州赴海丰面见文天祥，慷慨陈词，上书抗元大计，被授为签惠州军事判官兼知录事，后留在督府帐中参谋军事。时逢中秋，这是丽江浦月色最美的时候，天上一轮明月照在江面上，幻化成两处明月浮漾在波涛中，相互映照。文天祥与幕僚在船上饮酒赏月，情不自禁地起韵先唱，众文士亦踊跃唱和之。其中赵必㻐的《和文文山中秋赏月韵》云："中秋有月更有酒，乐事赏心并二难"，"万里无尘银世界，一清彻底玉溪山"，写出了丽江月色的神韵。后来文天祥在元大都监狱中写了《集杜诗》，有《驻惠境》《海上》等10多首记述他在海丰经历的诗篇。虽是集杜甫之诗来抒发自己的感慨，不能直接记述其抗元事迹和清晰地描绘驻军海丰的景物，但对某部分史事在诗序中有着较清楚的表述，可谓是一部可歌可泣的抗元斗争史诗。全诗或抒怀报国，或追述仓皇，或抨击奸宄，或赞颂英杰，一讴一吟，无不惊天地，泣鬼神。

祥兴元年（1278），文天祥率军在海丰丽江浦、船澳共驻了九个月。至十一月初，奉帝诏率师乘海船自丽江出大德港海口，扬帆入海往潮阳征剿陈懿、刘兴叛军。后来他所写的《南海》就记述此事："开帆驾洪涛，血战乾坤赤。风雨闻号呼，流涕洒丹极。"十二月，元兵都元帅张弘范率水陆步骑大举进逼潮阳。十二月十五日，文天祥得到谍报，度势不敌，从潮阳退到海丰县城北郊。二十日午正当部队煮饭时，元将张宏正率近千骑突袭围攻五坡岭，他率兵仓促应战而溃败，服冰片自杀未果被俘。后来他在监狱中回忆起五坡岭惨烈战况时，题下《战场》诗："三年海峤拥貔貅，一日蹉跎白尽头。""万死小臣无足憾，荡阴谁共侍中游。"其麾下亦多慷慨激昂、忠肝义胆且能诗之辈。老将陈龙复随文天祥征潮阳陈懿，生前亦有言志诗云："贱躯宁共山河碎，一死还堪慰国魂。"另一位勇将邹沨，为人慷慨有大节，有卓勇不羁之概。当叛将陈懿带领元军进击潮阳宋军时，他领兵掩护文天祥中军撤退，为示血战到底的决心，勒诗于龙溪都千秋镇（今属惠来）巨岩云："崇冈壁立，曲水长流"，"山川万古，镇垒千秋"。这也是响遏行云、气韵铿锵的诗篇。

元初，南宋王朝和文天祥被元兵击溃，随其南下的军民流落在海陆丰一带。这些南宋遗民不愿仕元，大都归隐在海角僻野。南宋灭亡后，海丰麒石里（今惠来县岐石）儒绅陈牧隐为保持气节，与其侄陈野仙、陈舆言隐居于家乡。他博览群书，文名蜚声岭表，元至正年间朝廷多次征召不往。一次，他经过南宋抗元古寨遗址，不禁感慨万千地问道："英雄壮士今何在？万古空营对落晖。"（《题凤山古寨》）陈牧隐之侄陈野仙，也是"一位标志节于林泉"的硕儒，时值元季，中原板荡，与胞叔陈牧隐逍遥泉石，以诗文自娱，自号为野仙。其《石梅》诗一气呵成，韵味隽永。诗云："瑰然片石长苔痕，谁种先天太极春。欲向花神问消息，疏枝无语月黄昏。"陈舆言，野仙之弟，诗名与兄并称于世。他卜居凤山，垂钓溪头，镇日渔唱，逍遥自在，有《溪头渔唱》等诗存世。其中《凤山钓矶》表达其无虑无忧、悠游啸歌的行状，以及甘当南宋遗民的心态。从其诗词中可以看出他们都是具有高尚情操的爱国诗人。

二

明代海陆丰诗坛，经选征入编本书的共有 71 位诗人 189 首诗词。其中反映碣石卫海防戍守、驱逐倭寇战斗的爱国主义诗篇，是这个时期海陆丰诗词最重要的篇章，代表诗人为俞大猷、方逢时、邓子龙、刘松、张可大、陈第、陈玄藻等。其次为拜谒五坡岭表忠祠、纪念文天祥爱国主义精神的诗篇，代表诗人为章拯、林大钦、雍澜等。此外，陈元谦、陈光世反映民间疾苦的古风，是这时期诗词内容的第三个特点。吴高、吴栗、梁安、彭举等优秀诗人所兴起的"海丰八景诗"题咏，开创了山水诗写作的一种新形式，呈现了第四个特点。明末卢百炼、叶维阳、屈大均等所写的抗清爱国诗篇，则是这时期诗风的第五个特点。

明洪武三年（1370），明廷正式颁布科举制度。新任海丰县令陈规迁建新县署于龙津河西（现彭湃医院院址），海丰的政治局面始得安定。洪武十二年（1379），知县郑源在县署左侧兴建新学宫（即孔庙），保送生员到京城国子监深造，使文教事业逐渐得到恢复和发展。洪武十六年（1383），海丰兴贤都马旭以岁贡入读南京国子监。在学期间，国子监师生应邀赴大液山下的海丰田心乡，访问其叔父"眠云道者"马德龙，对其与世无争的高尚情操题诗表达敬意。马旭将师长和同窗的赠诗汇编成集。时祭酒（校长）阎礼特为之撰《国子监诸公赠"眠云道者"序》云：马德龙"性尚淡，不喜浮俗，与旭同居大液山，笃志嗜学，有隐者风。或登山而采薇，或临川而钓鱼，徜徉山水之中"。学官司业术景方的赠诗谓："白云本无心，来去亦无迹"，"一觉大槐安，天高秋月白"。赞颂了马德龙不拘世俗、优游山水之间的生活。马旭同窗中以潮阳举人林逊的诗文水平最为出色，所赋《赠眠云道者》"银瓶山接罗浮宗，万云拥出莲花峰，彩云驾日行空中"将"眠云道者"的心理和行状，融合于莲花山的景色之中，笔势如行云流水，毫无凝滞。全诗充满了浪漫主义色彩，用词生动活泼，扣人心弦。

明初，海陆丰本地诗人逐渐增多，有的还刊印了个人诗文集。明洪武八年（1375），海丰龙溪都乙卯科举人、江西南城知县卢功名，著有《郁林石诗文集》，该文集是海陆丰最早刊刻行世的个人诗文集。至明永乐年间，孙贲等"南园五子"的诗风，开始影响到海陆丰诗坛。当时较活跃的诗人有彭举、梁安、吴高、彭祚等。他们的作品，上师谢灵运、刘克庄，下效"南园五子"，清秀隽永，笔力遒健，形象生动，气势雄直。他们对南宋小王朝的灭亡备感悲痛，因此对宋端宗在海丰的故迹颇感兴趣。其中，洪武四年（1371）进士高要县梁安题《甲子门》："海岛东南第一门，宋帝曾此驻三军"，"锦帆玉舵如流水，空有余音对彩云"，记述了宋端宗小朝廷驻泊甲子门海面的情景，寄托了诗人对南宋王朝灭亡的哀思。此诗文笔流丽清秀，耐人寻味。

明成化十年（1474）举人、江苏泗州同知彭祚亦有《御宴潭》诗："逝水东流终不返，大星南殒更何堪。至今独有清秋月，夜夜寒光照碧潭。"诗句格调低沉悲壮，无限惆怅，但用词凝练，声调谐美，一气呵成。明宣德八年（1433），归善进士吴高在海陆丰写了这类凭吊南宋故迹题材的诗篇。《惠州府志》载他平生"酷嗜林泉，四十岁致仕，幅巾杖履，徜徉山间水际，惠阳风物陶写殆尽"。天顺六年（1462），他从福建左参政致仕后，返回归善县被聘为《惠州府志》编纂，曾到海丰周游一段时间，然后给海丰八个著名景点进行分目定名，并题咏七绝八首。其《丽江月色》既追述先代故事，又描写景色云："江流不尽银蟾影，照遍兴亡万古情。"全诗境界宏阔，飘逸流畅，开创了明清时期海陆丰诗坛喜写八景诗之风气。吴栗，海丰县城兰巷人，明弘治八年（1495）岁贡，授江西建昌府泸溪训导。其《银瓶山》写出了瀑布的气势和壮观景象。诗曰："更讶山灵春睡美，凌峰高挂水晶帘。"这首诗超妙自然，姿态横生，玲珑剔透。

明成化至正德年间（1465—1521），海陆丰农村田地经过激烈的兼并，财富高度集中在豪门巨富吴坦夫及黎、庄等几户家族手中。吴坦夫致富之后，为了未来在政治上有靠山，敦促六位儿子读书走科举之路。正德八年（1513），其长子吴子昌考取岁贡，授广西迁江训导之职。正德十年（1515）冬，他与三弟吴子寿一起捐资倡建纪念文天祥的表忠祠及方饭亭。并于次年讫工，请广东提学副使章朴庵题"表忠祠"三字具额。惠州知府甘公亮从其家乡庐陵取得文天祥画像，勒像于石。碑像上面篆刻文天祥《衣带铭》。自此，到五坡岭拜谒信国公祠的诗人接踵而至，成为闻名全国的一方文脉。嘉靖十八年（1539），岭东兵备道佥事雍澜，特意到海丰县南山岭凭吊宋端宗遗迹，写下"壮帝居"刻在宋存庵内的巨石上。又赴五坡岭瞻仰表忠祠，写下《谒五坡祠》诗："即折中原气自雄，舟移越海任孤忠。艰难国步凭谁复？磊落文山到此穷。"嘉靖二十三年（1544），广东布政使胡松荩临海丰祭拜表忠祠，作《文山祠》诗。当晚宿于龙津溪畔的海丰公馆，被麋集在龙山附近渔船的疍民对歌惊醒，倾听良久感而作《海丰对月》："直讶银蟾没，还疑玉兔寒。砧声来别院，渔唱起前滩。"这首诗写出了诗人在幽幽月色下聆听疍歌对唱时的心境。与此同时，嘉靖状元、翰林院修撰林大钦致仕后，亦曾赴海丰拜谒表忠祠，并题《五坡怀古》抒发对文天祥的崇仰之情："孤忠祠下拜冠裳，北望燕云几夕阳"，"庙食不惭专俎豆，路碑留得好文章"。至今方饭亭石柱上犹刻其联曰："热血腔中只有宋，孤忠岭外更何人。"至嘉靖三十二年（1553）广东监察御史王绍元、惠州通判吴晋以及万历四十六年（1618）广东巡抚王命璿等，均在表忠祠的墙壁上留下了佳作。

嘉靖初年，随着海陆丰经济的繁荣发展，文教事业已发生翻天覆地的变化。除官办县学外，广东提学副使魏校，发起了"毁淫祀，建社学"的文教运动，海丰文教事业获得迅猛发展。在魏校的主持下，首先将县城鲤趋埔罗公庙改建为文山书院，接着在全县拆毁或改造寺观，兴建桂林、清明、西峰等书院，并兴建南城、龙津、北门、石桥、捷胜等社学，促使儒教广泛兴起，读书风气盛行，为明代后期海丰培养了不少能诗会文的科举人才。此时期，正是以欧大任为首的"南园后五子"在广州崛起之时，这种诗风也自然影响到海陆丰诗坛，使诗的内容重视反映现实，艺术风格也较雄直。李实、陈元谦、陈光世等优秀诗人，在这种浓厚的拟古主义氛围中，比较自觉地继承和发展了"南园前五子"所开创的雄健诗风及现实主义传统。因此，他们的诗作或法度谨严，典雅清丽；或纵横恣肆，雄直奇丽；或感情深沉，语言质朴。

李实，字石洲。出身于碣石卫世袭军户。少时因遭豪家诬挤，家道中落。他在嫡母强氏教育下，勤苦读书。由于他聪慧勤敏，深得嫡母疼爱，"一衣一味皆推以与实"。传说其小时胆识过人，聪睿敏捷。在碣石永兴寺，一次到此拜佛的海丰知县以海陆丰地名出句曰："金屿三山朝虎腹"；李实随口对曰："银瓶一水到龙津。"县令不禁赞道："真神童也！"自考取秀才后，在学宫十四载，期间迫于贫寒，曾投宿于碣石永兴古寺，为僧人抄写经文谋食。后因僧人作祟，怒而离寺，到孤岛的关帝庙中发愤读书三年。嘉靖八年（1529）中己丑科进士，授翰林院庶吉士。后历任南京监察御史、北京巡守监察御史等职。在任期间，治政清廉，清冤除贼，政绩昭然。他是自宋以来海丰间隔了267年后才出现的明代第一位进士。《中秋夜来客》是他未得志时在南关岛上读书时写就的，寂寥的庙中竟然有书生来访，并与他一见如故，故他借景吟诗写道："何处人能识淡交，肯垂青眼到蓬茅。苍苔露湿和烟踏，白板云封带月敲。"记述了他在岛上贫穷的生活际遇。白板，指南关庙后的一颗大石，名"油柑石"，高耸入云。其《过南沙渡值雨》诗描写细腻，炼字精当，勾勒出景物的神韵，色彩缤纷，并深寓哲理，体现出作者观察入微的功力。

陈元谦，龙溪都麒石村人。他五岁随父到海丰甲子攻读，十四岁时海丰县学派员督导，见他文不属稿而就，评名列优等。嘉靖三年（1524）割龙溪都并入新建惠来县时，他的学籍虽改隶惠来县，但仍在碣石卫宝刹书院读书。至嘉靖三十九年（1560），陈元谦赴京参加吏部铨选，首辅兼吏部尚书严嵩阅卷后，见陈元谦身、言、书、判四事冠群，特任他为袁州萍乡县令。当他向严嵩推辞时，严竟然赠诗勉励他要做循良忠臣。陈元谦有了这张"护身符"，在任上晓谕胥吏，整顿租赋，惩处了几个倚仗严府庇护而民愤较大的恶霸，将侵占的田地判归农民。其《与客问答即事》五言四十六句长诗，是他就任萍乡县令之际所写。此首拟古诗通过与故乡来人的问答，并仿照乡人的口吻，叙述海陆丰一带的农村，在苛政和地方恶势力的双层压迫下，呈现出一片民不聊生、破败凋敝的衰落景象。诗中充满同情农民，怒斥权豪家族的爪牙仗势横行乡里、鱼肉百姓的恶劣行为的强烈情感，所作讽喻诗，继承了杜甫、白居易等现实主义传统，具有深刻的思想内容和强烈批判主义精神。

当然，明代最具有时代特色、闪耀着爱国主义光辉的诗篇，当属捍卫祖国边疆的海防诗词。其代表人物是驰骋在沿海边防的俞大猷、方逢时、吴桂芳、邓子龙、刘松、张可大、陈玄藻等抗倭将领。嘉靖四十三年（1564），伸威道总兵俞大猷率6万大军进驻碣石卫城。正月初五日，他在玄武山阅兵誓师东征，檄令伍端领五百勇士为先锋，将倭寇团团围于邹堂（今属揭东县地都镇），四面举火，发起进攻，一日一夜连克三巢，焚斩400多人。并将倭寇围困在大德港三个月，逼其出逃至海丰九龙山，一举歼灭。然后奏凯回师并在碣石卫城北巨岩上题刻"万世太平"石刻。当他出征海上倭寇归来时，作《舟师》诗："倚剑东溟势独雄，扶桑今在指挥中"，"夕阳景里归蓬近，背水阵奇战士功。"该诗描写了黄昏时他与倭寇在海上殊死战斗的情景，语句铿锵，气势磅礴，充满着豪情壮志。当他在九龙山等地取得歼灭倭寇的全面胜利时，他的上司兼战友伸威道方逢时闻讯大喜，以《凯奏余音，为虚江俞元戎作》向他表示祝贺："九龙山，何刺促，岛夷奔，气踞蹐。鸟惊兽骇依草木，汉兵西来何神速。势如风雨振原麓，群丑胁息就缚束。海天茫茫净新绿，野人齐唱生平曲。"翌年八月，因他招抚的吴平武装集团降而复叛，遂坐罪夺职。当挚友汤克宽赴任狼山副总兵到监狱探望他时，他特地赋《短歌行赠武河汤将军擢镇狼山》诗，抒发了两人之间的战斗情谊。嘉靖四十五年（1566）六月，俞大猷使用反间计平定李亚元班师之际，家中传来夫人诞下麟儿的喜讯，两广总督吴桂芳特作诗以贺。序曰："虚江俞将军总帅二源，功成饮至。遂于八月九日有充闾之梦，人以为不妄杀之应，走笔贺之：'老蚌生珠古所难，况逢万姓凯歌欢。太平宴罢传汤饼，将种分明接汉坛。'"于是，将俞大猷平息叛乱的胜利上报朝廷，经兵部批覆，恢复俞大猷因失事所革的职务，调任广西总兵官。是年，俞大猷刚好63岁，老来得子，儿子俞咨皋。又官复原职，可谓喜上加喜。后俞咨皋官至福建总兵官。

隆庆三年（1569），出身于江西武举的儒将邓子龙，亦跟随广东总兵郭成来到碣石卫，并与参将王诏等从海丰各港口起兵，乘乌艚战船赴潮州马耳澳，参加剿灭巨寇曾一本的海上战役。其《东海血战》叙述了这次战役的经过："乌艚碣石凭风起，白沙一日长洲尾"，"风消云散浮如蚁，曾贼夭亡莲澳底。"当歼灭曾一本的消息传来，粤东沿海百姓额手称庆。万历四十年（1612），武进士张可大授广东高肇参将，在沿海追剿倭寇，曾率部行军路经海丰，作《九日过羊蹄岭》："登高逢九日，叱驭过羊蹄。一雨乾坤暝，孤峰云雾低。"《明史》称他虽在军旅，每日带兵训练打仗，却"好学能诗，敦节行，有儒将风"。崇祯年间，岭东兵备道陈玄藻，所著《顾吟集》亦有《督汛碣石过羊蹄岭》诗："巨灵擘石峭如梯，却向羊蹄试马蹄"，"报道风涛犹鼎沸，欲将长剑截鲸鲵"。结句豪气干云，气吞万里。

这些抗倭将领在海陆丰留下他们的英雄足迹，所作的海防诗篇继承了雄直的岭南诗风，充满了军人的豪迈气概。然而，他们的大多数诗篇已消失在历史风尘之中，仅有一些幸存于沿海摩崖石刻上。其中碣石卫儒将刘松之诗，就是前几年在汕尾市城区捷胜镇的黎明洞发现的。刘松（约1540—1610），字寿山，出身于海丰世袭军户。明万历年间，他驻守在捷胜所城，曾在黎明洞上镌刻诗："石室云深古洞赊，乾坤今喜到天涯。涛声彻夜偕歌吹，山色腾空结露霞。"守备胡文恒作《帝子亭》诗："洲萌明月亭前浪，荡漾清光亘古今。"此外，尚有甲子城内擎天石摩崖石刻，所镌刻的胡时化、胡天霞、胡国卿等明代海防官员的海防诗，都是响遏行云、震撼人心的海防边塞诗篇。至今读之，犹使人血脉贲张，心潮澎湃。

明代晚期，海丰经济日趋繁荣。海洋航路的开通，使商船队北至泉州、宁波，南抵南洋诸岛进行贸易，为民间带来了大量的财富，海陆丰出现了很多豪门家族。他们积极地送自己的子女读书，参加科举考试，很多人才脱颖而出。因此，这时期读书风气很盛，结社之风复炽。陈子壮、黎遂球重开"南园诗社"，湛（若水）、王（守仁）学说开始流播岭南。海陆丰士子多次到广州、惠州、潮州等地书院和精舍，听名流硕儒讲经，形成一股颇为活跃的学风。李焘、韩日缵等府郡名儒也应邀到海丰讲学，促进了海丰文教事业的进一步兴盛。海丰诗坛涌现了林铭球、叶高标、郑洪猷、叶逢春、姚恭、彭赓皇、姚敬等进士、举人出身的诗人。诗词创作出现了前所未有的鼎新气象，刊刻个人诗文集的有：万历岁贡章经国著《白斋传稿》，崇祯进士郑洪猷著《蓬津汇藻》，浔州教授姜绷著《奚囊集》。其中崇祯元年（1628）进士叶高标、林铭球等是海邑著名人物。叶高标少年时就读于莲山鹤峰，博洽群书。成进士后授吏科右给事中、礼科都给事中等职。崇祯六年（1633），为明代著名戏曲家、抗倭名将汪道昆遗著《太函副墨》撰序。在京期间上疏惩治与东、西厂和锦衣卫官员内外勾结的京城大贪官。崇祯十三年（1640），他被简授以总理天下粮饷的权力，清查出冗费70余万两，剔除弊饷数百万两，使老百姓能减轻税负，又使朝廷能应付浩大的军费支出。他曾回乡探亲，作有《游故园写怀》云："岭南佳景胜燕州，百劫修来此地游"，"万事安排天注定，人心何必曲如钩"。

林铭球未出仕前，与举人叶逢春等结为好友，在叶府水阁中石柱上题联曰："水绕山环天设眼前图画；鸢飞鱼跃物饶性里乾坤。"其捷才受到叶逢春和众文友的称赏。崇祯九年（1636）冬，他被崇祯帝委任为湖广巡按，率兵扫平悍匪吕瘦子，受到朝廷的纪录优叙（记功）。并以招抚大臣身份代表朝廷，在谷城接受张献忠的投降。他在南北奔波中，作有感慨世事的《乌衣巷》，又有抒发个人志趣的《拟古诗》："苍苍洞底松，根干已如兹。饱经雪霜后，荣滋贯四时"，借物寓意，质朴浑厚，故时人谓其诗"独存古音雅意"。明清鼎革之际，碣石贡生卢百炼（名锻），成为这时期挽狂澜于既倒的英雄诗人。崇祯十五年（1642），他由明经廷试授兵部职方司主事，旋任南安监军道。其《奉命以兵部主事南安监军》诗云："南安猛士试霜锑，逐电追风气似霓。愧我行筹非管仲，量沙犹欲使驱犀。"崇祯十七年（1644），吴三桂引清兵入关，京城沦陷，崇祯崩于难。全国狼烟遍地，生灵涂炭。他为抵抗异族侵凌，勇赴国难，先后跟随唐王、福王、桂王在西南各省转战万里，与清兵浴血奋战十七年。曾在广西葫芦岭作诗云："剑阁横云入蜀难，葫芦不异暨卜看"，"跳险林深狼虎啸，几人过此逐征鞍"。顺治十八年（1661），因南明主力被歼，他跟随原礼部兼兵部尚书黄奇遇一起渡海潜回家乡，隐蔽在八万深山密林里，继续进行抗清复明活动。当其在碣石庆祝生日之际，黄奇遇作《百炼卢公六十一寿序》："百炼卢年翁，治毛氏诗，领袖士林，笙簧艺苑。以故凤逸龙蟠之士，越境而结交。谈及文章事业，无不志在千里。当其为弟子员，矫矫逸气，才乃大常，日月省试，诸有司咸审音而叹赏焉。"在长期艰苦卓绝的战斗中，他写下了大量苍凉雄浑、感人肺腑的作品，是明清鼎革时期海丰一位坚持民族气节的诗人。后人辑有《百炼集》47首诗传世。

三

清代海陆丰诗坛，编入本书的共有122位诗人的534首诗词。清初，海陆丰诗人对于清廷入关后的统治政策，主要分为三类心态。第一类是参加过南明抗清活动失败后返回故乡的志士。他们世受明朝恩典，时时伺机东山再起，恢复前朝政治，故在其日常的诗篇中，寄托其反清复明的理念，其代表人物为卢锻、叶维阳等诗人，以及屈大均、陈恭尹、澹归和尚等外地籍诗人。第二类是拒绝出任清政府官职，隐居在深山或闹市的前明遗老。这类诗人，以伊园先生黄德燝、姚敬、彭赓皇等为代表。在当时严峻的政治形势下，他们的诗词大多托情于山水，寄寓逸兴，不涉及前朝人事，但时不时会流露出亡国悲痛和对清朝统治的不满。第三类是明末出生的诗人。他们逐步接受清统治的现实，参加清廷举办的科举考试，成为这个政权培养出来的官员。其代表诗人为黄易、黄道珪、沈龙震、陈芳胄等。他们的诗词，大多反映新兴政权的上升气象。

清顺治三年（1646）十二月，佟养甲、李成栋率清军从潮州兵临海丰县城，明知县冯异出迎缴印。清廷派知县王候宠入城开始清朝统治。部分民族意识比较强烈的诗人，如卢锻、叶维阳等在黄奇遇、黄士俊等号召下，前往广西等地参加了南明政权队伍。失败后，卢锻返回家乡碣石卫城，在苏利默许下赴南万深山中从事抗清活动。叶维阳则居留惠州，在西湖兴建兼园别墅，继续保持与"岭南三大家"屈大均、梁佩兰、陈恭尹及澹归和尚等抗清志士的密切联系，并与陈敏等海丰籍人士参加复社，企图东山再起。而留在海丰县城的部分诗人遗老，他们眷念着明朝的渥泽，誓不仕清。明崇祯三年（1630）庚午科举人姚敬，是海丰一位颇有民族气节的士人，明亡不仕，由江南霍山知县任上挂帽返回海丰县。

清廷为了安抚海陆丰人民的反抗情绪，派来降清的明末海丰知县李玄，游说当地士绅与清廷合作或出任官员。姚敬不愿仕清，因此为避开骚扰，筑室于莲花山主峰飞瓦庵附近的山窝，隐居读书，吟咏寄怀。并重建明末被山贼烧毁的飞瓦寺两座，易名为"莲花古庵"。门口两旁挂有名儒黄德燝题撰的对联："寻常出去凭云锁，几度归来带月敲。"大厅墙壁挂有其手书的五言诗："寰海万千亩，莲峰别一天。古庵依怪石，新榻听啼鸢。"这表达出他悠闲淡泊的心境。他在山上与主持释印真和尚长期交往，过着读书弈棋的生活，终老山中。著有《黛永楼集》。

同期，号"伊园先生"的黄德爆举人，终生不仕清廷，以文公节操自励，是第二类诗人的主要代表人物。明亡后，他在县城建置伊园别墅，与其子黄道珪、彭赓皇、姚履中、林京元以及后辈诗友沈龙震、黄易、彭上拨等组成诗社，或雅集谈艺，或出游山水，或吟诗唱和，兴起创作海丰八景诗之热潮。其诗在宁静淡泊中，透露出对故国的怀念情绪。如《题壮帝居》："王气中原尽，炎荒一旅单"，"骑尘千里暮，何处望长安"。他素喜游山玩水，足迹遍及海陆丰、惠州西湖、福建连平县、明溪县诸地之山水景观，流传至今的《银瓶飞瀑》曰："层峦月夕殷轻雷，一派银河接上台。海国年年春泽沛，作霖应尔是仙才。"诗中联想丰富，形象生动，给人留下深刻的印象。

清初，黄易作为海丰拥护清政权的第三类诗人代表，未出仕前，常与黄道珪、沈龙震等诗友结伴偕游。其《海丰八景诗》四首，状景写物，用词精炼，色彩丰富。如《莲峰叠翠》云："十里山环秀，芙蓉露一峰"，"石堂瓢可解，高挂一云筇"。全诗传神洗练，清新洒脱。读之如含琚嚼玉，余味隽永。康熙十六年（1677）初，黄易辅助康亲王平乱，心力交瘁病死于军中，被朝廷追赠为福建按察司佥事，在东海滘建祠奉祀，并受到吏部郎中曾华盖、会元太史金德嘉、通政司左通政潘锦等诗人的撰诗褒扬。顺治十四年（1657）海丰举人黄道珪与诗友黄易一样成为清政权的官员。他早年受其父的影响，不谈政治，所题咏《海丰八景诗》，富丽典雅，色彩缤纷，蕴藉含蓄。其中《莲峰叠翠》云："峭壁翻岚屹海东，芙蕖带日插浮空。翠垂玉井千层绿，彩映流霞万朵红。"中年作《银瓶游纪》，有仙释隐者之风骨。晚年诗风，随其任职于河北偏僻小县的经历而大变。一改其早年喜吟啸山水风月之作，多作关心反映民生疾苦之现实主义诗篇。康熙二十九年（1690），他出任邱县知县，先后写下了《哀漳河》等诗词14首，所呈现的思想和艺术水平，成为当时海陆丰诗词的代表作。他到任第三年，河北漳河发大水，冲出滏阳河旧道，淹没了邱县西北境大片良田，并依地势向东漫延，造成全县受灾局面。对此，他竭力组织群众抗洪救灾，呼吁上司给予赈救。甚至忧心如焚，愁得须发皆白，写下《哀漳河》古风曰："丹心警恻一寸灰，须发婆娑十日白。我生不辰吾道穷，累及斯民皆狼藉。……一字一泪哀漳河，百死一身宁足惜。"全诗充满了关心民生的现实主义诗风，是其晚年的代表作品之一。在任凡八年，为了赈救受灾的百姓，让上司了解灾情，他不烦辛苦，独自骑马到省城呼吁，往返不下30次，直到上司拨下救济款。他却"劳身焦思，以身殉邱"，后被列入名宦祠，至今犹为当地老百姓所传颂。

明末清初，在兵荒马乱、海盗横行之际，海陆丰有些官宦富户为此迁居到环境较佳的惠州府城。他们数代受到恩眷，对明皇朝存在着深深地怀念情绪，故思想感情一致。随着政治局势的逐渐缓和，清廷采取了安抚人心的怀柔政策，使得他们以遗老自居，"必合道艺之士，择山水之胜，感景光之迈，寄琴尊之乐，爰寓诸篇章而诗作焉"。此时期，"岭南三大家"屈大均、梁佩兰、陈恭尹等著名诗人就曾多次莅临海丰或惠州，与叶维阳、澹归和尚、知府王瑛等诗友时常雅集酬唱。其时寓居惠州府城的海丰诗人，还有进士陈芳胄、陈畴九，解元洪晨孚、林茂秀，举人洪首辟、洪晨绂，拔贡生卢毓华等。他们已融入当地文化圈子中，与惠州诗友志趣相投，结社吟哦，终日在西湖等名胜悠游，流连于山水湖光之中。其中叶高标长子叶维阳，与卢锻一样，是坚决扶明抗清的诗人代表。明清鼎革之际，他被授予南明中书舍人，在广西参与抗清活动失败后，返回惠州南山建兼园隐居，在当地诗坛较为活跃，是闻名岭南的知名诗人之一。与寓惠的屈大均、澹归和尚等长期诗书来往，志同道合，声气相通。他曾资助刊刻抗清殉国的陈邦彦诗文集。他死后诗稿被清政府焚毁殆尽，仅留下诗两首。其《准提阁送澹师还山》诗云："浮生半百此生多，回首风尘觉梦过。明月洲前曾指点，丹霞杖底唤蹉跎。"全诗清灵活泼，如行云流水，毫不滞涩，颇得时人传颂。康熙二十四年（1685）秋，岭南著名诗人屈大均应甲子乡绅的邀请，从惠州府城来到甲子，观瞻宋摩崖石刻"登瀛"，并登上待渡山，撰《登瀛太子亭记》曰："天留一石，以作天家。君臣遗像，苔蚀如霞。芜蒌之饭，化作琼沙。衔珠青鸟，以瘗重华。"铭中借南宋史事，寄寓性情；凡身世之感，君国之忧，隐然寓于其中。康熙二十八年（1689）至三十四年（1695），他再次作客惠州，出入叶氏兼园和泌园，与惠州太守王瑛及叶维阳、叶维城等雅集酬唱。其诗多悲慨沉郁，意象雄奇，寄托遥深。所过海丰山水名胜均载入《广东新语》。叶维阳的另一位诗友，是康熙二十八年至三十四年的惠州知府王瑛。这位"风流贤太守"，曾先后十二次巡视海丰，所著《忆雪楼集》中有《登平安岭望海作》《自鲨门港登岸投鹅阜驿馆》《九日登海丰城东龙山》10多首记述他到海丰县视察政务、了解当地风俗民情的诗词。此外，诗人还多次赴碣石卫城视察。如《自乌坎至碣石沿海行三十里书所见》诗四首，就是追述他在三十里路上所见所闻的情景。在返程回惠州府路上，他又写下《自响水渡至鹅阜，夜行荒山即事》等纪事诗，生动地记录了他到海陆丰视察的经过。

清代下半叶的海陆丰诗坛，随着清政权的稳定和经济的发展，作品呈现的内容有：①反映碣石镇军事状况的海防诗篇，代表诗人有卢恩、阮元、伊秉绶、刘永福等；②反映陆丰建县新兴气象的诗篇，代表诗人有佘圣言、庞屿、彭上拔等人；③反映潮惠驿道交通状况和路过心境的诗篇，代表诗人有段藻、李文藻、朱珪、丁日昌、邓廷桢、江逢辰等；④凭吊五坡岭表忠祠、待渡山宋帝亭等怀古诗篇，代表诗人有于廷璧、仪克中等，其中以仪克中《五坡岭文少保祠题壁一百韵》最为大观；⑤反映农民起义风云的诗篇，代表诗人有黄殿元、马逢九等人；⑥反映乡土或山水旅游的八景诗写作，至乾隆时期其质量和数量达到最盛，代表诗人有姚德基、徐旭旦、于容城、郑雷震、朱介圭、彭衍台等，及至晚清的仪克中、蔡鹤举、林云鹤、虞赓起等，人数众多，历久而不衰；⑦文人竹枝词，这种诗歌开创了当地人文风情和山水风光相融合的一种新形式，代表诗人有章朝赓、沈肇邦、张兆熺、罗公度等。

康熙二十二年（1683），浙江乌程举人姚德基出任海丰知县，奉部文开放海禁，准许渔民到界外生产。海陆丰地区全面复界，城乡经济开始恢复元气，社会生产力得到迅猛发展。在文化方面，他继承清初诗坛的风气，带头掀起题咏《海丰八景诗》的热潮，将创作推到全盛时期。其中《海门潮声》写出了长沙湾海门的气势："怒涛恣肆鼓苍垓，叫啸殊音早暮来。倏昱干霄混绝雾，奔腾动地隐成雷。"在他身体力行的影响下，洪首辟、郑雷震等当地文人亦乐此不倦。康熙二十年（1681），惠来县举人郑雷震移居甲子所城内，亦热衷于八景诗的创作，作有《瀛江胜迹八咏》。其中《甲石回澜》云："巨浸由来势激湍，凭高四望水漫漫。谁将六十岩前石，横列中流障急澜。"康熙二年（1663）广西平乐府教授洪首辟举人，也是《海丰八景诗》创作的热衷者。他寿至九十多岁，于雍正元年

（1723）出席了皇宫的鹿鸣重宴。他毕生从事教育事业，日唯闭户读书，殷勤课子，精心培养两个儿子成才。康熙三十八年（1699）广东乡试，全家科举考试春风得意，长子洪晨绂高居省试榜首（经魁），次子洪晨孚高中解元，会试连捷成进士；父子三人文章诗赋，才华横溢，称颂粤东。至今他留有《龙津渔唱》：“胜地人繁陆处余，石梁深径尽浮居。昼无徭役歌随枻，夕有清杯韵满渠。”全诗典雅蕴藉，反映出清康雍时期海丰县城歌舞升平的繁荣景象。其次子洪晨孚，为康熙三十八年解元，四十五年（1706）进士，授翰林院检讨充三朝国史纂修官，人称“太史公”。至今海丰多处寺庙均镌有其楹联佳作。致仕后，他迁居归善黄埔，期间赴惠州兄长处看望老父时，到西湖游玩，写下《湖亭晚眺》诗：“隔竹樵归三径雨，傍花渔泛六桥烟。停杯坐对疏林晚，几点轻鸥落照前。”诗人对西湖景色观察入微，在所描述的景象中掺入自己闲适的心情，全诗清雅脱俗，灵动自然。其《题戏旦》诗曰：“昨夜笙歌佩玉楼，男人妆出女人头”，“金榜题名空富贵，洞房花烛假风流”。这成为海丰县最早反映地方戏演出的诗篇之一。

由于康熙中后期的休养生息政策，海陆丰民间经济经过多年的积累，有了丰厚的资本，于是产生出强劲的生产力，境内筑造了“王坐”等大规模的水利工程建设，城乡呈现“杨安熟、海丰足”的繁荣兴盛的局面。在诗坛上较活跃的有江浙著名诗人徐旭旦、于容城等，也有本地诗人郑奇炎、举人黄而淳等。他们在山水名胜诗的创作方面，发扬了清初以来海陆丰的优良传统。康熙五十五年（1716），钱塘著名诗人徐旭旦被朝廷授为海丰知县，将《海丰八景诗》的艺术水平推到了前所未有的高度。他经常带外甥钟定山与当地文人游玩山水名胜，所作《银瓶飞瀑》云：“雪浪银涛插碧天，玉龙飞驭出奇岩。人间亦有澄如练，不信行空转倒悬。”此句写得精练传神，色彩纷呈。他擅长集韵诗，将先代诗人名句，融入所踏足的自然环境和自己的情怀当中，运用得出神入化，毫无斧凿之痕迹，令人叹为观止。其《饮长春泉集唐和韵》，描绘海丰名胜长春洞景色，抒发情怀，技巧难度大，读后齿颊留香。雍正二年（1724）海丰举人黄而淳，文思敏捷，尤善作诗，喜出游，遍历祖国名山。其《夜月泛舟龙津》诗曰：“渐看月出残云破，恰喜潮来断港通。沿岸攀花丛露滴，停桡沽酒市灯红。”全诗精细地描绘了秋晚龙津溪两岸灯红酒绿的景色，抒发了他与友人月夜驾舟倾听渔歌唱晚的惬意心境。诗中可体味到清康雍时期海丰县经济发展、商业繁荣的盛况。

雍乾时期，陆丰大塘卢氏家族秉承其先祖卢百炼雅好吟咏的传统，开设私塾“漱芳斋”，聘请五云峒举人彭如干和惠来县举人邬士煌为塾师，故族内读书风气浓厚，人才辈出。《卢氏族谱》谓：“其科甲之蝉联，官秩之荣显，或祀乡贤，或登史策。载之郡邑籍志者，昭昭在人耳目间矣。”其中卢天遂著有《集茧园》，卢毓华著有《凤溪诗集》等，俱是当时名传遐迩的诗人。卢恩的《东咸诗文集》存诗147首，记录了他从早年读书至参加科举考试，又至中年在怀集为地方官，直至晚年在家闲居的生活情景；这部文集是一部记录他人生轨迹的个人档案诗集。康熙三十五年（1696），他中式第二十名举人。翌年赴京参加会试，号房中作《春闱大雪》诗，将他参加第三场会试的情景勾勒出来，使人如临其境。诗曰：“构思射策笔如飞，降雪纷纷彻锁闱”，“谅是阳春多有脚，御恩争向凤池归”。这是一篇少见的描绘科举考场的诗篇，对研究清代的考试制度有一定的参考价值。京考失败后，他在仕途上时运不济，直至康熙五十年（1711）秋赴京参加吏部铨叙，才被朝廷授为梧州府怀集知县。致仕后所描述的海防情况的诗词，反映了他与驻守碣石镇总兵官曾成、游观光、陈良弼等交往的情谊，以及军队在海洋中浴血奋战的惨烈情景。如《吊陈领兵战胜伤铳以毙》《九日陪总戎曾公登元武山逢晴》等，还有《贺曾总戎寿》"细柳声华世所推，弘开玉帐拥旌旗"等诗篇，对了解当时碣石卫海防状况具有重要的史料价值。族弟卢毓华为长居惠州的拔贡生，留传至今的诗作约60首。其中《看大操》也是一篇反映海防军队在校场操练的诗篇。幼弟卢秉才，亦擅诗。有卢恩《步秉才弟菊花原韵》诗可证，只不过其诗至今已湮没无闻矣。

雍正九年（1731），由海丰县划出坊廓、石帆、吉康三部置陆丰县，清廷在东海滘建置陆丰县城。最先以诗词反映陆丰新县城风貌的诗人有佘圣言、彭上拔、庞屿等。佘圣言于雍正二年（1724）联捷成进士，仅当了三年宗人府主事充玉牒纂修官就辞职回家。至乾隆七年（1742），应潮州金知府之聘出任韩山书院山长。其在职5年，掌教有方，士子有成者多。虽耄年亦好学不倦，为人恬淡淳雅，耽吟咏，工书法，著有《眺远楼诗集》。其《陆丰城邸初春》诗，反映了东海滘初建县城时面貌。诗云："旭日喧南服，凄风起北尘。山城呼万岁，草木亦知春。"与此同时，另一位客家举人彭上拔，授湖南会同训导多年，诗名蜚声岭南。他常往返家乡，作有《邑城口占》："斗城谁道仅弹丸，三百里余地正宽"，"试上龙山遥放眼，海天无际好鹏抟"。全诗晓畅自然，运典自如，表达了一位长期在外的客家游子见到新县城时的激动心情。其《还家》诗云："一路逢人说故山，乡音杂遝往来间。连村腊酒贫居近，绕屋梅花久客还。"该诗清新别致，乡土气息深厚，表达了他热爱家乡草木的深厚感情。彭上拔著有《鹰顶山房集》等行世，是海陆丰唯一有诗作选刊于清《粤东诗海》的客家著名诗人。此外，吟咏陆丰新城的诗篇，尚有乾隆初年的惠潮嘉巡道庞屿，曾因公务多次抵达陆丰县城。其《陆丰道中》曰："海滘连城堞，新丰鸡犬多"，"停骖还问俗，尤欲听弦歌"。上述诸诗均反映了陆丰新县歌舞升平的新气象。

乾隆初年，一种清新晓畅、吸收民歌营养的文人竹枝词，适应了地方文人吟咏的需要，开始出现在粤东等沿海地区。流风所及，直至清末民初。海陆丰诗坛虽在内容上仍延续着先人的山水诗传统，但在艺术形式上开始转向学习民间歌谣。他们运用赋比兴的手法，大胆尝试竹枝词的创作。于是，这种流利清新且带有民歌风格的诗词，首先出现于陆丰诗坛上。在恩贡生章朝赓、举人沈肇邦等诗人学者的带头下，海陆丰文人群起仿效推崇，相互唱和。乾隆八年（1743），恩贡生候选教谕章朝赓为编撰《陆丰县志》，特地赴海陆丰边境的虎山采风，写了《虎山竹枝词》三首。其末首曰："试汲清泉煮嫩芽，清香隐约细如花。九龙峰上多灵草，不及虎山第一茶。"诗人以具有民歌风味的格律，描述了虎山一带茶农的生活风俗，以及山民种茶、采茶的劳动情景。继起写竹枝词者为嘉庆十二年（1807）举人沈肇邦，其平生所作诗文雄胆有魄力，亦作有竹枝词《龙山观剧》："细语小姑须解事，莫移高处惹人看。"全诗以姑嫂对话的口气写出，轻灵通俗如口语。自此，竹枝词这种独具风土人情、富有活力和乡土气息的诗风，在海陆丰诗坛得到广泛传播，其影响波及晚清海陆丰诗坛风气，连多次路经海陆丰的潮阳知县李文藻，亦都喜欢创作文人竹枝词，所描摹的海陆丰社会境况及名胜风光的诗作，俱带有传统竹枝词的韵味。直至清光绪年间，作为诗词比赛规定的样式，屡次举行赛事，聘请名家评点名次。

乾隆末年至道光年间，外衅复起，英、法、荷兰、葡萄牙等西方国家倚仗其坚舰利炮，不但掩护本国的不法商船走私鸦片，而且横行南海，不时炮轰沿海炮台。海丰县地处粤东海防要塞，自然当其要冲，从此海防形势日趋紧张。随着海陆丰交通和海防地位的日益重要，引起了朱珪、伊秉绶、阮元等地方大吏和诗人的注意，纷纷前来视察边防政务和访风问俗。乾隆六十年（1795），两广总督朱珪出巡海陆丰，在路上写下《度羊蹄岭》："五更发鹅埠，卅里跻羊蹄。山寺可小憩，夹路松阴齐。"到达陆丰县城后，他举行盛大宴会，慰问了103岁的陆丰县举人、钦赐翰林院检讨彭一猷以及96岁的耆民林丙进。席上题诗："陆丰多耄颐，奇算近海屋。彭老百龄赢，林翁九旬六。……重筵宴千叟，寿诞开四陬。"代表朝廷表旌了百龄彭一猷等老寿星。嘉庆六年（1801），惠州知府伊秉绶，亦多次赴海陆丰等属县考察海防。其《留春草堂诗抄》载有《羊蹄岭》诗："兹地昔防倭，百粤扼其吭。熊罴百万屯，当关一车两。"诗中强调了羊蹄岭在运送部队抵抗外来入侵者的重要国防作用。抵达碣石城后，他在海防军民同知袁香亭等的陪同下，考察了城南5公里处的浅澳炮台，瞭望波涛滚滚的碣石湾，不禁诗兴大发，作《碣石同袁香亭司马登炮台》："云外高台倚碧岑，夕阳人散古榕荫"，"方卦卤田通海气，如绳战舰划天心"。将海港上林立的碣石水师战船，八卦状的盐田和浅澳村的风情，尽然收纳于诗中，抒发了他关心海防和民生的思想感情。道光五年（1825）十一月十五日，两广总督阮元亦接踵出巡海陆丰，路经羊蹄岭时题镌"去天尺五"的碑刻。然后赴碣石镇检阅水师。在碣石总兵官林鸣岗的陪同下，登上碣石南门城楼赏月望海。其《揅经室诗录》载有《道光乙酉仲冬望日，阅碣石镇水陆兵，全海肃清，夜看海月》："我看月圆几百回，何曾看月海上来。也曾两度涉沧海，月黑水深云不开。碣石南边无石处，再欲南行行不去……"当时，碣石镇水师已配备较为先进的火炮枪械和军用器具，他在城上饶有兴趣地拿起五尺长的望远镜筒，观察了碣石沿岸的海防设施。恰逢一轮明月冉冉而起，引起了他的注意和兴趣。他以镜观月，又写下了《望远镜中望月歌》。从此诗中，可以看出他作为一位传统时代的封疆大吏，已经初具近代的西方天文知识。道光十九年（1839）秋，两广总督邓廷桢与水师提督关天培陪同钦差大臣林则徐视察碣石镇海防。当他路经羊蹄岭顶关茶亭时，看见阮元十年前督粤时所题的"去天尺五"题词，心潮沸腾，浮想联翩，感慨不已，作《叠前韵示竹坪》曰："峰高不识几由旬，下视平芜芥与尘"，"马行九折心犹壮，雕过千盘气已驯"。是晚宿于龙津溪畔，作《海丰行馆供白菊二盆竹坪叠前韵见示》。抵达碣石海防区后，在总兵黄贵陪同下，他与林则徐检阅出操的碣石海防官兵，亲临浅澳炮台督促加强火力布置，并陪同林则徐参观元山寺，题下"水德灵长"等匾额。

嘉庆中期，海丰举人林云鹤及其子林时开、林昉开、林昺开，孙子林梦华、林梦星的一门三代诗人，诗名远播粤东一带，引人瞩目。嘉庆二十二年（1817），岭南著名词人仪克中，为协助两广总督阮元修《广东通志》，被委以采访使之职，赴海丰调查摩崖石刻，曾应约在龙山与海陆丰诗人蔡鹤举、林云鹤等举行诗会。龙山在海丰县城东南郊，扼龙津出水口，碧潭澄澈，怪石嵯峨，山巅石壁上刻有"龙山"二字。自宋以来，龙山一直是文人墨客吟咏流连的地方。会上仪克中起唱曰："补践龙山约，山光近晚幽。斜阳犹满目，新月已当头。"蔡鹤举亦和之曰："万石矗天青，鳞鳍不一形"，"待河时变化，我欲问山灵"。两诗均善于造境，独抒怀抱，以蕴藉之笔写风雅之旨。

这时期地处偏僻的陆丰五云峒，成为客家诗人辈出的地方。此地据传常有五色彩云升

腾而起，且山多峡谷洞穴，故称五云峒，为彭氏家族聚居之地。不仅文化风气浓厚，科第扬名，而且诗风蔚起，名人辈出。嘉庆年间，他们兴起《五云八景》山水诗创作，相互切磋诗艺。其中诗声夙著者有岁贡彭凤翔、举人彭少颖、训导彭凤文、举人彭衍台等宗亲。

彭凤翔，雍正五年（1727）贡生，在山区过着耕读传家的生活。有《轩居闲咏》写出了他悠闲的心绪："当前树色浓如许，以外山光翠欲分。差喜居闲多雅趣，一炉香蓺自氤氲。"其《五云八景》第一首《鸡峰春色》云："嵯峨孤耸逼空寒，羡尔天鸡仔细看"，"不是春光凝此境，遥青那得献群峦"，将家乡动人景色描摹毫下，读后令人神往。彭衍台，号雅南先生，为进士彭如干之孙，道光十四年（1834）顺天府乡试举人，选授广东惠来县教谕等。致仕后没有返回河南故里，而是留在祖籍五云峒定居，被聘为陆丰圭山书院掌教。其《五云八景》诗第六首《枫林听樵》云："丁丁忽落碧云遥，知是枫林入采樵。韵带玉泉流谷口，影飞红叶隔山腰。"诗人对家乡如此美丽的山水风光，感到格外自豪，情溢于言表。

同治年间，海陆丰诗坛吟事不断，新人辈出。但影响最广泛、最深远的应数一代怪才黄汉宗，一代奇杰黄殿元。至今海陆丰民间犹流传着他们的传奇故事。道光举人黄汉宗，从小熟读四书五经，满腹经纶。由于为人正直，生性滑稽善讼，敢于戏弄和揭露某些为富不仁的劣绅和贪赃枉法的县太爷，故多次得罪权贵遭人忌恨。平生诗词联赋作品甚多，由于当时在编的《海丰县志》不予登录，仅余20首传诵于民间。道光二十三年（1843），黄汉宗到惠州参加府试。试题规定要步唐杜甫韵，由于他才气过人，巧思敏捷，不一会儿就写好了，第一个交卷。考官很惊讶，阅其《王昭君月夜归汉图》诗，不禁击掌称好。黄汉宗早年诗风个性鲜明，寓意深刻，嬉笑怒骂，酣畅淋漓。所作《竹枝词》清新传神："十月山村赛谢神，梨园最好唱西秦"，"海丰风俗尚咸茶，牙钵擂来岂一家"。反映了清代晚期西秦戏在海陆丰农村流行的状况，以及海陆丰民间盛行吃咸茶的世俗情态，具有强烈的乡土气息。同治十二年（1873），他终因文笔犀利罹祸，陷入监狱被革去举人功名，并被判充军边疆。从此他的诗风变得愤世嫉俗，悲伤哀婉，但犹有早年那种诙谐风趣、玩世不恭的底蕴。在充军云南途中，他借题《龙山报恩寺》诗，抒发了满腔的愤慨："龙山寺里老头陀，阅尽尘寰一撇过。休怪金刚常怒目，报恩人少负恩多。"诗中对社会的人情炎凉，作了强烈的谴责。清咸丰四年（1854）七月，在黄殿元与黄履恭等三点会首的组织下，马逢久、叶仲曾、黄殿臣、洪连馨等九举（人）十八秀（才）一齐发动声势浩大的农民起义。武举人黄殿元在南山宋存庵宣读了《讨虏檄文》后，率义军攻入海丰县城，杀死顽抗的碣石右营守备李椿，并将县令林芝龄正法示众。翌年春，又与归善义军许李先、翟火姑等合攻惠州，因连日暴雨江水大涨而不遂，被惠州提督昆寿率水师击败，退到归海交界的乌狗洞时伤重被擒。他在海城北校场就义时，面向五坡岭方饭亭，正气凛然地朗诵文天祥衣带铭。死后，家人从其衣衾中发现《绝笔诗》两首。其一曰："民兵倡议继金田，蔽日旌旗红挂天"，"我欲亡秦恨剑拙，可怜乡社作丘烟"。军师马逢九举人闻讯为之作悼诗云："满腔仇恨归丰海，痛我海丰苦病猿。"这是汕尾诗词史上光辉闪烁的篇章，其"我欲亡秦恨剑拙"的民族气节，深深地影响到陈炯明、彭湃等清末民初的一代仁人志士。

清朝晚期，外地不少名诗人，途经海丰羊蹄岭、莲花山等名胜庵寺时，均留下其感兴诗或题壁诗。如丁日昌、汪瑔、裴景福、黄芝台、江逢辰等诗人。同治二年（1863）三月，洋务派著名诗人丁日昌因公务来往于广州与潮州之间，多次翻越归（善）海（丰）边界的莲花山峰和羊蹄岭古驿道。所作一组沿途经历的诗词，真实地记载了他跋涉海丰山区的经历，反映了清末海丰农村的生活情景。如《宿羊蹄岭题壁》诗披露出一股淡淡的乡思和置身宦海的无奈心绪："记否参军幕，曾经此地过。出山名士少，题壁故人多。"其诗清新秀逸，不讲究词采藻饰，以对社会现实的关注为基础，充分反映了他的人生志向、思想感情和生活经历。故屈向邦《东粤诗话》称其诗"雅淡朴淳，诗情甚挚"。光绪十六年，惠州著名诗人江逢辰曾出游海丰县，对当地的山川人物、物产资源留下深刻的印象。作《海丰县》诗曰："县势全趋海，人家半杂蛮。"他因与莲花庵方丈素相交往，特地上山拜访唯心法师。并题有《莲花庵》诗："狮乳井香流夜夜，莲花峰好看年年。道人谙得煎茶诀，不惜来参饱水禅。"时人称其诗词"文辞瑰丽""志气发舒，卓然成家"。光绪十三年（1887）八月，抗法英雄刘永福抵达碣石镇任总兵官，至光绪十六年（1890）离开，与当地老百姓结下深厚的友谊。光绪二十年甲午战争爆发，刘永福率黑旗军抵台抗击日本侵略军。翌年失败后，他乘英轮"多利士"号潜回碣石港。在碣石寓居期间，他回首东海波涛，悲愤难抑地写下了《悼台诗》云："流落天涯四月天，樽前相对泪涓涓"，"今朝绝域环同苦，共吊沉沦甲午年"。号召全国人民不要忘记民族之耻辱，此诗被镌刻在玄武山三台石，给当地文化界留下了深刻的印象。及至"文革"时期三台石被炸毁，此诗亦不存。

清末，在陆丰县府的鼓励和商家的赞助下，东海滘举办规模空前的竹枝词大奖赛，所咏题材以龙山一带的山水风光以及渔家风情为主。县内外文人闻讯纷纷参加，成为当时轰动粤东的文化盛事之一。主办方聘请莲峰书院山长陈二南、龙山书院山长陈佩琨，以及聘请陆丰曾友琴、黄翰藻、海丰吕半教、周朴书，惠来林卓峰等资深诗词名宿作为评委，选取最优等的二十二首竹枝词给予银洋奖赏。结果获得第一名的竹枝词是："龙山隐约浸霞溪，风入城南柳堰堤。放艇顺流波如练，一湾斜月挂桥西。"第二名是："仙桥夜热艇如梭，水榭开门月碎波。上下清澄凉世界，转疑身是住天河。"大赛结束后，由评委黄翰藻将最优等二十二首竹枝词编成《陆邑消夏竹枝词》，附载于光绪三十三年（1907）他主编的《陆丰县乡土志》，拔贡生陈洪畴为之作序。此次大赛获奖者张兆熺和罗公度，均是竹枝词的热心创作者。张兆熺，清末粤东著名诗人。通辞章，精医学。著有《甲子乘》传世。其书法早年学何绍基，晚年学黄庭坚、梁启超。取势方圆交错，线条精细相间，尤注重整体的章法布白，堪称书法之翘楚。晚年与弟拔贡生张兆焜寓居汕头达濠葛洲乡。筑书室"环山半庐"于葛山岭下，为不忘家乡，自称"甲江老叟"。与当地名士林兰友等结为游侣，遍游汕头礐石诸景观。葛乡大道两旁有二巨石若门户然，他手书"天南锁钥""关乡"等行草大字，每字大约四尺，以寄思乡之念。并在青云岩上题"学士登瀛""三生"

等擘窠大字。字旁题诗一首云："山水留名亦凤因，一时翰墨百年新。扫苔他日摩残碣，尽是三生石上人。"用笔飞动腾跃，起伏跌宕，颇具特色。客家才子罗公度以两首竹枝词参加了这次诗赛。其中一首被评为最优等第四名。他一生淡泊，不慕名利，创设私塾"戆寮"终生以教育为业。文辞手稿多所散佚，诗词仅存 84 首。所作游仙词、竹枝词通俗浅白，风趣生动，运用赋比兴手法，吟叹民间疾苦和生活劳作等情景。其《石禾町天旱求雨》云："人嫌生饭为柴生，骂得奴奴不敢声。暗祝天神须保佑，人人求雨妾求晴。"这诗含有客家山歌的风味，写得生动有趣，脍炙人口。

四

　　民国海陆丰诗坛，征选入本书的共有 97 位诗人的 459 首诗词。诗词所反映的主要内容为：一、以陈炯明、马育航、林晋亭等为代表的同盟会员，在推翻清朝统治以及反袁斗争中所写的诗篇；二、以彭湃、陈舜仪、蓝训材、古大存等为代表的共产党人，在发动农会建立苏维埃政权过程中所写的述志诗，均是近代革命中具有重要意义的史诗；三、民国初期张友仁县长所开展的诗文比赛，获奖的吴元翼、陈冕周、许兆寅、马湘魂、彭寄渔、何镜湖等名士所写的诗篇；四是汕尾坎白公园所镌刻的姚雨平、周奇湘、何笃生等咏叹汕尾港的摩崖诗篇；五、反映著名诗人钟敬文青少年时期的诗作；六、抗战时期南社诗人柳亚子与何香凝在海陆丰所创作的诗词；七、本地诗人陈祖贻、黄立庭、吕展如、姚焕洲、邹鲁夫、吴振凯等所写的抗战诗篇；八、公平墟中医刘培璜反映时势国情、民生民瘼以及历史变迁的诗篇。

　　光绪二十六年（1900）六月，八国联军侵略中国，北京沦陷，国势危急不可终日。清政府对外腐朽无能，对内残酷镇压的行径，给中华民族带来了空前的灾难。陈炯明慨然兴起救国之思，遂萌生进行民族革命推翻清朝的思想。其《纪梦诗》"中原待着祖生鞭"就显露出他胸怀大志。还有"鼠骨未烧炉有恨，龙头不斩剑无功"的述志联，也表明他已立下推翻清朝统治的誓愿。光绪三十三年（1907）五月，他在省法政学堂就学期间，听了惠州乡绅控诉知府陈兆棠草菅人命的行为后，毅然与张友仁一起接受惠州乡绅的请求，联名控告贪赃枉法的知府陈兆棠，迫使粤督岑春煊免去其职。翌年又与钟景棠、马育航、钟秀南、陈达生、陈觉民等 30 余人在五坡岭方饭亭宣誓缔盟，开始民族革命运动，倡办海丰地方自治会。1909 年创办《海丰自治报》，他亲主笔政，撰写时事评论，发表诗文鼓吹民主革命，积极参与暗杀活动。尝有诗云："百里封侯三户楚，凭谁管领费经营。"加入中国同盟会后，在孙中山的领导下，他在海陆丰、惠州、香港和广州开展了一系列的革命活动，与马育航等革命党人深入新军军营策动反正，并参与黄花岗起义的策划和组织。之后陈炯明率领循军于淡水举义，接着挟破竹之势，光复惠州和广州，在仅仅几个月内，推翻了清朝统治，成立广东军政府。他历任广东副都督、代理都督兼粤军总司令等职。讨袁失败后他被迫乘日本邮船赴南洋新加坡，在船上挥毫写下《题赠日本邮船船长》诗："九月波平印度洋，凭君作楫渡西方。天将启汉资多难，我为椎秦正出亡。"全诗句奇意重，笔力雄健，充溢着旺盛的革命斗志和不屈不挠的战斗精神。1917 年，陈炯明在孙中山的支持下，在率粤军驻闽南漳州期间，创办了《闽星》报，以笔名陆安发表新体白话诗多首。

1921年6月，第二次粤桂战争爆发，陈炯明率军占领广西，作《入桂有感》："已闻羽檄移青海，是处山川困白登。征北功惟修坞壁，防秋策在打河冰。风沙刁斗三千帐，雨雪荆榛十四陵。回首神州漫流涕，酹杯江水话中兴。"诗中透露了他攻占广西，是执行孙中山的北伐部署。然而，结句却揭示了他对神州将陷入战火的担忧。1922年4月，因与孙中山政见不同被革除军政各职，最终分道扬镳。

1925年12月，经第二次东征，粤军精锐尽丧，接受收编或被遣散。陈炯明赴香港接受美洲"中国致公党"总理之职，从此寓居在香港。1931年"九一八"事变后，日本人企图拉他下水，他则反过来要求日本人归还东三省。日本人拉拢不成，仍赠他8万元支票，陈炯明在支票上打叉退还，保持晚节。1930年春节时，老部下叶举（字若卿）将军，因病不能到陈炯明处拜年，写诗托友人仲伟送给陈炯明，对老上司表示祝福。陈炯明读后很高兴，写了《赋祝叶举健康兼简仲伟并序》长诗回复。两人的深厚感情表白无遗。是年2月，他作纪事诗《迁居》四十二韵，披露了自己在港过着迁徙不定的落魄生活，五年间他一直租房居住，且已搬迁三次。生下次子定炎和三子定炳后，一再搬迁；最后不得不搬到保路活道其亡弟陈炯光家中。他虽住在方寸之地，却处之安然。此诗亦寄寓其长期致力

的社会理想，表达如能实现社会太平、生活富裕、民生自由的愿望，纵然换来自己过着窘迫的生活，他也心甘情愿。这种关怀民生的愿望，也同样在他《答周善培》和《冬寒偶感》的长诗中体现出来。其临终前所作的谴责日本侵略者之《五古一百韵》，是其代表作。诗云："自从九一八，东北起烽燧。胡马自东来，满洲任驰骋……从兹生戎心，烟海频窥伺。觊觎我山东，蹂躏我直隶。闽广胁楼船，吴淞践铁骑。"接着笔锋一转，高度评价了老部下蔡廷锴将军率领的十九路军在"一二八"事变中奋起抗击日军的英勇行为："天诞蔡将军，是我神明裔。百战转山河，千军挽强臂。两粤多健儿，三军尽鹰鸷。敌忾赋同仇，国人争奋袂。"同时，批评国民党中央军队围剿红军和消灭其他非嫡系部队的内战行为："釜煎急豆萁，墙阋自兄弟。西望日内瓦，国联频开会。条款议纷纷，空谈事何济。弱国无外交，千古同一例。"全诗长达一百韵，是一部反映十九路军英勇抗击日本侵略军的史诗，具有较强的时事政治性，继承了《诗经》《汉乐府》以来的现实主义传统，突破了古典诗歌创作历来以言志、缘情为主的窠臼，表现出其鲜明独特的个性，也表现他敢于抨击时政，反映民瘼，强烈反对日本帝国主义侵略中国的爱国情操，从而真实地体现了诗人的思想境界。马育航，是陈炯明的主要助手之一。清末与陈炯明等创办《海丰自治报》，宣传反清革命。武昌起义爆发后，他随陈炯明参加光复惠州之

役。1922 年，他被孙中山任命为粤军司令部中将总参议、广东省财政厅长等职。当陈炯明被孙中山免去军政大权后，他随陈炯明避居惠州西湖百花洲。随后汪精卫、吴稚晖等国民党元老以及中共领袖陈独秀等到百花洲力劝陈炯明出山。是年 5 月，姚雨平奉孙中山命赴惠州晤陈，意欲劝陈向孙中山写悔过书。陈知其来意，默然久之，与马育航陪同姚雨平泛舟西湖。陈素知姚善吟，遂请其吟诗。姚书赠一联云："征西奔走劳鞍马，扫北归来理钓丝。"此联中暗喻陈炯明要遵从孙的北伐主张，才可以恢复原职。陈阅后回赠雨平一联以表心意："卖剑买牛，耕凿遥承庇荫；放刀成佛，菩提不及尘埃。"姚雨平只好告辞，在广州寄陈诗云："百花洲上影模糊，不听莺声听鹧鸪。铁像何如铜像好，凭君点缀此西湖。"经媒体传播流传甚广，影响很大。当时有报社记者来访，马育航当场赋《西湖》诗，其二曰："将军罢后便无忧，何各重来苦追留。军政工商相接踵，可怜忙煞百花洲。"婉转地回驳了姚雨平要陈炯明屈从孙中山北伐意志的威胁口气。1925 年他随陈炯明隐居香港，著有《用行诗稿》。诗稿大部分散佚，今存记述陈炯明归隐百花洲情景的《五十一生辰书怀》等诗 10 多首。1931 年作《为陈竞存先生五十四诞辰爰赋六十四韵以寿之》的古风长诗，记述了陈炯明举义反清率领粤军驰骋沙场及退隐香港经过，是一篇反映广东同盟会起义及粤军反袁的长篇史诗，歌颂了革命党人在推翻清朝统治、反对袁世凯称帝和出征粤桂闽期间所建立的功绩，并披露了孙陈反目的历史真相，具有较强的时事记叙性特点。

　　民国肇造，海陆丰是同盟会举行推翻清朝的策源地之一。在这场历史革命风云中，黄杰群、林晋亭、张友仁、林剑虹等革命党诗人自觉地运用诗歌这一武器，写下了许多慷慨激昂、文采飞扬的诗篇。此外，还有同情民族革命的赖仲康、马芷湾、陈宝琬等诗人，也写了不少拥护和支持同盟会的诗词。其中拔贡马芷湾著《古竹居诗集》，文化名士陈宝琬著《晚香诗词集》，贡生吕铁槎著《秋舫诗草》。著名中医赖仲康有《赖仲康诗词手稿》，载诗 160 首，联 25 副；记录了陈护存、陈立舆、马芷湾、黄杰群等诗友共 55 首唱和诗。同盟会员黄杰群受陈炯明的指派，远赴清朝统治的国都进行秘密活动。当他接到挚友马芷湾的信后，作《感怀柬马芷湾兄》："月下磨锋试宝刀"和"我是燕京屠狗辈，轻歌声透碧云高"，是对其事业的暗示。马芷湾贡生接到老友的诗后，针对首句"十年奔走笑徒劳"的浩叹，作《和韵答黄杰群贤弟》加以安慰："莫涉风波便厌劳，今朝正喜咏同袍。破颜不惜流鲜血，壮胆何须醉酒醪。"赖仲康不仅是一位只会埋首脉理、只问辨证的医家，且是一位富有民族心的诗人，对时事也颇为关心。当他从黄杰群、林晋亭、陈小岳等挚友的来信中，得悉辛亥革命已取得成功时，高兴地祝贺在粤军任职的诸友曰："援南伐北尽豪雄，灭虏全凭敢死功。汉室被欺三百载，清廷谁料一时空。"并且殷切地期望诸友能够建设好民国政府。龙济光督粤时，陈炯明秘书林晋亭避居香港主办《香江杂志》。1916 年 6 月，陈炯明发起第二次讨袁战争，统率 10 路共和军进攻惠州等地。他协助陈炯明处理军务，被港方逮捕。监狱中作《香狱吟》九十多首，记载了他追随陈炯明反袁称帝与军阀龙济光作战的史实，具有强烈的时代意义。

　　民国初年，张友仁两度出任海丰县长，在创办海丰中学、陆安师范等新式学校之余，大力开展诗文创作活动，在海丰兴起一股诗词比赛之风。他早年在广州与欧阳俊登镇海楼赏雨赋诗。有"十万楼台正烟雨，凭栏无术起风雷"之句，诗登《羊城日报》，一时声名沸腾。他在海丰丽江书院主持成立崇文诗社、兴文诗社等社团组织；鼓励新式学校的学生学习诗文。每年均由政府拨出专门经费，举办分片的诗文会考。规定老少均可参加，择优奖励。优秀者给予奖金或物质奖励，借此提高家长在废除科举后对文化教育的关注度，以此改变海丰整体落后的文化素质。1912年，他以"汉光武"和"韩信"出题，开展全县诗词会赛。并聘请海丰名儒吕跃池为赛会评审。吕跃池（？—1940），海丰县附城鹿境人，前清秀才，曾先后受聘在捷胜私塾、公平黄氏养中私塾、汕尾文亭学校等县内多所学校任教，遂有外号"吕半教"之称。他平生浸淫国学，功底深邃，是一位资深的教育家。这次会赛参加者有前清贡生吴元翼、陈冕周、许兆寅、陈霭如、马湘魂、何镜湖以及《陆安自治报》主编黄杰群等地方文化名士，场面极为踊跃。结果，吴元翼夺取《评韩信》冠军，其诗曰："生逢漂母糊其口，死遭吕后袅其首。可怜绝世大英雄，死生不出妇人手。"全诗力避俗套，以奇制胜，结句饶有深意。张友仁评曰："此诗评述韩信一生际遇，感慨良深。"结果被"吕半教"评为第一名。获得第二名的是捷胜秀才彭寄渔之诗："汉家拜将枉登台，一世功名安在哉？谁道英雄成局好，怜伊烹狗不归回。"《题汉光武》冠军被贡生陈冕周夺得。诗曰："十二帝西十二东，天留半截待英雄。骑牛逐得中原鹿，莫怪冯侯不论功。"此诗高屋建瓴，概括力强，总蓄全诗气势。张友仁评曰："颇有新意，通俗洒脱，内涵深厚。"捷胜书画名家许兆寅以《题汉光武》获得第二名。诗曰："解纽皇纲十八秋，江山管治已非刘。真人果是中兴主，汉水东连洛水流。"海丰名儒"吕半教"评曰："绝诗以曲折多姿为佳。结句如改作'洛水东连汉水流'，其意更曲。"这几次赛会，一时传为坊间佳话，影响至深，有力地推动了海陆丰诗词创作活动的广泛发展。1919年，海丰中学校长戴德芬为纪念张友仁的教育业绩，在五坡岭建"凿石亭"。请他题联曰："大志竟成，力具惊天破石；新亭小筑，胜在范水模山。"当他临别海丰之际，撰下对联曰："感人赠我桃千树，愧我酬人纸半张。"1937年，为纪念南宋时沉海殉节的无名忠烈，林剑虹、林既闻等海丰绅士重修鲼门岩公亭，他应邀题《岩公亭》诗："宋室山河遭房崩，永埋白骨在零丁。"诗中借题发挥，怒斥日寇入侵中国的罪恶行径，号召海丰人民起来抵抗日本入侵者。

清末民初，在科举制度的影响下，捷胜所城人才在海陆丰首推第一，因此文风盛极一时，诗人群体较为活跃。城内组织有多家诗社，其中最出名的是"暨城诗社"。他们经常举办诗赛，请外地名家品评，评出诗词优劣等次。或在节日举办射诗靶活动，猜中有奖，吸引年轻一代参加。或在社内举办诗词培训班，请资深诗人讲课，诗词新秀上台吟诵习作等。何镜湖有诗赞之曰："亲带娇儿诗社去，听听乳燕试新歌。"故鸣弦之声历来不绝。诗书画俱擅者首推许兆寅和林大蔚两家。许兆寅善画梅，林大蔚善画竹，人谓"许家梅、林家竹"，在粤东声名卓著。许兆寅于30多岁考中秀才后，赴惠州丰湖书院攻读，师从广州翰林何其敬，学业益进，至40多岁考中岁贡。自创画梅技法。其"墨梅"用笔圆厚苍劲，润而多韵，展现了神趣自足的韵味，明显受到王冕、陈宪章等画风的影响。诗作别出机杼，清奇俊朗，飘逸高旷，有隐逸者之气。晚年在捷胜设尊经书室，以教终生。自参加诗文会考受到张友仁县长的青睐，遂成诗书雅友。

民国二年（1913）初，张友仁携幕僚莅临捷胜古城，在其遵经书轩观赏花鸟佳作后，当场写了《赠许家梅》诗："是梅是画还是诗，铁骨寒香瘦益奇。官阁自嫌无雅趣，要从公乞两三枝。"诗中含蓄地向他索取字画。许兆寅接读诗后，特地画了一幅墨梅图送给张县长。并作《步韵答张友仁县长》，其二云："为君索画苦无诗，有画无诗未见奇。江南寄赠梅花句，尺幅春痕访一枝。"他的墨梅图挂在县署会客室后，受到各地过往文人墨客的赏识。自此，"许家梅"名声大噪。林大蔚画竹刚劲清标，且为一代名医。其诗词极少传世，新近发现的许兆寅赠何次韩的梅花画中，有林大蔚题款的《题画诗》："人言竹如僧，我喜竹为朋。日日拗竹管，俗尘万斛倾。"此画因有许兆寅、何次韩、陈蔼如等诗人、书法家题诗，所以弥足珍贵。

正当清末海陆丰诗坛掀起竹枝词热潮时，著名诗人钟敬文诞生于海丰县公平墟。他的文艺和学术之路，就是从诗词开始的。他少年时聪颖勤奋，诗词深受《随园诗话》作者袁枚"性灵说"影响，注重神韵。1911 年，他就读于黄氏敬爱堂"养中"私塾，接受名儒"吕半教"的启蒙。1917 年春节，他与同学到塾师蔡义浩家拜年，蔡义浩以《元日联诗》燃香出题命诸生参赛，结果他第一位交卷。诗曰："良辰美景奈何天，微雨纷纷锁翠烟。拟向通灵陈一疏，祈求红日庆新年。"被评为夺魁之作。是年 10 月，粤桂两军重开战火，他被家人送到公平北部山区，在东山岭上陪同五叔看守果林园，有《再游东山园》诗："几阵清霜后，山林叶半丹。秋深红柿熟，风劲碧流寒。"1920 年就读于陆安师范时，在校长周六平的鼓励下，他的诗艺进展神速，与林树槐、黄菊虎、江济中等成立荧光诗社，每周出版《荧光诗刊》，成为当时闻名海丰文坛的年轻诗人。1924 年，与马醒、林海秋合编海丰第一本新诗集《三朵花》。1925 年春，钟敬文与后来成为著名诗人的聂绀弩在公平墟见面，两位诗人结下了一世的情谊和文字缘。后来他在杭州风雨庐与郁达夫，以及在香港达德学院与柳亚子等著名诗人过从甚密，留下不少唱和诗篇。及至改革开放后，他成为中华诗词学会的创始人之一。

民国九年（1920），在孙中山先生《建国方略》的指导和广东省长陈炯明的重视下，汕尾港进行了一系列工商企业、外贸港口和交通建设。梁翰昭奉命调任汕尾粤军制弹厂长。他见厂后虎山林木蓊翳，巨岩环列，因此喜不自胜，决定筹建为公园。1922 年 2 月，广东省长陈炯明返回海丰期间，率幕僚巡视汕尾制弹厂，带头捐款支持兴建坎白公园，使梁厂长终于筹足建园的资金。坎白公园竣工后，他撰写《坎白公园记》勒刻于石壁上。外地诗人闻风来游时索笔题下不少佳作，由梁翰昭请石匠镌刻于公园内的岩壁上，日久竟形成一处摩崖石刻诗廊，为汕尾市诗词发展史留下一段佳话。第一位到坎白公园览胜题壁的诗人，是民国十二年（1923）广宁籍的周奇湘。诗曰："难分人事与天工，奇石嶙峋树色葱。海甸全销秦霸气，庙堂犹拜汉英雄。十年冠剑怜奔马，一殿沧溟看跃龙。最是池莲香过处，草亭遥忆旧家风。"音调雄健，直抒胸臆。不仅赞美公园的天然景观和独具匠心的设计，且歌颂粤军将士为推翻清王朝而征战的英雄气概。之后，东莞何笃生、春州黄伯龙、林勇中等诗人接踵而至，在岩石上留下不少情趣盎然的诗句，反映了坎白公园初建时期游人如织的兴旺气象。至 1935 年 11 月，当茂名诗人杨爱周前来游玩时，公园已呈衰败的景象。诗人不禁缅怀起公园的创建者："惟伤劫后成残迹，遥想当时费匠心。借问昔年人在否？空余破垒傍荒岑。"反映公园自遭受劫乱后，虽然天然佳景尚在，但已是满目残垒、人迹罕至的景象。1936 年春，南社诗人姚雨平重游坎白公园，题诗三首。其一曰："坎白城空瘴海天，荒园木石尚依然。昔时弹厂今何在？此地销沉已十年。"诗中谓经过十年的萧条变化后，公园景色虽然依旧，但昔日繁忙的粤军制弹厂已踪迹难寻了。思及此，诗人心中不禁感到无限的惆怅。

　　1924—1929 年，海陆丰掀起疾风暴雨式的农民运动和武装起义，建立苏维埃政权，全国瞩目。诗词和民歌，成为革命者抒发情怀和宣传革命的有力武器，一代无产阶级革命家、农民运动领袖彭湃，就曾运用民歌和诗歌宣传革命道理，抒发革命情愫，起到了良好的作用。1922 年，他在其主编的《赤心周刊》发表了一种白话小诗《我》："这里是帝王乡，谁敢唱革命歌？哦，原来就是我！"就显露出其作诗的天赋。早年在发动农民起来参加农会期间，因其地主少爷的身份受到误解而苦闷之时，彭湃在得趣书室写下五绝仄韵诗："急雨下江东，狂风逾大海。生死总为君，可怜君不解。"1924 年，当海丰农民运动如火如荼、蓬勃发展时，他兴奋地题下七绝诗："磊落奇才唱大同，龙津水浅借潜龙。愿消天下苍生苦，尽入尧云舜日中。"他是一位出色的革命诗人，为宣传海丰农民运动和土地革命，他先后创作了《劳动歌》《工农团结起来》《分田歌》等新诗，题材广泛，主题深刻，通俗易懂，为群众所喜闻乐见，长期流传于海陆丰民间。1928 年春，他以"雄心怒舞刘琨剑，誓代天公削不平"的英雄气概，率领红四师东征潮汕，首战攻下陆丰县城，接着进军惠来葵潭，创建大南山革命根据地。红旗扬处，气势甚盛。他的《七绝》诗云："雄才怒展傲中华，天下功名未足夸。蔓草他年收拾净，江山栽遍自由花。"全诗清新遒劲，气魄雄壮，音韵铿锵，洋溢着强烈的革命精神和高昂的战斗激情，显示出一位革命者的雄心壮志。是年 8 月，彭湃在上海龙华壮烈牺牲。其夫人许冰闻噩耗在潮汕大南山含泪写下《怀念彭湃》一诗："风萧萧兮秋意深，步高山兮独沉吟。思我哥兮泪沾襟，天地人间兮何处寻？"此诗在许冰就义后从其身上发现。全诗深切地悼念远方牺牲的夫君，表达了革命伴侣至死不渝的爱情观。1927 年 12 月，古大存率领五华农军参加海陆丰苏维埃武装起义。翌年他被国民党军队余汉谋部围困在海丰、惠阳边界的乌禽嶂时，发现了国民党到处贴在山上石壁的"劝降书"，他幽默地回复道："幼习兵戎未习诗，诸君何必强留题"，"雄师百万临城下，且看先生拱手时"。这首用木炭写在一块青石的《答劝降诗》，脱胎于明代客家儒将叶梦熊的《出征回朝宴享诗》，他借以抒发革命的乐观主义精神，并嘲讽在海陆丰革命根据地进行疯狂围剿的十几万国民党军队。1929 年 5 月，当徐向前率领的红四师和董朗率领的红二师准备出境之际，中共海丰县委书记陈舜仪代表地方出席送别会议，针对部分红军干部的悲观情绪，他即席赋诗一首，借以鼓励大家的斗志："改天换地插红旗，横扫千军任骋驰。胜败兵家寻常事，退潮自有涨潮时。"

　　1939 年，诗人马芷湾被日军飞机炸死在海城关帝庙前，血肉横飞。事后由诗友赖仲康家人拾取散碎的骨肉入殓归葬。事件激起人们的普遍愤慨，纷纷起来揭露和声讨日军侵略海陆丰的罪行。接着，日军占领海丰县城，烧淫掳掠，无恶不作。陈祖贻、黄菊虎、钟梦卿等诗人目睹海城沦陷后满目疮痍的惨象，纷纷发表了抗日诗篇。其中清末贡生黄立庭闻讯愤怒地题下《感怀》诗："我欲呼号问彼天，登城谁使敌人先？""春秋论罪严巨首，须斩蒋汪岂不然！"捷胜陈宝琬的《欢送抗日远征军》，借在家妇女的口吻，鼓励夫婿积极从军，打到日本本土去。诗曰："夫婿从征振义师，灯前惜别订心期。久闻岛国樱花艳，莫趁归装折一枝。"结句用反语，巧妙含蓄，令人莞尔。

　　1941 年 3 月，日军登陆汕尾港，海丰全县沦陷 252 天。留法归国博士、诗人陈祖贻以《乱离吟·民国三十年海丰沦陷避乱纪实》，揭露了日军飞机杀害海丰人民的罪行。诗云："蓦地狂飙张敌麾，可怜燕雀尽辞枝。噬人铁鸟凌空急，奔命哀鸿缩地迟。"1941 年 12 月太平洋战争爆发，香港沦陷。何香凝在中共南方局地下党组织的营救下，与儿媳从香港逃亡至海丰。途中赋《香港沦陷回粤东途中感怀》诗："水尽粮空渡海丰，敢将勇气抗时穷。时穷见节吾侪责，即死还留后世风。"诗中追述她在海上七天七夜漂流的过程，其视死如归的精神跃然纸上。与她同行的南社著名诗人柳亚子依韵奉和云："亡命难忘海陆丰，猖狂阮籍哭途穷。南天浪迹经年惯，醇酒清游醉乃公。"柳亚子父女抵达海丰后，在新村港商杨胜昌大院中住了十多天。临别之际写下《新村题壁》诗。离开海丰北上之际，他殷殷不舍地告别在香港和海丰护送他的中共地下党员，特地赋《别谢一超、蓝奋才、袁嘉猷、连贯》的诗赠别，表达了他对海陆丰人民的感激之情。

1945年1月，日军第三次进犯海丰县，司令部占驻东笏陈氏祖祠。时诗人陈祖贻避居公平笏仔村。作《避乱山乡见桃花盛开有感》诗，强烈地批评国民党政府及其军队不作抵抗的事实。并在《黄菊虎兄出示近作次韵却寄》慷慨陈词："等是长歌当哭人，飘摇风雨著微身"，"若使一符能救赵，岂无三户可亡秦。"全诗气势豪雄，读之令人神壮。是年8月15日，日本政府宣布无条件投降，诗人闻讯喜不自禁地赋诗曰："忽闻天日见神州，不觉临风涕泗流。痛定如今翻思痛，八年苦恨上心头。"（《闻日寇投降有感》）其诗胎息于魏晋七子，骨气奇高，词采华茂。意到笔随，直抒胸臆。1941年6月，陈祖贻出版《归来集》，收入他青年至中年时期所作的诗词200余首，记录了海陆丰沦陷时期的流亡生活和抗日战争取得胜利的历史过程。其诗友《海丰民国日报》主笔黄菊虎擅诗文，工书画。家居常与夫人林娇霞相互唱和。1932年在《海丰民国日报》发表诗八首，其第一首云："曾是三春紫陌花，梢头豆蔻好年华。如今移植巴陵道，嫁向东皇莫自嗟。"抒发了对人生世事的看法和感慨。

抗战胜利后，当前清遗老诗人逐渐故去，捷胜诗坛犹然吟事不绝，经常举办诗词赛会。其执牛耳者，有陈霭如、陈宝琬、何镜湖等老前辈。1945年，国共两党又发生内战，使刚刚盼来和平的老百姓又陷入炮火之中。以诗人眼光反映这一时期海陆丰风云的诗词，有公平"神钟"诗谜社长刘培璜《手抄诗文稿》200多首。其诗豁达洒脱，彰显个性，所作多关切时事形势，反映民间疾苦，敢于抨击社会不良现象。用词浅白通俗，准确生动，善于将社会流行语入诗。1947年春，诗人从《海丰民国日报》上获悉扶轮诗社的征诗消息，即以《初春感怀》得"寒"字韵应征曰："立春雨水节新寒，乌桕青枫叶色丹"，"欲问明朝花事好，但凭修竹报平安"。全诗即景抒情，立意高超，颇受时人好评。是年8月，国民政府为了筹措发动内战的经费，强行发行金圆券，致使物价暴涨，一发不可收拾。诗人半个多月来给病人诊治卖药刚收到的二百元金圆券，竟然贬得一文不值。愤而书下《永志不忘》诗云："金融暴泻日无色，物价疯狂夜有声。突至骤如风雨急，刚才收入顿为零。"诗中谴责了国民政府不顾人民死活发行金圆券的行为。由于物价一日三涨，诗人同贫苦的老百姓一样，饱受饥寒交迫的煎熬："连日愁云黯淡天，寒风萧索不成眠。馈粮何处呼将伯，多少人家入禁烟。"诗人是一位守本分的医生，凭着一技之长，唯愿能维持生计："穷人尚且要翻身，而我犹非至极贫。况有医家小道技，愿安粗粝饱鱼钝。"全诗直抒胸臆，敢于抨击时政，反映民瘼。《拔帜立帜》是诗人五古叙事长韵的代表作，记述了1949年7月，解放军边纵1团通过挖地道攻击公平成昌楼国民党军，连发迫击炮弹，迫使守敌钟铁肩独立2营投降的经过。反映了解放战争时期海丰西北山区的军事历史风云，继承了历代相传的现实主义传统，具有较强的叙事性。

卷一　宋元诗词选征

安昌期（？—1065），昭州恭城（今属广西）人。少举进士，授横州永定尉，后以事去官，遂不复仕，放旷山林间。宋仁宗嘉祐五年（1060），他接到曲江同年进士、海丰县令胡济的来柬，欣然应邀携一童子从游于海丰县城（故城，现城东镇上埔乡），居留东岳古庙达六年之久。平日来往于离县城 20 里的银瓶、莲花两山之间，采药炼丹。

题广庆寺和光洞石壁

蕙帐将辞去，猿猱不忍啼。琴书自为乐，朋友孰相知？

丹灶非无药，青云别有梯。峡山吾暂隐，人莫拟夷齐。

【注】此诗虽写于清远广庆寺和光洞内，但诗中所写情景为作者在海丰的往事。诗中自述为避开人世的尘嚣，在亲友毫不知情的情况下，诗人来到海丰县城以弹琴读书为乐。有时攀登莲花山采药，目的是炼丹以成正果。末句谓：我是为了成仙而暂时隐身于峡山寺和光洞，请世人勿误会我是为效仿伯夷、叔齐的榜样绝食而死。

【按】录自乾隆《海丰县志》。

李纲（1085—1140），字伯纪，号梁溪居士，无锡（今属江苏）人，祖籍邵武（今属福建）。南宋著名的主战派，抗金名臣，民族英雄。北宋政和二年（1112）进士，历官至太常少卿。宋钦宗时，授兵部侍郎、尚书右丞。南宋建炎元年（1127），李纲任宰相仅七十五天，因力图革新内政，即遭罢免，被贬流放到广东万安军（今海南万宁、陵水县），不久移雷州居住。建炎三年（1129）底，他才重获自由返回福建邵武。他途经广州、龙川、惠州及海陆丰时，写下《泛舟循惠间，山水清绝，口号四首》，著有《梁溪集》180 卷。

泛舟循惠间，山水清绝，口号四首

雨过溪流没旧滩，舟行竟日画图间。重重翠绿相环揖，卧看王维着色山。

烟雨霏霏溪上村，白沙翠竹对柴门。江湖战斗波成血，耕凿樵渔如不闻。

青山碧水白鸥飞，野岸临流有钓矶。便欲诛茅老沧海，于今江浙可忘归。

山下清江匹练横，山头红日半轮明。渔人晚集知多少，静听鸣榔撒网声。

【按】选自黄雨主编《历代名人入粤诗选》，题解："这是作者被召回经惠州时所作。惠州本名循州，宋真宗时改称惠州。循州即在今之海丰。循惠间，即现在惠阳至海丰。"

林直可（1107—1195），字正卿，号宣教，是闽南迁居海陆丰的林氏始祖之一。《汕尾市林氏宗谱》载其："性聪敏，少知书；宋宣和五年（1123）进士，授广东循州刺史。南宋绍兴十二年（1142）迁宣教郎之职。"宣和六年，他与继夫人郭氏携两幼子定居海丰县青螺村（今陆丰市桥冲下塘）。

思乡诗

一

乡心迢递利勾牵，报道阳桥梁坏悬。老蚌明珠遗此地，父南子北思悠然。

二

故乡何日到？吾老不能归。九牧家声远，诸亲信息稀。

白云连日布，黄叶逐秋飞。行矣前途晚，西征泪湿衣。

【按】摘自林维宽主编《长林风采：广东海陆丰林氏源流》（光明日报出版社，2002年）。

杨万里（1127—1206），字廷秀，号诚斋。吉州吉水（今江西省吉水县）人。南宋绍兴二十四年（1154）进士。他一生力主抗金，是南宋杰出的爱国主义诗人，南宋淳熙六年（1179）至十一年（1184），杨万里出任提举广东常平茶盐公事、广东路提点刑狱，尝往返闽粤驿道，经过海陆丰。著《诚斋集》133卷。

望海

动地罡风起海陬，为予吹散两眉愁。身行岛北新春后，眼到天南最尽头。

众水奔来波尽纳，千山赴此气全收。客中供给能消日，万顷烟波一白鸥。

【注】南宋时惠来县尚未建置，海丰与潮阳县接壤。杨万里路经粤东海丰龙溪都、潮阳交界处时所作。

【按】录自康熙《惠来县志·艺文》。

陈藻（1151—1225），字元洁，号乐轩，福建长乐县人。南宋著名理学家。尊老敬贤，颇有孝名。屡举进士不第，终身布衣。师事林光朝之弟林亦之，并称城山三先生，倡行伊、洛之学于东南。闭门授徒，不足自给，游食东南各地。著有《杜诗解》等，其著作由门人林希逸编为《乐轩集》八卷。宋人将陈藻、林亦之、林光朝著作以《三先生文集》之名合刻，遗有诗词 327 首。

过海丰

梅花结子已红青，归路犹愁一月程。忽听儿音乡语熟，不知方到海丰城。

【按】录自《乐轩集》，四库全书本。

刘克庄（1187—1269），字潜夫，号后村居士，福建莆田人。南宋淳祐六年（1246）赐同进士出身，官至工部尚书兼侍读，特授龙图阁学士。诗词均擅，风格豪迈激越，是南宋江湖派著名诗人、辛派重要词人。著《后村先生大全集》196 卷，词集有《后村别调》。南宋嘉熙元年（1237）改知袁州，擢广东提举，升转运使兼提举市舶使。任职广东时，从福建家乡多次往返惠潮驿道，途中经过海丰留下多篇诗词作品。

白云庵

太行以北海丰南，我与梁公务有惭。儿五十余亲八十，可堪来宿白云庵。

【注】白云庵，潮惠驿道至海丰与归善边界处之庵寺名。海丰，应指广东之海丰，不可能是山东海丰。因为南宋嘉熙年间，长江以北为蒙古人之统治区域，作者所能到达的地方只能是南方的海丰。"太行"，意谓"大道"，指潮惠驿道。

潮惠道中

春深绝不见妍华，极目黄茅际白沙。几树半天红似染，居人云是木棉花。

【注】南宋嘉熙元年（1237），作者从福建经潮惠下路经过海丰县。

将至海丰

渔盐旧俗惯恬熙，兵火新民脱乱离。石路树阴三十里，今犹仿佛太平时。

送海丰薛县尉

境与潮阳接，传闻盗已平。丁男无转徙，弧卒有来迎。
东作千村急，南官几个清。廉材遗训在，努力继家声。

临江仙·潮惠道中

不见仙湖能几日，尘沙变尽形容。夜来月冷露华浓。都忘茅屋下，但记画船中。
两岸绿阴犹未合，更须补竹添松。最怜几树木芙蓉。手栽才数尺，别后为谁红。

临江仙（并序）

　　庚子重阳，余以漕摄帅，会前帅唐伯玉、漕黄成父于越王台。明年是日，寓海丰县驿作。

　　去岁越王台上吹，席间二客如龙。凭高吊古壮怀同。马嘶千嶂暮，乐奏半天中。
今岁三家村市里，故人各自西东。菊花时节酒樽空。可怜双雪鬓，禁得几秋风！

【注】作于南宋淳祐元年（1241）九月九日。

【按】以上均录自《后村先生大全集》《后村别调》，并见《岭南历代诗选》《岭南历代词选》。

　　李春叟（1219—1298），字子先，号梅外，东莞南城白马人，南宋理学家李用之子。南宋宝祐四年（1256）省试中选，以误写被黜。景定五年（1264）特奏进士，授惠州司户。历肇庆府司理，迁德庆教授，秩满归。居家设帐，以经学教生徒，岭南名士多出其门。后朝廷征任军器大监，辞不就，朝廷特赐"梅外处士"之号。宋亡后，李春叟绝意不仕。著有《咏归集》（已佚），今录诗13首。事见《广州人物传》卷九，《宋东莞遗民录》卷下有传。

文丞相兵挫循州，诗以迓之

　　手持兵甲挽天河，铁石心肝尚枕戈。宾客三千毛遂少，将军百万李陵多。
风波如此子焉往，天道不然人奈何。岭海书生今已老，天涯无石为君磨。

【按】录自《咏归集》残稿。

　　陆秀夫（1236—1279），字君实。楚州盐城（今江苏建湖县建阳镇）人。宋末政治家，抗元名臣，与文天祥、张世杰并称为"宋末三杰"。景炎元年（1276）十二月，与张世杰等拥宋端宗赵昰抵达甲子门，翌年二月进入海丰大德港溯东溪，开凿宋溪过三江口抵达鲟门港南山，再由鹅埠狮山经小漠港乘舟出海至粤西。著有《陆忠烈公遗集》1卷。

萧宪佥公千古（两首）

　　志匡复宋室，勤王报国恩。鞠躬扶孤主，尽瘁表忠臣。
魂游惠府地，身葬鹅埠山。青简垂不朽，墓迹永烝尝。

【按】 录自海丰县鹅埠狮山南宋巡海宪佥萧御疾墓志铭。

　　文天祥（1236—1283），初名云孙，字天祥，后以字为名，改字履善，中举后又字宋瑞，号文山。江西吉州吉水人。宋宝祐四年（1256）丙辰科状元，累仕至湖南提刑，迁知赣州。元兵渡江，应诏勤王。宋端宗继位改元景炎后，召赴福州，拜右丞相枢密使，都督诸路军马，与元兵周旋于汀州、漳州一带。景炎二年（1277）冬，文天祥在江西空坑兵败，率余部抵达海丰县北部边境南岭山区。翌年三月，进屯海丰县丽江浦。六月入船澳（又称溷洋，今海丰可塘镇辖），训练水师，并派信使沿路寻找南宋小朝廷上表自劾，乞入朝，不许。九月，授少保信国公。十一月奉帝诏率师从海路赴潮阳进剿陈懿、刘兴叛军。十二月二十日，闻元军主力从福建出动，他度势不敌，率军撤退回海丰五坡岭。正当中午部队煮饭之际，遭到元将张宏正近千骑突袭，他仓促应战，服冰片自杀未果被执，最后被押至元大都（今北京）监狱。元至元十七年（1280），他在狱中将在海丰战斗的经历，凭记忆撰写出《集杜诗》等诗集。元至元十九年（1282）十二月遇害。著作有《指南录》《指南后录》等传世。

复入广

　　东浮沧海漘，南为祝融客。漂转混泥沙，迫此短景急。
【按】 载《集杜诗·复入广第七十》。

驻惠境

　　朱凤日威垂，罗浮展衰步。北风吹兼葭，送此齿发暮。
【按】 载《集杜诗·驻惠境第七十一》。

行府之败并序（两首）

　　十一月，谍报房大众至漳泉，度势不敌，移屯将趋海丰，为房骑追及于中道。时行已数日，不为备。仓卒溃散，遂被执。

　　送兵五千人，散足尽西靡。留滞一老翁，盖棺事已矣。

　　翠盖蒙尘飞，仗钺奋忠烈。千秋沧海南，事与云水白。
【按】 载《集杜诗·行府之败第七十三、第七十四》。

景炎宾天（并序）

　　御舟离三山，至惠州之甲子门驻焉。已而迁宫富场。丁丑冬，房舟来，移次仙澳。与战得利，寻望南去，止硐州。景炎宾天，盖戊寅四月望日也。呜呼痛哉！

阴风西北来，青海天轩轾。白水暮东流，魂断苍梧帝。

【注】戊寅四月望日，即景炎三年（1278）四月十五日，文天祥在海丰丽江浦闻宋端宗溺水身亡，向南恸哭不止。后来文天祥在元大都（今北京）监狱中凭记忆写下此诗。

【按】载《集杜诗·景炎宾天第三十一》。

祥兴登极

浮龙倚长津，参错走洲渚。苍梧云正愁，初日翳复吐。

【注】景炎三年（1278）四月十七日，卫王赵昺继位，改年号为祥兴元年。时文天祥驻军海丰丽江浦。

【按】载《集杜诗·祥兴登极第三十二》。

祥兴（七首）

南游炎海甸，沃野开天庭。真龙竟寂寞，乾坤水上萍。

弧矢暗江海，百万化为鱼。帝子留遗恨，故园莽丘墟。

朱崖云日高，风浪无晨暮。冥冥翠龙驾，今复在何许。

六龙忽蹉跎，川广不可溯。东风吹春水，乾坤莽回互。

幽燕盛用武，六合已一家。眼穿当落日，沧海有灵查。

客从南溟来，黄屋今在否。天高无消息，未忍即开口。

南岳配朱鸟，地轴为之翻。皇纲未为绝，云台谁再论。

【按】载《集杜诗·祥兴第三十三、三十四、三十五、第三十六、三十七、三十八、三十九》。祥兴元年卫王赵昺登基时，文天祥驻军海丰丽江浦获得探报。

（悼）母

何时太夫人，上天回哀眷。墓久狐兔邻，呜呼泪如霰。

【注】祥兴元年（1278）八月底，文天祥母亲齐魏国夫人曾氏与长子文道生同时染病而死，时弟文璧以户部侍郎复任惠州府，派弟文璋、次妹淑孙赴海丰丽江浦与文天祥一起送殡，并奉母柩移回江西，途经河源葬于义合乡。

【按】载《集杜诗·（悼）母第一百四十一》。

长子

大儿聪明到，青岁已摧颓。回风吹独树，吾宁舍一哀。

【注】文天祥长子文道生，在海丰丽江浦染疫病与祖母齐魏国夫人同时病死。

【按】载《集杜诗·长子第一百四十九》。

鼠（疫）

萱草秋已死，岁暮有严霜。落日渭阳明，涕泪溅我裳。

【注】祥兴元年（1278）八月底，驻扎于海丰丽江浦和军船澳的宋军中出现严重的疫病，兵士死者数百人。文天祥认为是鼠疫所致，哀而悼之。

【按】载《集杜诗·鼠（疫）第一百四十二》。

邹处置（两首）

东郊暗长戟，死地脱斯须。庾公兴不浅，居然屈壮图。

方当节钺用，不返旧征魂。凄凉余部曲，发声为尔吞。

【注】邹处置，即邹沨（？—1279），字凤叔。江西吉水人。少以豪侠称，为人慷慨有大节，有卓勇不稽之概，随文天祥起兵勤王，官任江南东西路处置副使。景炎三年（1278），文天祥从海丰船澳出兵征伐潮阳叛将陈懿，派邹沨屯兵于海丰县龙溪都（今属惠来县）千秋镇策应，曾作诗铭曰："崇冈壁立，曲水长流。天险莫升，人谋何筹。山川万古，镇垒千秋！"后文天祥兵败五坡岭，邹沨亦追至五坡岭拔剑自刎而死。元至元十七年（1280），文天祥在元大都监狱，作上述两首诗悼念他。

【按】载《集杜诗·邹处置第一百二十七、一百二十八》。

萧资

主当风云会，谢尔从者劳。感恩义不小，块独委蓬蒿。

【注】萧资，江西吉水人，文天祥幕下书史也。天祥起兵，资于患难中扶持，以全督府印功，升阁门路铃辖。资性和厚，临机应变，辑穆将士，总摄细务，任腹心之寄。自潮阳移屯海丰五坡岭后，战死。元至元十七年（1280），文天祥在元大都监狱，作诗悼念他。

【按】载《集杜诗·萧资第一百三十一》。

南海（两首）

开帆驾洪涛，血战乾坤赤。风雨闻号呼，流涕洒丹极。

南海春天外，只应学水仙。自伤迟暮眼，为我一潸然。

【按】录自《集杜诗·南海第七十五、第七十六》。以上均为文天祥在元大都监狱，回忆其海丰战斗情景以唐杜甫诗句集成，谓之《集杜诗》。

自叹诗（两首）

草宿披霜露，松餐立晚风。乱离嗟我在，艰苦有谁同？
祖逖关河志，程婴社稷功。身谋百年事，宇宙浩无穷。

可怜大流落，白发鲁连翁。每夜瞻南斗，连年坐北风。
三生遭际处，一死笑谈中。赢得千年在，丹心射碧空。

【注】 此为景炎二年（1277）十一月，文天祥率残部至循州屯兵于海丰县北部南岭山区所作。

【按】 录自《指南录》《指南后录》。

寄惠州弟

五十年兄弟，一朝生别离。雁行长已矣，马足远何之。

葬骨知无地，论心更有谁？亲丧君自尽，犹子是吾儿。

【注】 宋祥兴元年（1278）八月底，文天祥母亲齐魏国夫人曾氏与长子文道生同时染病死后，文天祥在海丰丽江浦和船澳写下此诗，托到海丰治丧的弟弟文璋寄给在惠州的文璧。文天祥有弟文璧、文霆（早卒）、文璋。犹子，侄子也；文璧之子文陞过继给文天祥承继香火。

【按】 录自《指南录》《指南后录》。

战场

三年海峤拥貔貅，一日蹉跎白尽头。垓下雌雄羞故老，长安咫尺泣孤囚。
鱼龙沸海地为泣，烟雨满山天也愁。万死小臣无足憾，荡阴谁共侍中游。

【注】 题目一作"自叹"。战场，指南海之滨的海丰五坡岭、丽江浦、船澳等地。

戊寅腊月二十日，空坑败，被执，于今二周年矣，感怀八句

横磨十万坐无谋，回首蹉跎海上洲。太傅只图和药了，将军便谓斫头休。
乾坤颠倒真千劫，身世留连复一周。一死到今如送佛，空窗淡月夜悠悠。

【注】 被执，指祥兴元年十二月二十日，文天祥率军五千人从潮阳抵达海丰五坡岭方饭亭之际，遭元前锋张弘正（弘范之弟）骑兵追击被执。四女鉴娘、五女奉娘死于乱兵中。

哭母大祥

前年惠州哭母敛，去年邳州哭母期。今年飘泊在何处，燕山狱里菊花时。哀哀黄花如昨日，两度星周俄箭疾。人间送死一大事，生儿富贵不得力。只今谁人守坟墓，零落瘴乡一堆土。大儿狼狈勿复道，下有二儿并二女。一儿一女亦在燕，佛庐设供捐金钱。一儿一女家下

祭，病脱麻衣日晏眠。夜来好梦归故国，忽然海上见颜色。一声鸡啼泪满床，化为清血衣裳湿。当年蓁纬意谓何，亲曾抚我夜枕戈。古来全忠不全孝，世事至此甘滂沱。夫人开国分齐魏，生荣死哀送天地。悠悠国破与家亡，平生无憾惟此事。二郎已作门户谋，江南葬母麦满舟。不知何日归兄骨，狐死犹应正首丘。

【注】诗中"前年惠州哭母敛"，前年，指景炎三年（1278）。惠州，指惠州所辖之海丰县。宋祥兴元年（1278）八月底，驻扎于海丰丽江浦和船澳的军中出现严重的疫病，兵士死者数百人，文天祥母亲齐魏国夫人曾氏与长子文道生亦同时染病而死。《宋史》载："六月入船澳（在海丰境内），益王（指帝昰）殂，卫王（指帝昺）继立，天祥上表自劾，乞入朝，不许。八月，加天祥少保信国公。军中疫且起，兵士死者数百人。天祥唯一子，与其母皆死。"此为三年后齐魏国夫人丧日文天祥悼念母亲之作。

【按】以上诸诗均录自《集杜诗》《文山先生全集》。

赵必瓛（1245—1294），字玉渊，号秋晓，东莞城栅口人。南宋咸淳元年（1265），赵必瓛与父亲赵崇同登进士，授从事郎，高要县簿尉兼四会县令，后升文林郎南康县丞。景炎三年（1278）三月，他从惠州赴海丰县丽江浦面见文天祥，慷慨陈词，备述抗元大计；被文天祥授签惠州军事判官兼知录事，留在丽江浦帐中参谋军事。宋亡后元朝以故官例，授赵必瓛为将仕郎象州儒学教授。他辞不赴任，隐居于东莞温塘乡。常西走大奚（今香港大屿山），或东走甲子（今陆丰甲子镇），徘徊海岸，每望崖山则伏地大哭。又画文天祥像挂于厅中，朝夕泣拜。工词赋，著有《覆瓿集》。

和文文山中秋赏月韵

中秋有月更有酒，乐事赏心并二难。万里无尘银世界，一清彻底玉溪山。素娥伴兔夜无寐，仙侣乘鸾晓未还。老子南楼动吟兴，风吹香句堕尘寰。

【按】录自《覆瓿集》。

陈牧隐（约1345—?），名堡，字彦行，牧隐其号也。海丰县龙溪都麒石里（今惠来县岐石）人，宋海丰令陈原父之裔。幼而明敏，识见超卓。知孝敬长，兄弟和睦。少博览群书，文名蜚声岭表。元至正年间朝廷征召不往，为保持气节隐居于家乡麒石。明洪武初年，陈牧隐慰问镇守海防的碣石卫部队，拨赠军租六十石以供碣石卫军饷。诗作被选入《古瀛诗苑》。

题凤山古寨

保障当年建义旗，凤山磐石绕汤溪。英雄壮士今何在？万古空营对落晖。

【按】录自康熙《惠来县志·艺文》。

陈野仙，名已轶。海丰县龙溪都麒石里（今惠来县岐石）人，陈牧隐之侄。时值元季，中原板荡，隐居不仕。他是一位标志节于林泉的硕儒，与胞叔陈牧隐逍遥泉石，以诗文自娱，自号为野仙。诗作被选入《古瀛诗苑》。

登乌石

优游云外山，缥缈翠微间。烟锁深松暗，花开春日闲。

【注】乌石位于岐石东北部，有雌雄二石。雌石宽一百多米，呈扁形；雄石高丈余，都呈黑色，故名乌石。

石梅

瑰然片石长苔痕，谁种先天太极春。欲向花神问消息，疏枝无语月黄昏。

【注】"先天"，一作"自然"；"月黄昏"，一作"自黄昏"。

独坐

桃红柳绿一年春，诗句清新自有神。闲坐榕阴无个事，不知谁是谪仙人。

宿乌石

曲水环山望欲迷，沁心美月息春溪。仙翁炼药乘云去，云自高飞鸟自啼。

九日登高

黄菊篱边已放花，摘来盈把泛流霞。振衣直上冈千仞，问酒须逢曲几车？
囊里霜醅拼尽醉，坐间秋色转无涯。举头十数烟村外，绿绿溪流淘白沙。

【按】以上均录自康熙《惠来县志·艺文》、陈德传《岐石乡历代诗文佳词选》。

陈舆言，生卒年不详。海丰县龙溪都麒石里（今惠来县岐石）人。野仙之弟，诗名与兄并称于世。他卜居凤山，垂钓溪头，镇日渔唱，志书注为硕隐者。诗作被选入《古瀛诗苑》。

溪头渔唱

一曲沧浪欸乃间，数声清澈凤山湾。世多俗客忙相逐，天许渔郎剩得闲。

凤山钓矶

潮汐回旋绕凤山，临流把钓自安闲。渔矶夜夜歌明月，谁道遗民去不还。

【注】凤山，在今惠来县岐石镇。镇北部有打石山，距岐石村 5 公里，海拔 600 米，东西走向，包括乌鸦山、双梅山，方圆 4 平方公里。三面环水，与后汛村南的山丘，隔水相望，并称双凤。

【按】录自康熙《惠来县志·艺文》。

卷二　明代诗词选征

梁安，广东高要县人。明洪武四年（1371）辛亥科三甲第 69 名进士，海丰知县。

甲子门

海岛东南第一门，宋帝曾此驻三军。锦帆玉舵如流水，空有余音对彩云。

御宴潭

帝子西旋泊锦舟，浪花香暖酒香浮。神龙饮罢归天去，鱼鳖于今不敢游。

【按】录自乾隆《海丰县志·词翰》、嘉靖《惠州府志·词翰》。

谢文，洪武初年南京翰林院典籍。海丰人马旭老师。

赠海丰眠云道者

野人栖息地，云共石床平。枕上秋无际，琴边趣独清。

香浮梅雪绕，翠异竹烟凝。即事逍遥处，陶然淡物情。

【注】眠云道者为海丰人马德龙的谥号。

郭子冲，福建晋江人，明洪武迪功郎、国子监博士。海丰人马旭老师。

赠海丰眠云道者

云阁高眠比华山，女罗石暖白云间。唤回清梦尘环外，老鹤一声秋宇闲。

张谦，浙江省永嘉县人。明洪武十八年（1385）南京国子监耶教。海丰人马旭老师。曾题苏轼《倪松图》跋云："观者当于笔墨之外求之，自可见其精神劲爽，气韵清越，意趣与人迥殊，要非具眼莫能得其妙也。"

赠海丰眠云道者

窗户玲珑绝信尘，由然如絮蔼氤氲。夜寒尚把天运握，梦觉悔知月在身。
组织童容惟我意，闲居戚友谩相亲。罪来怕有襄王兴，卧隐何妨一欠伸。

魏葵，明洪武十八年（1385）任南京刑部主事。海丰人马旭老师。

赠海丰眠云道者

云向山中静卷舒，龙潜高岫共云衣。酒醒但觉衣衾冷，睡起还惊枕簟虚。
齿砺松根时漱石，情怡竹下自观书。悠然身世无拘束，颇信年来乐有余。

木景方，河南省安阳人。南京国子监司业。海丰人马旭老师。

赠海丰眠云道者

白云本无心，来去亦无迹。虚无缥缈间，变化朝又夕。云向山中来，依此自栖息。大
圆以为帐，遐方以为簟。云雾尽衾绸，江山俱枕席。奔走逐名利，纷纷竞朝夕。安知此中
趣，一静乃自得。出岫于峑峑，瑞龙亦不识。鼻雷长駒駒，颓然卧八尺。一觉大槐安，天
高秋月白。

马旭（1360—1408），字东升，海丰县杨安都田心村（今联安镇）人。明洪武元年
（1368）入泮县学宫。十六年（1383）以岁贡入南京国子监。十九年（1386）授陕西
粮道。

赠海丰眠云道者

升旭漂漂照混茫，游子焉得白云乡①。风吹稀发龙吟冷，气袭衣衾鹤梦凉。
伏沉沧海通宝焰，栖住桑榆享春光②。孤鹃啼响千峰里，漂渺高堂更断肠。
【注】①"游子"，出律，疑为"游踪"之误。按律应作："游踪焉得白云乡"。②原
句失律。疑为："沧海伏沉通宝焰，桑榆栖住享春光"之误抄。应将"伏沉"与"沧海"
"栖住"与"桑榆"互换位置。

张恒，福建省晋江人。明洪武十八年（1385）国子监举人，马旭同窗。

赠海丰眠云道者（两首）

丹崖飕飕世脱脱，西风不老南华月。中有眠云鹤发仙，净扫烟露练松雪。

黄冠野服思不群，一叹浊世徒纷纷。何年归去结茅屋，相与秋高卧香云。

王坤泰，广州人。明洪武十八年国子监举人，马旭同窗。

赠海丰眠云道者

高山高士爱氤氲，一榻萧然向隅尘。夜静星河常迎月，好梦回风忽沾身。
游心老去长霞阁，济世时来任化钧。大旱遂教苏象癛，为霖顷施莫逡巡。

黄庄，韶州人。明洪武十八年国子监监生，马旭同窗。

赠海丰眠云道者

道人爱山居，卧占松下石。富贵摅不干，绕榻浮云白。出入本无心，卷舒亦无迹。秋高鹤梦安，林空鸟声寂。爽爽气袭裳，晴隐移枕席。怡然遂所游，风漂随所适。觉乐吹洞箫，运行海天碧。

林逊（1364—1404），字文敏，号志宏。潮阳县酉头都狮石里（今属惠来）人。禀赋聪明颖悟，在村畔铭湖岩石室潜心攻读。后赴潮州拜解元蔡希仁为师，学《古文尚书》经义。洪武十七年（1384），中式举人，入南京国子监。洪武十八年（1385）成乙丑科潮州府第一位进士。至明惠帝建文二年（1400），林逊才受命为福建闽县县丞。《福州府志》《闽县乡土志》谓其"即授闽县丞。岁饥，请赈，多所全活。又疏请预防海寇，厉禁沿海捕鱼，优诏答之"。在官四年，升福清知县。

赠海丰眠云道者

银瓶山接罗浮宗，万云拥出莲花峰，彩云驾日行空中。道人有时似云懒，席云长卧心融融；一任昼过夜，不知秋复冬。道人有时喜欣欣，银瓶酌酒罗浮春。道人有时发狂笑，答应山鸣云鹤叫。道人有时带月歌，嫦娥起舞春风和。醒还寐，不知世上非和是；寐还醒，不知人间名与利。炎暑云披隆为幕，晚来薰风霜雪朦。梦回柱石一开眼，喜见旭日升自扶山东。

【按】以上均录自海丰《马氏伯霄祖史记》。

彭举，字京佐。海丰县石帆都奎湖村（今属陆丰市）人。明永乐十八年（1420）庚子科举人，广西桂林府训导。二十年（1422），海丰知县在甲子门为其建立"梯云"牌坊。其诗沉郁清雅、音韵铿锵。

甲子门

忆昔龙舟驾海涛，六飞曾此拥旌旄。雨中谢峡青山暮，岛外厓门白浪高。
岸草旧埋金箭镞，浪花新逐锦征袍。可怜成败皆陈迹，故垒残营翳野蒿。

【按】录自乾隆《海丰县志·词翰》。

哀崖门词吊郑义烈

崖门舟覆天为愁，海风吹鬓冷飕飕。星光如斗随波漫，赵宋王气已全休。天遣海鲸肆吞噬，漠漠妖氛遍南裔。虎头将军矢勤王，可怜宋旗难撑起。誓战死，无偷生，竟死不辱勤王名。崖门猛士多如雨，谁似复翁义烈声。

【注】郑义烈，即南宋甲子渔民郑复。

【按】录自《陆丰文史》。

吴高（约1406—1451），字志高。归善县（今惠城区）人。明宣德八年（1433）癸丑科进士，官至刑部主事员外郎、福建左参政。四十致仕，幅巾杖履，行徜山间水际，惠阳风物陶写殆尽。曾参与编纂《惠州府志》。好学能文，酷嗜林泉，文章称誉一时。著有《第一江山亭记》，是惠州府知名诗人。

赞循州守郭安仁

先生名进士，五马刺循阳。守己一廉足，好修千里扬。
清谣多秀麦，遗爱在甘棠。欲酬芳陌酒，江天路杳茫。

【注】题目据府县志等有关内容所拟。嘉靖《惠州府志·乡贤》载："郭安仁，海丰人，少游邑校，能自检饬。登庆元二年进士第，授宣教郎，知循之龙川县，行廉政平，循人爱之。"南宋《惠阳志》主纂、博士黄以宁称之曰："安仁好修之士也。"

【按】录自乾隆《海丰县志·人物》。

凤河晚渡

落日潮头起暝烟，行人唤渡各争先。济川安得商岩老，骤雨狂风亦晏然。

龙津渔唱

曲曲清溪绕屋斜，数声欸乃起汀沙。夜深月白知何处？余韵风飘出蓼花。

莲峰叠翠

芙蕖峰上景偏幽，雨过风光翠欲流。正似匡庐招李白，万松深处碧云秋。

丽江月色

秋夜寒江彻底清，当年丞相出天兵。江流不尽银蟾影，照遍兴亡万古情。

万寿晓钟

岩峣古刹起晨钟，度柳穿花散晓风。一百八声才止歇，几人犹在梦魂中。

九龙山

低昂起伏势蜿蜒，天作峰峦秀气全。长啸一声凌绝顶，坐看红日出虞渊。

【按】以上均录自乾隆《海丰县志·词翰》、嘉靖《惠州府志·词翰》。

彭祚，海丰县石帆都圭湖（今属陆丰市甲东）人，明成化十年（1474）甲午科举人，授泗城府同知（今属江苏省盱眙县），官秩正五品。成化十一年（1475），海丰县令柴悌在县城东门外为其建立"世科"牌坊。撰有《重建海丰县碑记》。

御宴潭

宋鼎南迁播岭南，君臣曾此序朝参。笙歌间作鱼龙听，俎豆兼陈蛤蜊甘。
逝水东流终不返，大星南殒更何堪。至今独有清秋月，夜夜寒光照碧潭。

【按】录自光绪《惠州府志·艺文》。

吴栗（1458—1537），字有年，号一槐。海丰县城兰巷人。明弘治八年（1495）乙卯科岁贡，授江西建昌府泸溪训导。

双桂山

天启黉宫面此山，比山苍翠拥双环。个中珍异应为瑞，自有奇花透广寒。

银瓶山

银瓶泻出落崖巅，仿佛千寻彩练悬。更讶山灵春睡美，凌峰高挂水晶帘。

【按】录自乾隆《海丰县志·艺文志》。

章拯（1479—1548），字以道，号朴庵，浙江省兰溪人。明弘治十四年（1501）举人，十五年连捷成进士，授工部主事。正德七年（1512），出任广东提学副使，官至工部尚书。清操淳朴，是五坡岭表忠祠及方饭亭的创建者之一。著有《朴庵文集》。

谒五坡祠

擎天协梦，洗日回光。九死匪悔，百炼益刚。正气堂堂，丹心炯炯。
惟五丈原，如五坡岭。名世不偶，在天有灵。上为河岳，下为风霆。
愿公归来，慰我仰止。庙貌巍巍，俎豆千纪。

【按】录自乾隆《海丰县志·词翰》。

胡松（1490—1572），字茂卿，号承庵，安徽绩溪人。明正德九年（1514）进士，初授嘉兴府推官。十六年（1521）授山东监察御史。至嘉靖元年（1522），因荐事忤旨而被罢官还乡。十四年（1535）任南宁兵备道副使，二十二年（1543）擢升广东布政司右布政、左布政，累官工部尚书。行草流俊有法，著有《承庵文集》《弇州山人稿》等。

海丰对月

幽轩临碧沼，皓月水中看。直讶银蟾没，还疑玉兔寒。
砧声来别院，渔唱起前滩。俯仰成准眄，宁知夜色阑。

王凤灵（1497—1562），字应时，号笔峰。今福建省莆田市人。明正德十二年（1517）丁丑科进士，授刑部主事。他秉性优直，执法公正，不惧权贵。仗义执言，文章气胜。后出任淮南太守。嘉靖十七年（1538）任广西参政，官至陕西提学。卒以好激论天下事，见忌罢归。嘉靖四十一年（1562）十一月，倭寇侵扰莆阳，郡城陷后，他不幸死于这次倭难。其字法王羲之，人皆珍慕之，称笔峰先生。生平著有《淮阳急稿》《淮阳漫稿》各20卷，旋皆散佚。后其孙介所蒐辑。至崇祯时板澧，玄孙梦旸又重刊《笔峰存稿》五卷。

五里沙

五里沙头潮涌山，海天苍莽客心单。认取崖门青一点，天留片石障狂澜。

【按】录自嘉靖《惠州府志·山川》。

汪思，字德之。江西省婺源县人。明正德十二年（1517）进士，中宪大夫，选庶吉士，改兵科给事中。嘉靖初年为惠州分守道参议，嘉靖中任广东布政使司右参议。擢云南提刑按察司副使。

海丰道中

问俗殊方走画熊，旌旗长在瘴氛中。山松带雾闲藏雨，海唇吹涛怒斗风。
烟火无家多作耗，鱼盐有户未应穷。可怜万里天王地，何为羁人感断蓬。

【按】录自嘉靖《惠州府志·山川》、乾隆《海丰县志·词翰》。

李玘，字文甫。江西省南丰县人。明嘉靖八年（1529）己丑科进士，赐中顺大夫。嘉靖十七年至二十二年出任惠州知府，他下车伊始，就以固堤平湖为己任，募集民力，修固南北二堤，并修复西湖湖光亭、点翠洲亭和熙春台等。政尚平恕，重文兴教，常坐明伦堂亲听诸生说经，释疑解惑，选拔良才。好文雅之举，经常与幕僚出游唱吟。主修《惠州府志》，后官至贵州副使。

五里沙

路出咸田上，牛羊下夕晖。鹿州三水隔，平海一山微。
风定潮声静，霜清木叶稀。忽闻嘤罟罢，知是捕鱼归。

【按】录自嘉靖《惠州府志·山川》。

雍澜，字斯道，号见川。福建省莆田县人。明嘉靖七年（1528），兴化府学戊子科岁贡生、举人。十一年（1532）壬辰科进士，授户部主事，擢广东按察司金事兼任岭东兵备道，历参议致仕。十八年（1539），为岭东兵备守道金事时，曾凭吊海丰县鲘门南山岭宋帝遗址，书"壮帝居"三个大字，字体苍劲雄浑。休致后，回乡与康大和等诗人结成逸老会，以吟咏为娱。

谒五坡祠

即折中原气自雄，舟移越海任孤忠。艰难国步凭谁复？磊落文山到此穷。
万古纲常天鉴在，五坡祠宇道心同。墀臣瞻拜重新日，感慨当年饭上功。

【按】录自乾隆《海丰县志·词翰》。

李实（1502—？），字石洲。海丰县坊廓都碣石卫（今属陆丰市）人。精通经史，尤善书法。明嘉靖四年（1525）乙酉科举人，八年（1529）己丑科进士出身，授翰林院庶吉士。后任江南御史。十二年（1533）任北京巡守监察御史等职。在任期间，治政清廉，清冤除贼，政绩昭然。他是自宋以来海丰间隔了 267 年才出现的第一位进士。

过南沙渡值雨

云意黯千山，春游兴未阑。花深红雨重，草细绿云宽。
舟子频招渡，征人漫倚鞍。纷纷贪利涉，南北几人还。

过羊蹄岭

朝闻南岭鹧鸪啼，芳草萋萋路转迷。莫道哥哥行不得，马头南北又东西。

中秋夜来客

何处人能识淡交，肯垂青眼到蓬茅。苍苔露湿和烟踏，白板云封带月敲。
汲水欲烹茶灶冷，提壶去买酒钱高。知君斟破斯文味，空口闲谈过此遭。

【注】首句"何处人能"，一作"人世谁能"。第四句一作"白板云横对月敲"。白板，指南关庙后的一颗大石，名"油柑石"，高耸入云。

碣石卫城八景

玄武三台景色鲜，犀牛望月吐青烟。永兴古寺钟声响，港口归帆渔火炫。
南灶云霞波万顷，洴州浮地浪千年。石桥半渡传今古，耸秀桂林夜月圆。

【按】以上均录自杨永可、叶良方主编《汕尾古今诗词选》以及乾隆《陆丰县志·艺文志》。

罗洪先（1504—1564），字达夫，号念庵，江西吉水人。明嘉靖八年（1529）己丑科状元，授翰林院修撰，迁左春坊赞善。著名方志学者。与明海丰县令张济时为同乡挚友，作嘉靖《海丰县志》序。著有《念庵集》《广舆图》等。

岭南令

邑险当新造，才高特试难。分疆百里俭，敷政四邻看。
卉服文移简，蚶田赋入宽。无忘柔远意，圣主待民安。

【按】录自《念庵集》。

方逢时（1523—1596），字行之，号金湖。湖北嘉鱼县人。官至太子太保、兵部尚书。明代著名军事家、政治家、诗人。他智勇超群，天资过人，文才出众，胸怀远大抱负。明嘉靖十九年（1540），他乡试中举，翌年连捷成进士，授江苏宜兴知县。四十一年（1562），升擢为广东兵备副使兼任岭东伸威道，与伸威道总兵俞大猷一起进驻海丰县碣石卫城，两人配合密切，取得了大德港等平倭大捷，以及歼灭柘林叛兵和闽粤大盗吴平等胜利。隆庆四年（1570），升迁山西大同巡抚。万历二十四年（1596）病卒。著有《大隐楼集》。

凯奏余音，为虚江俞元戎作

至惠阳

秋江水深波洋洋，乘潮晓渡飞龙骧。旌旗猎猎映日光，锦珰绣袷双剑长。江头士女走相望，将军其来贼遁藏，室家欣欣保乐康。

出平山

平山大道平如席，古木苍苍风习习。朝日未出山云湿，健儿马上鸣双笛。瑂戈画戟纷秩秩，虎旅长驱鸟飞疾，建牙高拥风云色。

定白马

白马山高接羊口，峰回谷转路幽阻。蛮奴负险时肆侮，戎车晓驾秋江浦。壮士横戈阚婞虎，群蛮震詟走稽首。将军马前欢笑语，平明山头建旗鼓。龙旗翻翻逾山去，飞骑山南斩飞虏。

战泷水

潮阳西来山郁盘，深林积莽何蔓延。黄狐跳梁赤兔旋，饥相啖食怒相虔。桓桓貔虎来便獧，驱逐剪灭余苍烟。干旄孑孑鼓渊源，祥云瑞蔼纷联翩。泷水之捷垂千年。

九龙平

九龙山，何刺促，岛夷奔，气跼蹐。鸟惊兽骇依草木，汉兵西来何神速。势如风雨振原麓，群丑胁息就缚束。海天茫茫净新绿，野人齐唱生平曲。

振旅

扶桑日出千山红，搉金伐鼓声融融。洗兵南海惊游龙，水无鲸鳄山无狖。新谷满野何芃芃，闾阎处处欢声同。尽收戈甲归春农。

奏捷

辕门鼓角声呜呜，将军献捷驰羽书。日南之域豺豸区，一朝扫荡荆棘除。两阶干羽文德敷，圣寿万年乐无虞。再拜稽首齐山呼，真符期献龙马图。

【注】嘉靖四十二年（1563）至四十三年（1564）作。

【按】录自《大隐楼集》。

俞大猷（1504—1579），字志辅，号虚江。福建泉州人。抗倭名将，率部转战于苏、浙、闽、粤之间。身经百战，战功显赫。明嘉靖四十三年（1564），他被朝廷任命为广东总兵，率6万大军进驻碣石卫。首先招降花腰蜂等海丰西北部边境的矿工武装，在碣石卫进行军事训练。然后出兵揭阳、普宁围剿倭寇于邹堂、戎水，将倭寇驱逐至海丰大德港和九龙山，一举歼灭。翌年奏凯回师在碣石卫城北题撰"万世太平"摩崖石刻。冬，汤克宽被朝廷任命为狼山副总兵，俞大猷赋《短歌行赠武河汤将军擢镇狼山》赠别。嘉靖四十五年（1566）四月，他再被起用平定河源李亚元。期间一直驻在碣石卫等惠潮前线。万历七年（1579）秋卒于闽。俞大猷诗大多感情豪迈，气势雄伟，抒情与议论相结合，语言风格浑厚质朴，后人将俞大猷生平所作诗词汇编成《正气堂集》16卷。

平山和汪西潭宪副韵

师出平山麓，铁衣带雨霏。风云天际动，花叶霜前微[①]。
白马虽天险[②]，神兵亦世稀。犁庭今奥岭，何日朔方归。

【注】①花叶，谓花腰蜂、叶丹楼二贼魁。②白马，指海丰县与归善县交界的白马山，主峰海拔1256.3米，东南麓为明嘉靖时期著名山寇花腰蜂筑建的碗窑军寨。

与展推府

匣内青锋磨砺久，连舟航海斩妖魃。笑看风浪迷天地，静拨盘针定夏夷。
渊隐虬龙惊阵跃，汉飞牛斗避锋移。捷书驰报承明主，沧海而今波不澌。

舟师

倚剑东溟势独雄，扶桑今在指挥中。岛头云雾须臾净，天外旌旗上下冲。
队火光摇河汉影，歌声气压虬龙宫。夕阳景里归蓬近，背水阵奇战士功。

【注】嘉靖四十三年十月作。"净"，一作"尽"，冲，一作"翀"。

短歌行赠武河汤将军擢镇狼山

蛟川见君蚤然喜，虎须猿臂一男子。三尺雕弓丈八矛，目底倭奴若蚍蚁。一笑遂为莫
逆交，剖心相示寄生死。君战蛟川北，我战东海东。君骑五龙马，我控连钱骢。时时戈艇
载左臷，岁岁献俘满千百。功高身危古则然，谗口真能变白黑。赭衣关木为君冤，君自从
容如宿昔。顾我无几亦对簿，狱中悲喜见颜色。君相圣明日月悬，谗者亦顾傍人言。贷勋
使过盛世事，威弧依旧上戎轩。君今耀镇狼山曲，云龙何处更相逐。春风离樽不可携，短
歌遥赠亦自勖。与君堕地岂偶然。许大乾坤着两足。一度男儿无两身，担荷纲常忧覆沴。
皓首期君共努力，秋棋胜着在残局。燕然山上石岩岩，堪嗟近代无人浼。与君相期瀚海
间，回看北斗在南关。功成拂袖谢明主，不然带砺侯王亦等闲。

【注】嘉靖四十四年冬作。

【按】以上录自《正气堂集》。

吴桂芳（1521—1578），字子实，江西新建人。他自幼聪颖，九岁即善属文，十三岁
时取得生员资格。明嘉靖二十二年（1543），以全省第二名的成绩考取举人；次年进京会
试，高中二甲进士，年方二十四岁，授刑部主事，起补礼部。历迁扬州知府。御倭有功，
历浙江左布政使，进右佥都御史，巡抚福建。屡迁兵部右侍郎兼右佥都御史。嘉靖四十二
年（1563）至四十五年（1566），他提督两广军务兼理巡抚，是其宦绩最显著之际。这时
期，他打击倭（海）寇、山贼，平定柏林兵乱，整饬海陆防务，肇建广州外城，迁总督府
于肇庆，修学宫作养人才，移风俗造福百姓，为两广的地方安宁和社会发展做出了重大贡
献。隆庆初以疾乞归。言官数论荐。万历六年（1578）正月，诏进工部尚书兼右副都御
史，居职如故，未逾月卒。赠太子少保。吴桂芳历仕三朝，扬名中外，声绩颇佳，为明代
中后期才名俱著的贤臣。他文章通达，诗亦宏敞。著有《师暇哀言》十二卷。

贺俞将军得子

虚江俞将军总帅二源①，功成饮至，遂于八月九日有充闾之梦。人以为不妄杀之应，走笔贺之。
老蚌生珠②古所难，况逢万姓凯歌欢。太平宴罢传汤饼，将种分明接汉坛。

【注】①二源：指河源、翁源两县。②老蚌生珠，谓俞大猷是年63周岁，生下儿子俞
咨皋。

【按】嘉靖四十五年（1566）六月作，录自《正气堂集》。

陈元谦（1510—1592），字宗沩，号中阳。明嘉靖海丰县龙溪都（今属惠来县）麒石村人。自小聪慧好学，五岁随父到甲子攻读，十四岁时海丰县学派员督导，见他文不属稿而就，名列优等。嘉靖三年（1524）惠来置县，学籍由海丰县改隶惠来县，但仍在海丰碣石卫宝刹书院读书。七年（1528）举秀才。十七年（1538）以选贡荐游太学。二十五年（1546）偕弟陈元谅赴省参加乡荐中式举人。三十九年（1560），他赴京到吏部参加铨选，授袁州萍乡县令。嘉靖四十三年（1564）致仕回乡，建圆通庵，兴设学堂，聘名师教育乡里子弟，重整乡俗。其诗秉承杜白之诗风，关心社会和民众生活，具有传统现实主义批判精神。

闻擒巨盗曾一本，登五层楼眺望

少年作赋记登台，今日重登又快哉。五穗仙人云缥缈，万家城郭鸟飞回。
越王故垒麒麟卧，贾客危樯玳瑁来。海上捷书连日报，烟销一望见蓬莱。

逍遥岩

连峰积古铁，芳草戴层巅①。岩洞入窈窕，阶磴上寅缘。回飙荡林气，石窦分暗烟。绝顶见长江，山翠苍苍然。伊人去我久，千载有遗筌。廓若四壁居，或坐列几筵。谁无堂宇谋，终愁风雨穿。人事岂不足，所胜曷以天。何当卜于兹，养此龟鹤年。聊为汗漫游，托之逍遥篇。

【注】①原句为"芳草戴层岭"。岭，为仄声字，且与整句诗韵不合，故改为"巅"。

与客问答即事

忽有故乡客，长跪授素书。云自故乡来，意气若踟蹰。颜面带风霜，坐立转簸箩，再拜问乡人，故乡今何如？请言亲戚故，田里几莱污。丘垄何人守，族属宁有无？桴歌今鸣否，征求苟与纾？乡人发长叹，置茶坐之隅。再拜复主人，故乡不可居。坟垄既芜没，宁复识廛区。邻巷鲜故人，族里半丘墟。昔时游广寮，今为官路衢。御史按行部，亭午无藜疏。羽檄流星至，阖城点兵夫。楼堞排门守，跬步焉敢踰。或然点不到，罚金尽锱铢。春燕巢林木，狼虎吼故庐。富室髡城旦，耕农废犁锄。主人聆客言，涕泗交涟洳。离乡十余载，陆沉何须臾。族戚悲零落，交亲日以疏。归鸟无宁翼，游鬣将安舒。殷勤谢乡人，勿复更欷歔！

长命草

一

河源二月春色好，绿卉红英花满道。美人不爱河阳花，只爱青青河畔草。为言风霜摇落时，羲和律转荣还早，盈盈珠露缀湘裙，折来轻向蛾眉扫。君不见，萋菲成锦易弃掷，玉帐佳人坐中老，瑶琪贝叶谩栖尘，灵根翠匐聊相保。

二

新丰女儿颜色好，上郭下郭踏青道。髻后横挑金郁钗，耳边斜插长命草。美人爱草但宜春，陌头曾畏清霜早。况值茂陵薄幸郎，白头有恨不堪扫。君不见，楚姬流血墓冢青，娇宠何曾及年老。东风雨晴日长杲，与君百岁愿相保。

【按】载《惠来县志·艺文》、陈德传《岐石乡历代诗文佳词选》。

林大钦（1512—1546），原名大茂，字敬夫，号东莆。海阳县东莆都（今潮州市潮安区金石镇）人。幼家贫失怙，聪颖嗜学。明嘉靖十一年（1532）壬辰科状元，授翰林院修撰。三年后即以"母病"为由，疏请辞职归养。他"筑堂于华岩"，"寄情诗酒，啸傲山林，独辟学说，摒弃习气"。并在华岩山宗山书院讲学，主讲以王阳明学说为基本理论的《华岩讲旨》。嘉靖十九年（1540），母逝，因哀伤过度，大病一场。嘉靖二十四年（1545）葬母于桑浦山之麓，在归途中病卒，终年34岁。著有《东莆先生文集》。

五坡怀古

孤忠祠下拜冠裳，北望燕云几夕阳。庙食不惭专俎豆，路碑留得好文章。
江山有色长灵秀，草木无知也感伤。百十年前双眼孔，几人生死为纲常。

【按】录自乾隆《海丰县志·词翰》。

林懋举（1520—1567），字直卿。福建闽县人。明嘉靖二十三年（1544）进士。初授安徽凤阳府推官，府有疑案，数十年未决，懋举至，即处理，人称青天。嘉靖中任海丰县训导。嘉靖三十七年（1558）官至备倭副使，在提督都御史王钫的派遣下，率领金事经彦宷、参将钟坤秀、指挥刘天伦等赴揭阳征剿，杀一百七十名倭寇而立功。著有《心泉文集》等。

谒五坡祠

丞相高名万古遗，碧空长映五坡祠。共怜少帝魂销处，又报孤臣力竭时。
龙去有谁扶汉鼎？麟亡无计挽周彝。唯余方饭亭前月，犹带潮声硬咽悲。

【按】录自乾隆《海丰县志·词翰》，此诗步韵明御史陈言《五坡祠谒文信国公》。

邓子龙（1528—1598），字武桥，号大千，别号虎冠道人。江西丰城人。武举出身，明军事家。嘉靖中以平民应募，率领江西客家兵，先后转战于福建泉州、厦门及广东海丰等地，由小校升至把总。隆庆三年（1569），参加广东总兵郭成、参将王诏等从碣石起兵进剿曾一本的海上战役。万历年间，他跟随广东总兵张元勋先后讨平了赖元爵、陈金莺、罗绍清等山贼，万历二十五年（1597）擢升为副将，官至副总兵。万历二十六年（1598），随陈璘到朝鲜抗倭，战死沙场。平生善书法，好吟咏，著有诗集《横戈集》和兵书《阵法直指》等。

东海血战

揭阳巨寇曾三老，剽掠称雄踞海岛。水兵数万莫撄锋，两省英雄皆草草。电白直入佛堂门，扎住海珠二十日。三司百姓夜上城，束手元戎无计出。二省会师约南澳，东西顺逆风不到。五月十二排战船，猾寇乘风先有报。闽师十万败如洗，将官沉水金门里。数海艨艟悉卷空，军装火器尽为取。乌艚碣石凭风起，白沙一日长洲尾。贼船夜扎牛田洋，轻视广兵容易喜。胜负未分莲澳战，一声霹雳船不见。风消云散浮如蚁，曾贼夭亡莲澳底。猿臂擒来尚未死，主将冒功传其子。

【注】东海，指海丰至潮汕海域，因位于海丰东部，故称。碣石、白沙（白沙湖），均在海丰境内。

【按】录自《横戈集》。

彭鲁（1528—1554），字希参，号唯斋。海丰县吉康都五云峒（今属揭西县）下岗人。自幼聪颖，3 岁识字，5 岁能诗，10 岁参加惠州府岁考，以六等试均优采芹为廪膳生。他才华横溢，时有"七步奇才"之誉。明嘉靖三十一年（1552）壬子科第二十二名举人。后参加丙辰科会试，赴京途中因病误了科期。回家后，病体加重，殁于嘉靖三十三年（1554）十月，年仅 27 岁。

咏五云洞

日出东坑似锦华，渔樵耕牧大溪峯。柏树青松长不老，吉溪流水去无涯。春生夏长仑岭草，滚滚桃花上下沙。唯有河田禾稼熟，五云洞里是仙家。

惠州七县

惠州七邑事如何，第一兴宁景致多。风俗龙川人朴实，人情长乐最纯和。纷纷豪杰夸归善，济济人才羡博罗。看尽河源山水秀，海丰千古接潮波。

【按】录自彭全民《虎岩诗词选》《虎岩人物志》。

叶春及（1532—1595），字化甫，号绚斋、石洞、逃暗主人，归善县（今惠州市惠城区）人。明代著名方志学家、诗人、文学家。祖籍海丰县吉康都（今属陆河县）。明嘉靖三十一年（1552）乡试壬子科解元。隆庆初年授福清县教谕。隆庆四年（1570）出任惠安知县，施政三年，政绩斐然。万历十九年（1591）得佥都御史艾穆推荐，擢湖北郧阳府同知，迁户部员外郎，转郎中。万历二十三年（1595）六月，病卒于任上，终年64岁。平生著作等身，著有《绚斋集》《惠安政书》《万历顺德县志》等。

第一楼秋兴

罗浮山下古循州，万里风尘客倦游。北望九连关塞远，西闻三峡甲兵愁。

霜高越巂凋军寨，月满祯城照戍楼。烽火海丰犹未息，江湖空抱杞人忧。

【注】第一楼，惠钟楼，在惠州万石坊南（今中山南路），明正统十一年（1446）作者读书于此。

【按】此诗录自《石洞集》。

王稚登（1535—1612），字伯谷、百谷，号半偈长者等。祖籍江阴。后移居吴门（今苏州）。明隆庆、万历年间著名文学家、剧作家。自幼聪颖，少有文名，10岁能诗，善书法，闻名乡里。稍长入太学深造。诗多写性灵，近"公安派"。曾拜"吴郡四才子"之一的文徵明为师，入"吴门派"。文徵明逝后，他重整旗鼓，主掌吴门文坛30余年。他文思敏捷，著作丰硕，有《王伯谷全集》等21种共45卷。

送陆丈移官海丰丞

官舍有余清，无言政未成。头从湖上白，水在橐中轻。

过鲁无鱼食，归吴借马行。簿书期傥暇，一问济南生。

【按】录自《王伯谷全集》。

张济时，字道甫，号南川。江西吉水县举人。明嘉靖三十二年（1553）出任海丰知县。履职七年间，按照罗洪先的守土设想，巩固海丰沿海防卫力量，重修海丰县城，增高城堞和增修城上炮台，闭塞北门以便防守，并筑石桥场土城。辟驿路北通长乐县，沿路增置铺舍打手，抗击倭寇，镇压山贼，捍卫行旅，镇邑北南岭矿山抽取税银等，设计擒获惠潮巨寇杨立。嘉靖三十三年（1554）重建表忠祠，首重文教，修学宫，编修海丰县现存的第一本县志，推动文化教育事业。慈祥明敏，平易近民，作《试白谕》《亲民堂记》。后晋升高邮守而去。

五坡怀古

飘零帝业已无遗，独有孤臣未毁祠。行殿初开炎海日，传车正送朔方时。

空留姓字昭青史，不使勋名勒鼎彝。白露为霜苍炎改，招人赋罢几人悲。

【按】录自乾隆《海丰县志·词翰》。

周锡，字子纯，号芝山，晚号七冈老人。江苏省太仓县人。嘉靖中，因贡生诣选进京，授湖州府通判。为官清正，文武双全，敢于直言，御史们都敬畏他。著书立说垂三十年，同时，他又是书画鉴定家，著有《唐碑帖跋》《玄亭闲话》和《风林备采》等。

海丰道中

长夏苦于役，炎风吹鼓鼙。山深榕子落，雨急鹧鸪啼。

野渡从流下，斜阳在竹西。极知行路险，愁杀岭云低。

【按】录自乾隆《潮州府志》卷四十二。

王绍元，字希哲，号白厓。抚州金溪县（今属江西省）人。明嘉靖十年（1531）举人，历任安徽砀山知县、云南道御史、广东道监察御史，官至河南布政使司左参政等。著有《白厓奏议》《京营疏稿》等。

谒五坡祠

丞相忠魂何处招？纲常九鼎系山腰。百年事去公方饭，千里师行恨未销。

血染燕尘应化碧，气吞海若已随潮。荐芳哭尽英雄泪，枯木寒云暮又朝。

【按】录自乾隆《海丰县志·词翰》。

吴晋，江西丰城县人。嘉靖三十五年（1556）任惠州府通判。

五坡表忠祠

宋祚如丝志未休，可怜力竭作胡囚。岂无一旅能复夏，曾奈孤秦敢灭周。

贯日元精天地惨，烈金肝胆鬼神愁。忠颜凛凛如生日，景仰令人百万秋。

【按】录自乾隆《海丰县志·词翰》。

陈言，惠来县龙溪都麒石村人。嘉靖年间岁贡生。万历元年（1573），任广西郁林州（今玉林市）学正，署理州事。官至御史。

谒五坡祠

吾道终无一日遗，太丘亡社此存祠。扶持千古纲常处，剥尽五阳元气时。
天有星辰为肖貌，地将溟渤作尊彝。须知养士功成后，汉寝唐陵不共悲。

【按】录自乾隆《海丰县志·词翰》。

刘松（约1540—1610），字寿山，海丰县捷胜人，祖籍河南祥符县。洪武时，始祖刘泽明随花茂都司南下驻防碣石卫，成为世袭军户。到明隆庆至万历年间，刘松始从军行伍，积累军功，历升碣石卫指挥同知（从三品），诰封怀远将军。他戎事之余，喜吟咏，善行草书法。

游几希峒

逸名不屑口碑传，盘涧遗踪石数拳。耕处尚余云结坞，钓间犹有月涵川。
一篱疏菊思孤致，半岭寒梅想独眠。游兴未阑山色暮，饭亭钟韵度岚烟。

题黎明洞

石室云深古洞赊，乾坤今喜到天涯。涛声彻夜偕歌吹，山色腾空结露霞。
人在壶中春浩荡，剑于阃外日光华。停骖缓步高岗上，入望沧溟起浪花。

【按】录自海丰大云岭几希峒和汕尾城区捷胜石厝山黎明洞摩崖石刻。

陈第（1541—1617），字季立，号一斋，别号子野子、五岳山人等。福建省连江人。少颖悟，为诸生时，留心国事。喜走马击剑，博读兵书。明嘉靖四十一年（1562）秋，戚继光追歼倭寇至连江，致书陈第，共商破敌之策。陈第献平倭策，终歼倭寇。万历二年（1574）七月，俞大猷以都督入掌后军府事，他被召至幕中，视为弟子，授以韬钤方略，尽得其传，并于蓟门介绍给戚继光，被戚擢任为游击将军。随戚出守古北口十年，因治军有方被时人誉为儒将。他虽为武将，但著述甚勤，又精于音韵之学，成为诗人、旅游家、古音韵学家。著有《一斋诗集》《两粤游草》等。

海丰道中月夜

明月炯中天，孤云净不起。山径乱狐踪，溪桥有鱼笱。
修竹隔前村，穿林复渡水。宵行岂不劳，清景良足喜。

海丰公署玩月

昨宵欣见月，今夜倍光辉。为爱光浮斝，何论露满衣。
析声依阁静，萤火点窗稀。莫问天骄事，游人久息机。

四忆诗之三

忆昔在粤东，樽前多渔父。泛海寻仙山，蓬莱若可睹。别来已十年，伊人且尘土。登高望岭表，浮岚带阴雨。欲赠以明珠，惆怅肝肠腐。

【按】录自《两粤游草》。

林器之，惠来县龙溪都竹湖村人。明隆庆六年（1572）明经。

郭总戎凯歌（五首）

粤峤狼烟接海城，壮猷方叔事专征。握奇阵破黄巾贼，积卒星随细柳营。

旌旗晓拂瘴烟收，羽檄星驰紫气浮。丛莽于今无狡兔，桃林依旧有耕牛。

推毂新兼秉钺恩，蛮方重辟一乾坤。再令青海无传箭，优诏亲留锁北门。

偃旗为雨鼓为风，洒扫氛尘净域中。不是清新旧开府，那消兵甲事春农。

雄光宝剑倚崆峒，先斩鲸鲵渤海东。正喜分茅嘉异数，应知畋猎旧非熊。

【注】郭总戎，指抗倭名将郭成。明嘉靖末年至隆庆初年任广东总兵，驻碣石卫城。隆庆三年（1569）四月，他从碣石卫城水寨出师潮汕，与福建总兵俞大猷、李锡等合兵莱芜澳（时属澄海县）进剿曾一本，一举歼灭海盗集团。

【按】载康熙《惠来县志·艺文》。

胡国卿，陕西省关中人，世袭军人。明万历十八年（1590），题诗于甲子门擎天石左岩侧。万历二十八年（1600），任碣石卫指挥使，在碣石卫金厢滩题刻"扬威止水"四字。

擎天石

甲子七元首，元元不计年。震泽处生石，擎此东南天。

王庆臣，潮州澄海县人。曾题诗于擎天石右岩侧边。

擎天石

崔嵬奇石傍地隈，俯仰乾坤北斗回。谁向一中分造化，浪将月斧劈痕开。

【按】以上均录自今陆丰市甲子镇擎天石摩崖石刻。

史象元，明万历年间翰林学士。万历元年（1573），朝廷为表彰甲子新科举人李棠妻贞烈节操立祠祀之。史象元代表朝廷赴甲子吊祭"南海夫人节烈庙"并题诗。

吊南海夫人卓氏

百计赎夫未有成，誓将一死换夫生。泪辞乍湿堂中土，患脱旋标榜上名。

恳恻岂难趋坎险，从容终占见冰清。可堪庙祀烦装饰，白服缟帏即称情。

【注】"南海夫人"，明万历元年，朝廷对甲子举人李棠妻子卓氏之节烈封号。"南海夫人节烈庙"，位于今陆丰市甲子镇西门内。始建于明万历元年，钦命都察院都御史题写了"南海夫人"匾额。明万历进士钱谦益题写了"携儿誓葬鱼腹中，四海鲸鲵破胆；全夫直占鳌头上，九重日月争光"对联。

【按】录自陆丰甲子镇"南海夫人节烈庙"石碑和民国《陆丰县志·仙释》。

任可容，字子贤。安庆府怀宁人。明万历五年（1577）进士，历官浙江处州知府。为官清廉正直，拒属邑贿赂。万历二十二年（1594），调任潮州知府后，迁擢广东按察副使惠潮兵备道，履职期间整饬武备，与汕尾坎下寨城守陈聪等运筹设伏，数败倭寇。

将军石

峭壁嶙峋俯碧湍，将军战罢卸征鞍。云生铁甲晴峰敛，岚湿兜鍪夜壑寒。

肯为悬金驰绝塞，独峙介石障狂澜。英雄不共风霜老，留得苍颜万古看。

【注】将军石，在海丰县赤石河出海口五里沙。嘉靖十七年（1538）广西参政王凤灵作有《五里沙》："天留片石障狂澜。"

【按】录自嘉靖《惠州府志》。

徐一唯，字宗会，号心溪。湖北省蕲水（今黄冈市浠水县）人。明万历九年（1581）进士，十四年（1586）授延平府知府。十八年（1590）出任潮州知府，与郡人原尚宝司丞唐伯元建西湖梅花庄及钓鱼台，并在净慧寺旧地建寿安寺。有《题青牛洞壁二首》传世。诗中有"银山玉洞天生穴，美景良辰寿作朋""休谈岩穴非皋比，定得青山道益尊"等句。万历十九年（1591）九月以及二十年（1592）他两次往返广州述职时，途经海丰县东海滘驿，受到驿吏林志尚的盛情接待，在其聚尾（即今陆丰市博美镇）霞绕村家中作客，先后作如下两首五律相赠。

海丰道中宿林氏田舍

周雅终麟趾，召南首鹊巢。偶观林氏宅，若与荷条交。
栋宇呢喃数，儿孙咿呀晓。眼前皆至乐，止宿亦同胞。

【注】 落款："明万历十九年（1591）辛卯岁九月"。

重宿林氏田舍

不宿大陂驿，重来访隐居。堂开曾下榻，馔列旧悬鱼。
太守称徐稚，山人类太初。雷阳同舍在，聊此代缄书。

【注】 原作落款："明万历二十年壬辰岁葭月既望，潮州太守、蕲水徐心溪号一唯书。"

【按】 以上录自陆丰市霞绕村林氏家藏文物。

雷大壮，明万历年间碣石卫指挥使。明崇祯四年（1631）十月，时任广州卫指挥使，建议奉行万历初年之例，挑选壮丁三百，立为三哨，教习鸟铳，以备守御和征调。其后此议全省施行。

和吴参戎登元武山寺

四渎含灵法介尊，功齐神禹奠龙门。登坛礼斗苍龙护，下马摩崖赑屃存。
境辖帆樯经树杪，峰回石磴近紫垣。将臣仍富升平略，裘马翩翩指顾论。

【按】 录自乾隆《陆丰县志·艺文》。

叶维荣，浙江慈溪人。明万历二十三年（1595）进士。翌年授海丰知县。在任五年间，重视沿海边防和教育，创设学田，建遵纪阁、大液桥和南丰驿。

过碣石逢九日

不为谈天来碣石，只缘探海入蓬莱。三山晓日晴千里，万灶杉云酒一杯。
白羽已随蛮嶂尽，黄花偏向战场开。风流不减桓司马，醉倚星岩落帽回。

【按】 录自乾隆《陆丰县志·艺文》。

蔡春迈，海丰县石帆都（今属陆丰市）甲子博社人。明万历十年（1582）壬午科举人，授文林郎河北饶阳县知县。万历三十年仲冬，他应乡老之请，在博社乡后山顶复建宋代所建的国王庙。在古庙后狮头石上题镌"海陬砥柱"等，并题有"阳春""有脚"等石刻。至今"阳春"题刻尚存。

题甲子国王庙

海莲吐蕊险横江，树振古河山保障。龙鼓应雷声动地，兆将来日物祯祥。

【按】录自庙中石柱铭刻。

胡美，字文恒。明万历三十五年（1607）驻碣石水寨惠潮守备。

帝子亭

读《海丰县志》另载，甲子门下腹石山岭有宋帝昺、陆秀夫、张世杰、文天祥遗像，半明灭矣。今虽废而不识其迹，然犹记云：

阳九无邦帝海滨，登瀛驻跸识孤臣。不堪愤绝乘潮怒，忍负天恩致主身。
精魄长存江山石，胡沙久扑塞边尘。洲萌明月亭前浪，荡漾清光亘古今。

【注】此诗原题于帝子亭墙壁。帝子亭，即晋食亭，或称进食亭、宋帝亭，在今陆丰市甲子镇待渡山下。南宋景炎二年（1277），承奉郎范良臣进食处。登瀛，即登瀛石。

【按】录自《海丰乡音》第十一期"先贤遗韵"。

王命璿（1575—1653），字君衡，号虞石。福建龙岩人。明万历二十八年（1600）庚子科举人。万历三十二年（1604）甲辰科进士，授广东新会知县。后迁陕西道御史、广东巡按。万历四十六年（1618）擢升广东巡抚。期间曾巡视惠州府，莅临海丰县。

五坡怀古

才出西郊紫气氲，长桥断岸见晴云。弄花鱼鸟招游客，息浪鲸鲵静戍军。
万壑海烟宫柳绿，一壶春酒野梅芬。于今不改江山色，祠下馨香草木薰。

【按】录自乾隆《海丰县志·词翰》。

张可大（1580—1632），字观甫，今江苏南京人，世袭南京羽林左卫千户。明万历二十九年（1601）武进士，授建昌守备。迁浙江都司金书，分守瓜洲、仪真，江洋大盗敛迹。迁刘河游击，改广东高肇参将。再调浙江舟山参将，在任六年，多次击败入犯倭寇。

升南京锦衣卫掌堂右府佥书、总兵等职。好学能诗，敦节行，有儒将风。著有《电白集》等。

九日过羊蹄岭

登高逢九日，叱驭过羊蹄。一雨乾坤暝，孤峰云雾低。
紫萸虚令序，白雁点沙堤。极目潮阳道，行行望转迷。

【按】录自《电白集》。

陈玄藻，字尔鉴，号季琳、净名居士。至清代府志因避康熙帝玄烨讳改为陈元藻。福建省莆田县人。明万历三十八年（1610）进士，授江西布政使司右参政。天启六年（1626）六月，迁广东按察司分守海北道。翌年升广东按察使岭东兵备道、左布政使。与黎民范纂修万历《浦城县志》。与明兵部左侍郎彭汝楠、郑凤来等同乡诗人倡建颐社。著有《顾吟集》。

督汛碣石过羊蹄岭

巨灵擘石峭如梯，却向羊蹄试马蹄。雾拥山腰人影小，天垂海面夕阳低。
千盘绝蹬行无尽，九点齐州望不迷。报道风涛犹鼎沸，欲将长剑截鲸鲵。

【按】录自光绪《惠州府志·艺文》。

胡勖，不详。

题鹿境蔡氏济阳堂并序

予以公事至捷胜，道经鹿境而蔡氏祖祠在路傍，有二庠生胤灵、允源者，肃以入坐间，问其源，则襄公之裔也，故作一律以赠。

谁将此地建祠堂，表表洋洋擅大方。题洛宗潢宋太史，摩碑词妙汉忠郎。
须知五桂枝交葺，更羡三槐辈兆光。鼎甲状头君旧物，来年必定破天荒。

【按】原文落款为："明胡太府勖题赠。"录自《海丰鹿境蔡氏乡史族谱》。

林铭球（1586—1645），原姓蓝，字彤石，号紫陶。海丰县兴贤都十二嫩人。原籍福建省漳州漳浦县。随经商的父亲在海丰县学宫读书，及长又在林氏私塾教书，遂改姓林氏。明天启四年（1623），中全省文魁第七名举人。因被人举报"冒籍"应考，被革除举人功名。崇祯元年（1628）思宗即位后，他伏阙上书，才得以恢复举人籍，参加会试中戊辰科进士。历任行人、监察御史、湖广巡按、大理寺右寺副等职。著有《西台疏草》等文集十多卷，其诗还入选文献学家温廷敬所编的《潮州诗萃》。

塔寺小楼和壁间韵

为拾天头月，来分祇树林。楼空冷梵语，塔静冥伽音。
一瓢云足饭，半褐雨开心。得句秋初爽，鸣爵入夜吟。

游南岩（三首）

岳麓现青莲，松风一障悬。埃尘少净地，阒寂胜诸天。
有鸟俱供说，无猿怖法泉。依稀武曲水，鸡犬学逃禅。

咫尺通幽处，篮舆信步轻。丁丁伐木响，隐隐度钟声。
句逐秋雯爽，眼垂远树青。不劳闲点缀，多半夕阴明。

空桑又有人，阅旧也惊新。曳水轻烟晓，沐霞夕霁春。
多情禽苑树，冷况涧浮苹。狂啸天方碧，萝风吹我巾。

江阴道中

悬崖曲曲水潺潺，九里江城十八湾。两岸幽篁深蔽日，忽然断处见青山。

乌衣巷

萧条门巷枕丘墟，旧日风流王谢居。燕子也知人事改，夕阳相对几欷歔。

再登君山

会携小队谒春申，斗酒重来席水滨。突兀山形犹向楚，奔腾江势欲吞秦。
云藏废寺余芳草，路转虚亭遇异人。读罢残碑烟树晚，孤舟明月载归身。

游华岩寺同宋喜公

共探洪崖洞口关，翠岚霭接白云间。钟传梵语通顽石，字注真衔副小山。
斑驳苔碑余色古，湛澄乳水印心闲。聊空半偈挥天雨，漫放桃花自解颜。

铁崖

石楼高竖忽如帆，松鬣层披复似杉。满把烟云飞客梦，都忘风日炙征衫。风湫怪近龙蛇吼，乳洞低闻燕语喃。家在桃源殊不恶，几时青犬吠灵岩。萧疏暮霭垂零露，清质临流树影低。共听风篁声寂寂，还怜江夜色凄凄。长空众宿皆为掩，极目飞鸟未定栖。此夕扁舟乘兴好，也应绝胜棹剡溪。

拟古诗

苍苍洞底松，根干已如兹。饱经雪霜后，荣滋贯四时。天上有人语，守贞勿有疑。兰膏只自寇，玉折复谁贻。汝质既坚秉，风霆呵护之。

【按】以上均录自《普宁县志》及《蓝氏族谱》。

王基栋，字一权。明崇祯年间广东盐课提举司提举。其余不详。

三台石纪游诗

岩峣碣石接三台，人日同登最上台。云水渺茫山北向，海天寥廓舶南回。

鱼龙奋蛰惊春早，梅萼生香近腊开。一望紫宸遥万里，百年踪迹几人来？

【注】三台石，"在碣石卫北门外，即卫城八景中祈雨龙坛也，下有潭，今淤涸"。此诗题刻于三台石上，原有序文。1969 年，三台石被炸毁，此诗及碣石镇总兵刘永福的七言题诗与之俱毁。

【按】录自乾隆《陆丰县志·艺文》。

刘钦翼，广东东莞人。贡生，明崇祯十一年（1538）海丰训导。

谒洪公祠有感

孤忠谁与简遗编，欲写心碑句未便。日落狐眠蝴蝶冢，月高猿啸杜鹃天。

血飞断岸应成碧，气咽残潮半带烟。一自身名归海鹤，千秋功过夕阳前。

【按】录自乾隆《海丰县志·词翰》。

卢百炼（1592—1665），名锻，字学纯。海丰县碣石卫（今属陆丰市）石桥场人。他少年好学，勤习《春秋》，负才济世。进海丰县学时，名列前茅，三十五岁补廪生。明崇祯十五年（1642），获壬午科岁贡，由明经廷试授兵部职方司主事，旋任南安监军道。清顺治八年（1651），因南明永历帝主力被歼，随礼部尚书兼兵部尚书黄奇遇一起潜回家乡。后人辑有《百炼集》47 首诗传世。

游三台山再过永兴寺怀古

高阁菩提树，胡马有劫数。寂寂鸟啼花，登临泪不住。

难中苦夜

衫破易藏虱，终宵寝不成。愤来思摘去，起舞待鸡声。

雨中乏草

日晏火迟迟，邻家懒借移。街头招半担，带湿不成炊。

月下解缆

日暮孤帆上，微风淡酒烟。棹轻逐兔影，醉到石桥边。

咏梅

雪里逢君质，风霜总不关。皎皎春园信，人忙我自闲。

咏兰

最喜生幽谷，无人也自馨。我向田间去，悠悠同此情。

望銮舆·永历帝在缅甸蒙难

凤凰何处去？大半梧山廓。有日复归来，扑取群燕雀。

春日野望

草绿逢春日，平芜望不赊。林疏惟岸翠，野阔尽泥沙。
沃土豆容弃，挥锄好种瓜。五云将出谷，归矣莫长嗟。

邸中思家难

浮海从龙日，白云水面游。旋家千里梦，为国一心忧。
六月霜飞怨，五更白点愁。尚方若可请，遍取佞人头。

京邸初得警报

绿亩芳菲绿树森，胡然风景忽成阴。筠心不逐飞尘染，留取明朝雨露深。

从军行

羌笛横吹塞下秋，骁骑铁马满边头。丈夫报国应如此，不扫蓬婆誓不休。

哭主政林兴兄遇难并序

兄以孝廉许偕副榜。戊子秋，与余同上西京扈驾，合余从青草渡头而去。至捷胜为奸人所绐，被李魁龙、刘贞毙，同行一十一人尽殒命焉。伤哉。

同期扈跸气云蒸，君落奸谋惨不胜。肝胆尽涂妖鳄窟，凄风怒处浪千层。

【注】作于顺治五年（1648）戊子秋。林兴，南明兵部主政。西京，桂林，时为南明政权所在地。

佛山闻变·顺治七年省城广州沦陷

西归颙望溉釜鬵，日色无光毒雾侵。鱼海洗兵休接战，却教犬豕碎山阴。

初铨试时奉旨以推御纪叙至乙丑冬复得温纶选授京秩

皇家雨露大如天，玉雀重重阳御筵。虽是京官人说好，才疏犹愧此班联。

【注】"筠"疑为"筵"字误抄。

京邸思乡

孤帆泛泛已三秋，月抱胡霜处处流。还忆故园今日事，青黄澄桔使人愁。

望京华

人道长安帝子家，朱城丹凤灿朝霞。今日旌旗日影动，冕旒玉佩似无差。

偕道弟桃园买舟

中流击楫誓同仇，壮志未成上危舟。海簇银山鼋鼍沸，虽然詹□也含羞。

偶阅朱买臣妻题墓作

嫌贪唧唧出门西，水泼邮亭风作鸡。身死至今人唾骂，故丘池草买臣妻。

读程婴忠鉴录

立节存孤事不齐，稜稜气骨汉霄低。书生予夺高青史，漫把今时一样题。

过南山渡有怀韩公绪

作客多年共买船，沙南海圮锁寒烟。于今一生无消息，路讥行人书不传。

七夕

闺思女子恋佳期，暗数银河鹊渡时。天仙不省人间事，那有临行泣别离。

除夕

劫里相逢腊里天，伴尽穷愁醉欲眠。无端爆竹声催急，留君不住送君还。

坐月下感叹

柴扉脱换客来生，毡笠筇音人歹情。惟有娟娟头上月，今宵不异昔时明。

村斋乏粮

字不堪炊釜待米，行来又去群成蠹。傍风作浪须臾间，眼见谁人做到底。

客陆安感叹

堪笑喘喘语不真，眉端冷暖强相亲。玄都观里千株绿，觑却山花当野粼。

途中忆公绪

风霜历遍草芊芊，几渡滩头水涟涟。传说欲归归未得，碧空斜影一孤鸢。

过硕子李大舅坟

宿昔云衢梦亦真，无端风雨妒丝纶。一堆黄土英雄骨，那见青山笑尔贫。

旋家复渡南沙

崎岖不惮渡南沙，细雨霏霏鸟咿哑。寂寞寒江流水急，飘零何处是吾家？

吊永兴古寺故迹

古刹岩峣贝叶青，飞来飞去断钟声。山花尽落萤为火，独有千坟伴月明。

立春日警急由塔边过金渡（两首）

春风初拂杂寒烟，雾锁江头两塔边。策杖不辞饭豆粥，岂为宠禄渡金川。

春入尚方百卉妍①，啼鹃何事到桥边。浮图漫倒擎天影，前渡溽河冰已坚。

【注】①原句为："春入尚方百卉妖"。"妖"，与整首诗韵不合。应为"妍"字误抄。

五悼并序（选两首）

离乱清明坟茔，各萧然矣。不胜悲哀，而成五悼。

悼李林二亡室

楼栖彩凤日缤纷，凤去楼空数离群。夜台相见若相问，同是我君各忆君。

悼子弘化

羊城浪战我多日，尔向空中睡不归。黯黯斜晖云垒锁，岭头惟有落花飞。

【注】丙子秋，以棘园入省家中。长子弘化致病忽然而去。故悼之。

奉命以兵部主事南安监军（两首）

南安猛士试霜蹄，逐电追风气似霓。愧我行筹非管仲，量沙犹欲使驱犀。

剑阁横云入蜀难，葫芦不异暨卜看。湍流恶水鱼秧绝，倾叠群峰鸟道寒。

感竞渡（两首）

五丝续命尽含愁，何处桡声喝采舟。浪舞人头夸撒玉，寒溪夜半水空流。

非虎非熊夺彩钱，作妖作怪锦江边。菖蒲果是斩邪草，何不将来门上悬。

中秋（两首）

秋月明时秋正中，蟾宫兔影桂花丛。无云万里光如许，照遍愁人五岭东。
谁家箫管闹秋蝉，疑是瑶台集群仙。梁园歌舞今何在，只见冰轮岁岁娟。

冬至思家（两首）

阳生冬至琯飞灰，客舍淹留泪覆杯。前溪雪满山山白，欲寄封书那得回。
海角寒烟锁客愁，江湖浪子事多羞。腊来葛去春将到，遮莫梅花插陇头。

甲子门吊张文烈先生

激烈忠魂逝奕英，啼鹃血破月三更。置君复社知谁是，报国捐躯岂论名。
岸草无心风泣血，珠江有恨浪悲钲。于今落木秋霜夜，犹叱云旗北路行。

读张文烈遗稿

涯门宿昔咏零丁，此日欷歔血泪声。作者非留去后恨，读时转忆个中情。
星河摇动龙蛇泣，几案凄凉犬豕鸣。白云青衹君忍耐，招魂取寄伴苏卿。

【注】原句为："几案凄凉犬豕啼"。"啼"，与整首诗韵不合，应为"鸣"字误抄。

九日郊行

为爱秋风陌上行，红尘拂面不胜情。云头舞雀多仙侣，汉表吹箫悲楚声。
几处残中篱菊醉，谁家乱后绛帷萦。可怜落叶纷纷下，何日郊原满地菁。

【自注】饥荒后作。
【注】"雀"，古通"鹤"；鸟往高处飞。

过葫芦岭

剑阁横云入蜀难，葫芦不异暨卜看。湍流恶水鱼秧绝，倾叠群峰鸟道寒。
掬涧开香泉作酒，穿阴借影路盘桓。跳险林深狼虎啸，几人过此逐征鞍。

【按】以上均摘自乾隆《陆丰县志·艺文》及陆丰大塘《卢氏族谱》。

叶高标（1593—1641），字自根，号大木。海丰县吉康都（今属陆河县）螺溪人。少
年时就读于莲山鹤峰，博洽群书，尤其对程朱理学和《左氏春秋》颇有研究心得。明天启

四年举人。崇祯元年（1628）春，叶高标上京参加会试，连捷考取戊辰科三甲第42名进士，授安徽省歙县知县。历任刑科给事中、吏科右给事中、礼科左给事中、都给事中等职，并被崇祯帝简授特权，总理天下粮饷。他是一位勤于职守，敢于谏诤，鞠躬尽瘁的清官，被时人誉为"谏议名卿"。因其为公殉职，追赠为太常寺少卿。

题螺溪五星归垣祠

荷蒙我祖建间阊，金水行龙木火炎。水出昆仑生帝北，火明许嶂发天南。
东山乔木家声远，西域黄金汉室端。着锦千秋承圣主，谁鸣土鼓尽中湛。

游故园写怀

岭南佳景胜燕州，百劫修来此地游。今世福缘前世种，来生功果此生修。
富无仁义汤中雪，贵不清廉水上鸥。万事安排天注定，人心何必曲如钩。

【按】录自陆河县螺溪《叶氏族谱》。

叶绍颙（1594—1674），字季若。吴江县（今属江苏）人。明天启五年（1625）乙丑科三甲第二十八名进士，授行人，升浙江道御史。崇祯七年（1634）巡按广东，罢免各州县不称职的官吏，使当地官场精神面貌为之一新。崇祯八年（1635）在碣石田尾洋参与剿灭刘香及其余党的战役。战后，参观南塘华山寺并题诗。旋升擢山西巡抚。崇祯十一年（1638）升太仆寺卿，转大理寺卿。十四年（1641）因母病重告归。明亡后隐居不再出山，清康熙十三年（1674）卒。

陆丰华山寺题碑诗

一滴曹溪五派开，瑞云琪树护香台。几时机隐传衣后，载地坛经转法来。
月寂风幡兴动相，山空花雨静尘埃。还思三匝当时事，揽辔聊同一宿回。

【按】碑文落款："崇祯乙亥仲春吴江叶绍颙题。"录自陆丰华山寺碑记。

姚敬（1599—1648），字心寅，海丰县城内人。山东按察司副使进士姚恭之弟。明崇祯三年（1630）庚午科举人，授霍山知县。明亡不仕，由江南霍山县返回海丰县，筑室于莲花山主峰飞瓦庵附近的书房窝。著《黛永楼集》。

莲花山隐居（两首）

寰海万千亩，莲峰别一天。古庵依怪石，新榻听啼莺。
赏月愁无酒，沐风喜欲仙。心闲境自适，何必问彭年。

吞吐树摇月，卷舒云化龙。初疑玄圃岭，原是莲花峰。

对弈轻肥马，赋诗笑紫村，人言兹地恶，我爱万年松。

【按】录自叶良方《海陆丰诗词史话》。原诗题于莲花山主峰飞瓦庵山门石壁，已毁。

廖天佐（1602—1680），号一窝天居士。海丰县捷胜所城（今属汕尾市城区捷胜镇）庠生。原籍海丰县石帆都（今陆丰市甲子镇）。著有《迁移图说》。

题黎明洞并序

时天启乙丑冬，蒙梁壮廷、朱斗曜、黄拙含见招，偕同蔡渭熊、朱潢渚、黄振鸣、钟心发酌此留题。

水尽山穷处，天空雪□时。桴因观海泛，酒□傲游赉。

留石非供□，临题若寄思。圣明余暇日，有截和毛诗。

【注】天启乙丑冬，即天启五年（1625）。录自捷胜黎明洞作者所题的石刻缺字诗。后人揣摩诗意，依次在原诗补上"霁、以、赏"三字。

黄德燝（约1605—1685），字乔云、贤仲，号伊园先生。海丰县兴贤都人。原籍福建连云县。明崇祯十二年（1639）己卯科第二名举人，天姿颖异，谙习典故，博览群书；善吟咏，尤擅书，草隶道劲俊逸。文行兼优，蜚声艺苑，世雅重之。明亡后不仕清职。凡邑有利弊，必悉陈当道，力谋万全。晚购伊居别墅，读书其中，编辑清代第一部《海丰县志》（已佚）。著有《伊园集》。

题壮帝居

王气中原尽，炎荒一旅单。泥封非谷险，栈绝岂巉岏。

空峙南山石，莫回东海澜。骑尘千里暮，何处望长安？

冠鹰纪游（四首）

玉女盆

取将瀣露沁心凉，晞发岩阿对月妆。绾就云鬟跨凤去，空余玉乳至今香。

仙鹤岩

月明缑岭夜吹箫，知是仙家翠盖遥。阆苑觞前曾订否，云中拍手笑相招。

照天烛

骊烛西衔不夜天，空山古刹一灯燃。女娲炼罢存置照，独峙风前万仞巅。

一线天

何年神斧凿霄梯，缥缈峰高望欲迷。采茗僧归云尚湿，层崖石上尔应题。

银瓶飞瀑

层峦月夕殷轻雷，一派银河接上台。海国年年春泽沛，作霖应尔是仙才。

丽江月色

横披素练水晶乡，万户蟾光桂蕊香。何处兰舟吹短笛，孺歌月下咏沧浪。

凤河晚渡

见说河东有凤山，问津人在夕阳湾。江鸥不管行骖速，故傍渔矶作意闲。

长沙夜雨

江面初生一缕阴，霏霏尽作老龙吟。飘来远屿归帆湿，惟向芦花伴宿禽。

海门潮声

极目沧溟浸远天，鼍音隐隐渡斜川。移情我亦成连者，一奏和风涨紫烟。

壬子春羊蹄岭庵重茸落成

一径纡回最上峰，四时岚气幻山容。尽芟榛莽栽棠树，且息疲劳听晚钟。
施茗衲僧敲石火，窥人林鸟数游踪。帝乡子舍含情处，天际云横野色浓。

【注】作于清康熙十一年（1672）春。

准提远眺

傍湖深浅得山情，八望江峰远近横。野鹤云间冲雨急，片帆天际泛烟轻。
檐虚孤塔闻铃语，人定千家有磬声。鱼鸟不须惊钓弋，曹溪一滴证无生。

五坡怀古

宋末支天草拜麻。六师驻处即为家。龙归沧渤号遗鼎，历度燕关咽暮笳。
元相于公端属望，臣心一死已无加。空山古道千秋色，松柏森森长岁华。

【按】以上均录自乾隆《海丰县志·词翰》。

自粤回连赠岱麓杜邑侯

赋奏天都抒壮猷，初将仙箇鹰峰游。棠阴视事浣溪水，社树相传武库侯。
似是远波仍恋浦，敢云海国不依刘。乡思雁后花前发，万户何如一识州。

玉虚洞

造工希巧匠，镂此巉岏石。截断碧云根，汇成烟水宅。雷风殷空洞，珠瀑奔流渚。鼋
渡石梁横，鲸鸣鼍鼓拍。谷音有衲迎，坐久闻仙奕。岩顶泻银河，渴虹恣吸嗌。星临雪影
寒，日照练光白。松籁间龙吟，雨花散野霡。谁云不作霖，润物细无迹。佛供贮香瀣，俗
肠饱天液。午阴起远岫，回首风生腋。焉得一庵居，相与共晨夕。

【按】录自康熙《连城县志》。

彭赓皇，字火母，又字离木。海丰县吉康都五云峒（今属揭西县）人，明崇祯十五年
（1642）壬午科举人。明亡以后，隐居于老家五云峒中，日与邑中诸诗友吟诗唱和，喜撰
八景诗。

万寿晓钟

玉宇清腾百尺阴，晓钟犹自送遗音。晨声犬吠春云洞，咒钵龙蟠夜月林。
城柝漫随花雨寂，书声仍傍贝多沉。当年万寿兴觞祝，此际空余半树森。

银瓶飞瀑

山峰突郁势嵯峨，秀拥屏围碧色多。海国烟霞笼宝树，一天星斗灿云阿。
悬崖影泻千寻珮，曲涧声腾万顷波。道是玉龙飞不去，翻疑织女浣天河。

五坡秋风怀古

黄冠凭挂一孤丘，落日山空色正秋。鹃血啼残柴市梦，蛩鸣叫破竹楼眸。
骑临停饭咽和泪，笛怨航崖路忽幽。正气忠魂随宋去，五坡岭上望山头。

【按】录自乾隆《海丰县志·词翰》。

叶维阳（1612—1688），字必泰，号许山。海丰县吉康都（今属陆河县）螺溪人。明

太常寺少卿叶高标长子。崇祯七年（1634）四月，他随祖父及胞叔叶英标移居惠州府城。崇祯十五年（1642）岁贡中式，授广西桂林府同知。明清鼎革之际，他参与抗清活动，任南明中书舍人。南明灭亡后，在惠州西湖边筑兼园（今惠城区第十一小学西侧的山冈）隐居，与岭南著名诗人屈大均、澹归和尚、陈子升、陈恭尹等结为挚友。曾资助刊刻《陈岩野先生集》，参与校雠《苏文忠公寓惠录》，并亲为作序等。著有《水晶鱼说》等。

准提阁送澹师还山

浮生半百此生多，回首风尘觉梦过。明月洲前曾指点，丹霞杖底唤蹉跎。
招携有意凌烟浪，扳陡何时上薜萝。瓶钵悠然丝不挂，去来消息竟如何。

【注】 澹师，指澹归和尚。

穷泛湖源

横槎一望白云间，曲曲清溪曲曲山。纵目长塘悬怪石，快心半径泻澄湾。
鹤田拂翠苗初熟，鱼艇高歌钓自闲。千顷浮光从此发，扁舟引胜不知还。

【按】 录自光绪《惠州府志·艺文》。

澹归和尚（1614—1680），俗姓金，名堡，字道隐，法名性因。浙江仁和县人。崇祯十三年（1640）进士，授临清知州。参加南明抗清，先后任礼科给事中、兵科给事中。后落发拜天然和尚为师，托钵流连惠州，与叶维阳、叶维城等结伴唱和。并将所作诗文集为《鹅城唱和诗》以及《叶氏兼园记》，编入《遍行堂集》。

许山过庵共话

遂成意外遇，始觉别情深。听鸟有余美，看云无竟心。
坐亲闻软语，我病得秋林。村院多荒略，谁能重过寻。

惠州访问叶许山（二首）

我梦别丰湖，云帆兴未孤。疏钟新客枕，深雨昔年图。
密竹连成荫，轻鸥断欲呼。十年华首事，珍重念如初。

法喜日萧萧，孤筇几见招。十行词意妙，双履水云消。
过电谈空近，浮囊涉海遥。镬头棒子便，绝顶挂同条。

酬许山

天上飞鸿竹下坡，念君此念未消磨。不辞孤锡清修短，自到兼园胜事多。
宾主情文花满树，去来消息水增波。彩笺掷处明珠见，载得清光照绿萝。

秀水还惠阳并寄许山

过电谁教眼角安，利风破齿亦心酸。尘劳倦我难因热，气象如公肯附寒。
南陆交光余药饵，西湖别恨起波澜。阿咸应未重来此，为寄孤云一片看。

【注】许山，叶维阳之号。秀水，叶维阳四叔叶英标之号。贡生，选授兵部，职方司主事。居惠州府城秀水湖，收维阳弟必崇为子。此诗外，尚载有《叶秀水至芥庵三秋共坐兼有卒岁之约》。

【按】录自《遍行堂集》。

叶许山招集兼园（三首）

不知长夏为谁清，步入名园思杳冥。开合双江交几席，纵横万井拥池亭。
差肩爽气无留盼，觌面薰风不暇听。看到苍蚪齐奋鬣，从他白鹤自梳翎。

凭高不待倚层楼，塔影凌虚一指酬。剩有孝思当陟屺，偶因远览得随流。
低垂荔子犹申约，满把萱花未解忧。却许此间过白足，也应吾道付沧州。

疾雨斜过掠树风，孤行密坐各疏通。丹霞即此分云上，白雪何由续郢中。
一径曲能穿老圃，三珠饱不借痴龙。夜来凉月浑无影，忆汝摩云卧水榕。

柬许山

许山至东官，澹归履及溜。二月对湖山，旷怀渺难又。病中懒言笑，昨来颇仍旧。风雨扫苔阴，矮屋尚无垢。杂花红可照，密树缘方茂。剥啄断疏篱，相期在闲昼。苦瓜一盘汤，知公眉未皱。何为遗我书，月黑始相就。还闻吃荔枝，肯待三日后。

【自注】三日则色味香尽去矣。

【按】许山，叶维阳之号。录自《遍行堂集》。

陈子升（1614—1692），字乔生、号中洲、又号甲东。广东南海（今属广州市白云区）人。南明永历朝兵科右给事中陈子壮之弟。虽世贵，刻苦力学，读书一览辄成诵。幼时，应童子试，太守颜俊彦赏其文，拔之冠。郡人称为奇童。及长善琴工诗。多才多艺，成为当时著名学者、书画家。为南园诗社、复社创建人之一。著有《中洲草堂集》。

寄叶许山

水门山郭里，旧种掖垣梧。示客书多秘，随僧礼半儒。

池浮苏子舫，家造葛仙庐。莫更寻闲事，如花镊白须。

【按】录自王宗衍《记永历刻本〈陈燕野先生集〉》，载《惠州府志·艺文》。

屈大均（1630—1696），字翁山、介子，号莱圃，广东番禺人。明末清初著名学者。岭南著名诗人，与陈恭尹、梁佩兰并称"岭南三大家"。16 岁时补南海县生员。18 岁时参加过其师陈邦彦以及陈子壮、张家玉等的南明抗清活动。清康熙二十四年（1685）秋，寄居惠州期间，赴海丰县城龙津溪采风问俗，写下《元夕拾灯》。并赴甲子待渡山，撰《登瀛太子亭记》。康熙二十八年（1689）至三十四年（1695），再次作客惠州，出入西湖叶氏兼园和沁园，与惠州太守王瑛及叶维阳、叶维城、陈恭尹等雅集酬唱，有《题惠阳叶氏园》等诗。著作多毁于雍正、乾隆两朝，后人辑有《翁山诗外》《翁山文外》《广东新语》等。

登瀛太子亭诗铭

天留一石，以作天家。君臣遗像，苔蚀如霞。

芜蒌之饭，化作琼沙。衔珠青鸟，以瘗重华。

元夕拾灯

元夕浮灯海水南，红灯女子白灯男。白灯多甚红灯少，拾取繁星满竹篮。

题叶氏山房

城外青山千万重，城中独有一芙蓉。君家正在芙蓉上，一片楼台云气浓。

【按】录自《广东新语》《翁山诗外》。

何绛，字不偕，号孟门。广东顺德人。曾与陈恭尹渡铜鼓洋，访明遗臣，以图反清复明，无果而归。其人论诗甚严，对陈恭尹、梁乐亭诗作有过赞许，但不喜屈大均诗。其诗作淡逸幽远，无悲怨壮愤意，著有《不去庐稿》。《三编清代稿抄本》收录有其诗作十八首。

丙寅春三月叶瑞五招饮后山寿燕亭

城中大小山有六，无如此山快人目。苍松百尺夹广路，袅袅青萝挂高木。路穷忽见有人家，依然鸡犬与桑麻。此间男女并耕作，群羊曝日眠野花。石门中断对西湖，湖光山色时时殊。

【按】录自《不去庐稿》。叶瑞五为海丰人叶维阳的后人。

　　释今树，字一株。晚明岭南高僧函昰（即天然和尚）之弟子。清康熙年间到过惠州。此诗之外，尚有《集叶金吾犹龙园亭》诗。

梅花诗为叶许山大士赋

名园幽胜独称奇，玉树全凭雨露滋。才见一枝初傲雪，忽惊双趺暗临池。
孤标只合闲僧对，贞白犹惭俗士知。林下月明常独访，何郎佳句起相思。

【按】录自函昰《瞎堂诗集》，载李明华《明末清初博罗韩氏家族》。

　　陈恭尹（1631—1700），字元孝，初号半峰，晚号独漉子，又号罗浮布衣。广东顺德县（今佛山顺德区）龙山乡人。著名抗清志士陈邦彦（岩野）之子。清初诗人，与屈大均、梁佩兰同称"岭南三大家"。又工书法。康熙年间经常出入兼园，与海丰人叶维阳多有唱和之作，收入《独漉堂集》。

送离患上人注静惠州兼怀叶许山

众水各得月，月光原在天。道人无去住，临别莫凄然。
暑气当船小，峰形入阁圆。因依贤地主，一定出何年。

赠叶许山（两首）

闻君高卧江城里，宅后园林载一峰。中岁身曾官小凤，先公名在补山龙。
多题逸句镌新竹，自领闲僧坐古松。白鹤观前湖月满，扁舟何夕此相从？

荔枝曾自小园分，荔子红时倍忆君。短发细梳凉夜月，虚窗高掩后山云。
狂书往事追狐史，梦寄闲身到鹤群。十载别来今大耋，鳄湖觞酌更须勤。

【按】录自陈荆鸿笺校《独漉堂诗笺·增江后集》。

卷三　清代诗词选征

　　黄易（1631—1677），字子参，号苍潭、惕庵。海丰县坊廓都（今陆丰市金厢镇洲渚村）人。清顺治十四年（1657）中式丁酉科举人。顺治十六年（1659）连捷己亥科进士，授通政司观政。康熙六年（1667），出任福建省汀州府归化县（今泰宁）知县。康熙十六年（1677）初，黄易辅助康亲王平乱，劳累过度，心力交瘁，病倒军中而逝世。撰有《奏开界疏》等。其书法笔力刚柔相济，体势劲媚，楷书尤为所擅。诗词散见于《海丰县志》和《陆丰县志》。

临终口号诗

浩气追千古，丹心照太虚。君亲恩未报，惭读圣贤书。

银瓶飞瀑

半壁飞流影，层崖一练青。泉寒嵌石骨，液冷泻银瓶。
喷雾牵江湿，湔云出海浔。几湾龙瀚急，遥见水帘屏。

莲峰叠翠

十里山环秀，芙蓉露一峰。霁烟流岸水，霭气入高墉。
滴幕光堪撷，浮云碧欲镕。石堂瓢可解，高挂一云笻。

龙津渔唱

昔日渔歌旧，荒桥出亦频。星浇余岸冷，曲断见峰嶙。
堞戍寒蛩梦，江空浴马津。犹余龙水影，月下遇鲛人。

万寿晓钟

古刹开元日，清钟送夜阑。星高海曙白，露咽晓声寒。
度水龙眠破，飞林鸟梦残。丰郊犹听此，忍冷道心宽。

【按】录自乾隆《陆丰县志·艺文志》。

钟明进，字伟发。浙江省长兴人。清顺治六年（1649）进士。康熙十年（1671）由部曹出任惠州知府。在任期间热心溪湖建设，倡修合江楼、清醒泉等名胜古迹。

谒五坡祠

国事兴亡莫问空，金戈犹挽落晖中。采薇不愧夷齐志，书带常悬孔孟躬。
云断厓山无故业，风流燕市有孤忠。至今古道留颜色，染得啼鹃血泪红。
【按】载乾隆《海丰县志·词翰》。

沈龙震，本姓陈，字雷默，号鸥亭。海丰县坊廓都石头乡（今属陆丰市河西镇）人。原籍福建省漳浦县。顺治十四年（1657）举人，授山西夏县知县。博学能文，《陆丰县志》载其"性耿介，公余手不释卷。喜接引后学"。曾参与国史编撰，惜散佚。系陆丰河西镇石头山沈氏开基祖，设"四古堂"，御封"独占梅魁"。著有《南安治谱》《嚼水楼集》。

瑶岛行春

白鹿行春夹路旌，瑶台歌奏土牛迎。风岩溜下中条雪，吩咐农夫勿后耕。

滰沱冰渡

二月和风柳影青，滰沱犹未泮春冰。中涿一隙楼孤楫，叱渡应塌麦饭亭。
【按】载杨永可、叶良方主编《汕尾古今诗词选》。

五坡怀古（步伊园先生韵）

归老黄冠羡一麻，岂知天水已无家。戈提海岭飘征旆，风急鱼龙送夜笳。
终饭南天生欲毕，千秋北斗望谁加。于今复看燕楼月，照冷坡亭草树华。
【按】录自乾隆《海丰县志·词翰》。

段藻，字黼平。山西省晋阳泽州人，顺治十六年（1659）进士，康熙八年（1669）授普宁知县。翌年，捐出自己的薪俸购置良田，将所收田租"递年俱诸生经收"，以振兴当地教育事业。康熙十三年（1674），以普宁知县兼署惠来知县。康熙十七年（1678）因参与碣石总镇苗之秀解除惠城围困，进而平定刘进忠之乱，论功擢升广东佥事兼分巡惠潮道。

壬子冬过羊蹄岭和前韵

曲磴遥通巉岪峰，聊从法界辨秋容。松间天籁鸣清梵，石上溪声度晓钟。
鸟道蔬荒羊可踏，禅关云锁虎留踪。劳人到此频搔首，况值凄其霜露浓。

【按】作于康熙十一年（1672）冬。录自乾隆《海丰县志·词翰》。

陈芳胄，字子忠，海丰县坊廓都（今属陆丰市）石寨人。祖籍福建漳浦县。生而歧嶷，长嗜学。15 岁时参加童子试为第一名，补诸生。清康熙五年（1666）丙午科举人，至康熙十二年（1673），赴京考取癸丑科二甲第 24 名进士，职授中书舍人。其父明经程钥从海丰迁居于惠州府城南。其任京官多年，因父母年高乞归惠州，与归善进士龚章等，拜在号称"文恭先生"的经学名家骆鸣雷之门下。喜吟当地名胜，平生载籍极博，凡六经、子、史，以及稗官野乘，罔不研精索要，著述甚富。

上巳湖上

霁景佳辰信足欢，莺花全作画图看。长堤草染青鞋绿，垂柳风吹白祫寒。
云物尽供人啸咏，风流能让晋衣冠。湖山处处开胸臆，百斛鹅黄酒量宽。

合江楼（两首）

双江千里夹层城，江汇西流一阁横。青入彤檐天外嶂，歌循粉堞地中声。
山川不改当年色，烟雨长悬逐客情。最是鹤峰残照里，苍苍古木百花明。

多病凭高强自宽，坐来秋色思无端。万家日落炊烟暝，二水波翻鼓角寒。
只见楼船分道出，谁能山月四更看？独怜鸥鹭忘今古，尽日州前弄羽翰。

【按】录自光绪《惠州府志·艺文》。

王瑛，字紫铨，直隶人，清康熙二十八年（1689）至三十四年（1695）出任惠州知府。所著《忆雪楼集》中有 10 多首记述他到海丰县和碣石卫城视察政务、了解当地风俗民情的诗词。

重九后二日度羊蹄岭

岭路羊蹄仄，岩峣过帝关。泉声来草里，鸟道没云间。
老树迎飞盖，秋花认堕环。登高前日会，拳石笑龙山。

【自注】花色紫艳，名玉环脚。

自响水渡登岸至鹅阜，夜行荒山即事

昏黑盘山径，腥风虎怒嗥。瀑声惊马勒，萤火落弓韬。
欲避波涛恶，宁辞登陟劳。世途随处险，阅历遍吾曹。

【自注】时大风雨避黉门港之险也。

海丰道中（二首）

磴道蚕丛似，无端秋又过。菊花村径少，松酿瓦盆多。
羸犊眠丰草，饥猿挂断萝。炎荒兼瘴疠，仆仆竟如何。

诘曲蛮村路，年来十二过。藓深春雨滑，林古夏禽多。
霜色侵枫柏，风光冷薜萝。故山茅屋好，封在白云窝。

阿姨岭

阿姨岭路几千年，来往曾无姓氏传。谁识阿姨年少面，风鬟雾鬓想依然。

【注】阿姨岭，位于惠潮驿道海丰县与归善（今惠东）县交界处。

野渡逢隐者

野水荒烟古渡头，几声渔唱出苹洲。谁能风月闲中得，惟有东陵一故侯。

九日登海丰城东龙山

远宦三年滞瘴乡，忽惊节序又重阳。菊花避热初含蕊，桂酒迎风早荐芳。
尺素浮沉双鲤在，寸心踯躅几羊亡。龙山自昔称佳会，落帽何曾有客狂。

再过羊蹄岭

羊蹄路狭云生足，鹏翼天空风满怀。涧水有源流不息，山花无意落还开。
三年宦况多趋走，万里乡心独往回。却怪山僧不解事，引人更上最高台。

过海丰城北五坡拜宋文丞相祠

正气应知贯日星，蛮方祠宇剩郊垌。赭颜朱服瞻遗像，白水青山识爽灵。
大宋运沉云外月，有元祚灭草中萤。先生节义昭千古，为向残碑剔旧铭。

自鲎门港登岸投鹅阜驿馆

黯淡疏林日影黄，蛮歌东岭下牛羊。炊烟散漫人家少，网罟纵横蜑艇忙。
秭稗未堪留雁鹜，堠烽犹自走豺狼。劳劳自笑成何事，三载依然滞瘴乡。

【注】鲎门，即鲘门。鹅阜，即鹅埠。

自乌蚶至碣石沿海行三十里书所见（四首）

碣石天南海一涯，偶同八月泛星槎。乌蚶港比黄河急，玄武台连紫塞赊。
澄镜无垠浮玉宇，飞轮倒影泛金霞。当年徐福求仙去，闻道于今尚有家。

呼吸乾坤一气通，望洋延伫夕阳中。势看万马腾沙漠，声听惊雷撼口嵩。
紫绀天光随日变，蔚蓝海色逼云空。更当金镜悬秋夜，缥缈临风思不穷。

清浅蓬莱□□何，飞仙几度此经过。怒涛白卷千山雪，孤屿青浮一点螺。
龙战血痕丹峰遍，鹏搏云气紫霄多。而今野老垂纶处，闻道将军旧枕戈。

断虹饮海赤云翔，父老惊传飓母狂。水溢鲸鲵群鼓浪，山陬豺虎竞投荒。
盐洲万姓田庐没，碣石三军□斗防。但愿岁登人果腹，寻常灾祲化嘉祥。

【注】"乌蚶"，为"乌坎"之误。
【按】以上录自《忆雪楼集》。

林景攀，康熙年间诗人。其余不详。

赠黄易先生忠节

粤水闽山迥出群，并来佳气植芳荪。材堪幸国根知茂，孝以作忠品共尊。
舍命从君惟沥血，归天骑虎漫招魂。庙临东海崇褒锡，起立顽懦百祀存。

【注】黄易，海丰人，顺治十六年（1659）进士。

叶熙召，字际时。海丰县吉康都（今属陆河县）螺溪人。清康熙三十七年（1698）
戊寅科岁贡。

赠黄易公忠贞祀庙

孤忠万里禀纲常，百粤寒松耐雪霜。庙食岂惭尊俎豆，史碑遗得好文章。
江山不改千秋祀，海国长焚奕世香。遥忆当年经两变，于今浩气永流芳。

金德嘉（1630—1707），字会公，号豫斋。湖北省广济县（今武穴市）人。清顺治十七年（1660）乡试举人，授安陆府教授。康熙二十年（1681）会试第一名贡士（会元），殿试中进士，授翰林院检讨，掌修国史。康熙二十六年（1687），充贵州乡试副考官。后奉命纂修明史。告归后家居二十年，闭门著述。为文宗法韩愈、欧阳修，诗力追唐代风格。清《国朝诗人征略》选载其作品。有《居业斋文集》行于世。

赞黄苍潭先生忠节

天子重制科，取士如置器。博求忠孝人，畀以民社地。仕则为循良，强项羞软媚。一朝遭险限，之死无所避。海丰黄进士，失怙于四岁。事发以孝闻，友于后母弟。受经王父前，口授通大义。十六补诸生，廿八举乡试。三十捷礼闱，慷慨有大志。听除赴天官，遂建海疆议。草疏累千言，煌然存箧笥。归化汀岩疆，捧檄知县事。下车省土风，所急惟抚字。巡行阡陌间，苍头裹糗糒。诘盗绝株连，不遗闾左累。户口一以宁，四封浸大治。强藩厮养卒，狼贪而虎视。算缗逾催科，以令为儿戏。膏血竭编民，蚕食百惟意。公曰令牧民，民命于令寄。民不堪命矣，经御尚何惮。苟能纾民患，挂冠夫何恚。抗草以上闻，制府称其义。亡何寇乱兴，北向日洒泪。髡发诇枸俘，脱身于溷厕。间关及里门，讨贼发长喟。东粤寻告警，靖节矢无贰。徒跣奔汉江，九死闽中地。孤忠达九阍，旅病幽愤积。三山客舍间，一棺束枯骸。太守乃具言：臣节真无愧。使得睢阳封，役民如指臂。使得即墨兵，桴鼓如大帅。不尔司农笏，击贼中贼眦。不尔侍中血，着衣并夜襚。千古忠烈人，波澜良不二。中丞为拜疏：诏从死士类。赠葬昭国典，碑版具赑屃。剖符为郎官，恩且及冢嗣。呜呼公往矣，遗言犹可识。家人启巾箱，其语抑何粹。当其贴危时，凛凛惧失坠。全归事乃终，到此志已遂。国人皆曰贤，柱下职当记。

【注】黄苍潭即海丰黄易之号。

曾华盖，字乃人，号喟莪。广东海阳人。他自幼颖敏，工诗善文，清康熙五年（1666）举人，九年（1670）庚戌科进士，在地方任职颇有善政，由知县擢升吏部考功司员外郎、吏部郎中。后罹冤降职，遂家居潮州曾厝巷闭门著书，有《鸿迹猿声集》《楚游记事诗集》《鹣寄堂诗集》《喟莪诗文集》等留世。

赞黄苍潭先生忠节

甲乙之交遭阳九，山飞海竖妖螭吼。东南半壁尽陆沉，随波逐浪皆濡首。黄公忠孝本天生，白璧肯受缁尘垢。洁身义与致身同，重趼不惜长奔走。闽水虔山跋涉劳，间关幸脱豺狼口。题笔拟追正气歌，幽魂遽作骑箕偶。帝谓孤臣古所难，捐躯殉国得未有。已焕褒纶贲墓门，更赐殊荣及身后。煌煌国典惟劝忠，荡荡皇恩岂私厚。呜呼，当时岂无从逆人，而今枯骨亦已朽。人生百岁只须臾，惟有荣名垂永久。列公一日可千秋，感慨长吟酹尊酒。

【按】以上录自乾隆《陆丰县志·艺文志》。

黄道珪（约1631—1713），字子特，号韫庵，海丰县兴贤都寨仔埔（今海丰县城）人。顺治十四年（1657）丁酉科举人，康熙二十九年（1690）任河北省邱县知县。

和郡宪监赈即事

斥邱成泽国，几度望恩来。坐拥花光绕，巡行曙色开。
匡时饶伟略，济世羡鸿才。百室安全后，星芒耀上台。

步府宪原韵（十首）

五十二村地，仳离满目中。丁男形似鹄，少妇首如蓬。
几载耕耘废，千家杼柚空。寸衷奚所慰，惟有吁苍穹。

田庐弥漫久，沉灶更生蛙。有渚依朝鹭，无枝栖暮鸦。
稼场丛稗草，绣壤汲泥沙。触目伤心地，民生未有涯。

历历桑麻境，翻成激湍流。篙声喧宅畔，帆影挂墙头。
野寺波中峙，长堤弃上游。更嗟危雉堞，渺若一浮舟。

中泽哀鸿雁，栖栖去复还。有家惟守水，无地可依山。
东作人犹倩，西城我更闲。郑图非易绘，簪笔泪潸潸。

寥落波头里，炊烟竟杳然。独鸡栖树杪，群鹜集河边。
植荥供糠秕，采蒲杂菜鲜。频年丁蹇厄，翘首问青天。

一片芦花荡，萧萧风满溪。吞声野老哭，索食稚儿啼。
涧仄欹桥渡，波回曲岸迷。平时衰草静，遥望暮云低。

泛宅浮沤似，凄其实可怜。沙洲波浩浩，湮渚水茫茫。
野草聊供爨，残荷漫作裳。三冬萦窳寐，悬罄叹仓箱。

阔浪拍荆扉，逢年心事违。依稀闻雁唳，历乱见萤飞。
耕凿望成绝，渔樵计转微。幸犹逢禹稷，由溺更由饥。

谋生计尽绌，无奈学栽秧。水浅波齐绿，潮泅稻闷黄，
先秋赊素愿，卒岁仍心伤。冀得收成薄，堪言足救荒。

蠲舫扬铃至，询灾遍水津。阳春苏蔀屋，德政格波臣，
欲匀中丞泽，先邀太守仁。地灵今效顺，雨露一时新。

应征重建历亭

重构柯亭傍历岑，冠裳此日共登临。一泓碧滟双眸辟，万朵金蓉四座侵。
旷代奎光联海甸，熙朝紫气耀泉林，撑持造化还先哲，山水峥嵘自古今。

郡宪赐华服奉答并序

郡宪监赈事竣，劳余贫瘁，以华服见赐，愧恧赋此奉答。

雪鸿踪迹此荒城，八载操弦未著声。鸳鹭一天浮水浴，荻芦两岸夹舟行。
旬宣赖有长孺惠，刍牧徒深郑侠情。宠锡漫夸遭异数，狂澜澎湃几时平。

【按】以上录自河北《邱县县志》。

海门潮声

谁羡广陵八月涛，蛟宫蜃窟共滔滔。势将吞岸双龙斗，气欲排空万马逃。
雷鼓轰时千亩雪，巨鲸吼处九天飚。振衣远岛移情者，方悟当年禹浪高。

龙津渔唱

海波城下接龙津，归棹咿哑入耳频。和笛渔歌天是籁，倚栏人满月为邻。
斜帆遥带潮门影，一曲长浮玉锦鳞。远岸榔声催晓曙，轻舟又曳别溪春。

莲峰叠翠

峭壁翻岚屹海东，芙蕖带日插浮空。翠垂玉井千层绿，彩映流霞万朵红。
湛露遥擎霄汉外，琼浆回酌碧莆中。更看迟雨凌波驻，不类仙香染涧虹。

银瓶飞瀑

芙蓉削掌五云高，大壑鸣秋送野飚。天际蜿蜒飞素练，空中澎湃泻银涛。
蟠翻玉涧千丝乱，马曳吴门一瞬逃。自是源通槎汉远，功深泽物不云老。

银瓶游纪

策杖凌幽巘，山深夏亦寒。晨光方淡霭，曙露尚沾漫。谷鸟衔云语，岩泉喷碧湍。迤

逦一峦杪，纡回几磴盘。远海如环带，群峰各巑岏。飘飘体自健，岂谓攀跻难。更上一层去，踏过苍崖宽。仙灵恍欲接，绛霞自可餐。忽惊空语闹，峭壁怒狂澜。逸兴奇方探，朋游乐已阑。老僧携锡驻，揖我白云端。敷坐孤峰顶，携琴天际弹。翛翛风两腋，万里欲生翰。始信登山小，吴门匹练看。

【注】以上录自乾隆《海丰县志·词翰》。

哀漳河

浊漳潋㵎何吓吓，源自发鸠流四泻。汹涛盘踞西北隅，百余年来遭塞厄。长堤一带半不毛，四十八村废阡陌。埂畔膏腴悉碱生，延及内地皆硗瘠。我莅平恩视水滨，窃喜斯流相咫尺。欲学西门灌邺功，揣摩导凿筹夫役。一询舆论遂悯然，搔首踟蹰频蹙额。果然秋涨似激湍，鲸鱼跋浪多崩碟。防堤如戍宿河干，半壁趋跄不安席。有似黄河决孟门，捧土劳劳竟何益。忽然雷雨汇百川，石走江翻洪潦渚。弥漫村落绕城隈，滟滪沧湘鼍龙泽。三面舣舟按各村，涕泗横颐喉哽噎。雁鹜逐队似云屯，家室逃荒如潮汐。去年无谷犹有丝，此日无田更无宅。逋赋一心唯谋生，催科三载无长策。叹昔大贤多坎壈，何况小儒遭隙厄。丹心警恻一寸灰，须发婆娑十日白。我生不辰吾道穷，累及斯民皆狼籍。民纵无良过在官，奉职无状余应谪。奚为官民罹此殃，自甘同作沟中瘠。一字一泪哀漳河，百死一身宁足惜。吁嗟！焚向长空希帝格。

【按】录自河北《邱县县志》。

洪首辟（1640—1725），海丰县杨安都赤石新城人。清康熙二年（1663）癸卯科举人，授广西平乐府教授。一生从事教育事业，日唯闭户读书，殷勤课子。故长子洪晨绂、次子洪晨孚均科举扬名。致仕后，他受聘在归善县的一处私塾教书。得享高寿。雍正元年（1723）与新宁麦世球重赴鹿鸣宴。

龙津渔唱

胜地人繁陆处余，石梁深径尽浮居。昼无徭役歌随柂，夕有清杯韵满渠。
春夏多风龙化急，东南叫月鹤归纾。亦知槛外皆湖海，欲学陈登恐不如？

【按】录自光绪《惠州府志·艺文志》。

范可楷（1601—1690），讳士润，字君弼，号草玄子。海丰县甲子所城（今属陆丰市）人。十岁下笔成文，海丰县廪膳生员。崇祯十二年（1639）三十八岁时，始夺岁魁。万历进士宗师曾化龙评其卷曰："词翻粤海之栏，神标赤城之帜。骏走追风，岂凡品所能望其后尘。"考一等第二，而卒不荐。康熙四年（1665）清政府强令东南沿海迁界，全家被拆迁后寄居陂洋龙潭时，作《石帆记略》三千余言。并著有《寝瓿集》《孤愤集》等。

石帆倾倒

锡命君恩海样深，先公铭石志丹心。君恩万世终无没，帆石千秋岂有沉？
不意一颓惊在昔，何堪再堕骇于今。并思宋帝蒙尘事，惹得后人感慨吟。

【按】录自乾隆《陆丰县志·艺文志》。

姚德基，浙江省乌程县举人。清康熙二十二年（1683）任海丰知县。任职十二年间，
建谢道山塔，开南门湖，修《海丰县志》。

莲峰叠翠

绕郭青山一望中，巅头积翠郁葱葱。光连涨海浮金晕，秀竞层峦耸碧空。
道转清泉流石乳，峰回紫气薄长虹。却因问俗无多暇，暂尔登临溯谢公。

长沙夜雨

不见流辉怅远天，平沙夜雨雨潺湲。神山忽暗鲛人室，渔火微明疍子船。
别墅空蒙迷远树，清溪黯淡散轻烟。暮云横起层岩外，一顾苍茫一惘然。

丽江月色

萧疏暮霭垂零露，清质临流树影低。共听风篁声寂寂，还怜江夜色凄凄。
长空众宿皆为掩，极目飞鸟未定栖。此夕扁舟乘兴好，也应绝胜棹剡溪。

凤河晚渡

长河韬映接横塘，舟子招招趁夕阳。芦荻洲前花欲舞，温泉岭下燕归忙。
轻桡逐浪催行色，野渡乘风纳晚凉。听说杨桃刚十里，遥闻僧舍焙茶香。

万寿晓钟

绮陌鸡鸣更漏稀，萧萧古寺击鲸鱼。华钟声辟千岩晓，禅室香浮万籁微。
顿令尘中消俗思，如闻云外发清机。蒲牢吼罢霜空下，际此扪心悟昨非。

龙津渔唱

环溪碧浪映沧旻，几处渔舟出水滨。欸乃声低缘岸远，逶迤棹放出渊溷。
桥边絮舞生花浪，水面萍浮点石鳞。一曲酣歌渔者乐，遐荒尽是太平人。

海门潮声

怒涛恣肆鼓苍垓，叫啸殊音早暮来。倏昱干霄混绝雾，奔腾动地隐成雷。
蛟龙吞吐云中出，楼市依稀天半开。万里灵潮声不断，却如槎上访蓬莱。

【按】 以上均录自乾隆《海丰县志·词翰》。

姚元，清辽宁省鞍山籍诗人。清康熙二十二年（1683）间游览海丰八景，作有八景诗，今仅遗两首。

万寿晓钟

河汉横斜更漏沉，铮镗历历动高林。凭虚似激天朝籁，度水如闻龙夜吟。
已唤世人清梦晓，谁怜孤客此时心。老僧只道平常事，闲坐蒲团定力深。

凤河晚渡

溪光潋滟晚溶溶，夹岸青山入镜中。野水留连远天碧，轻桡容与夕阳红。
行人不惜重回首，舟子无劳便趁风。却羡临渊垂钓者，忘机鸥鸟往西东。

郑名先，潮州普宁县人。岁贡生。康熙二十四年（1685）海丰县训导。

龙津晚唱

石织桥津砥柱流，神龙恍惚卧江洲。三更夜静渔歌闹，尽是芦花声里秋。

【按】 录自乾隆《海丰县志·词翰》。

张文郁，广东南海县人（今佛山市南海区），举人。康熙二十五年（1686）海丰县教谕。

莲峰叠翠

天挺巍峦峙岭南，丹梯万仞迥跻攀。色连翠幕层层结，状拟芙蕖朵朵斑。
碧嶂风翻花似石，青钱雨点叶如山。何时始得闲游遍，几个峰头任往还。

张经，惠来县龙溪都船场乡（今隆江镇）人。清康熙九年（1670）庚戌科进士，曾任吏部观政，二十六年（1687）修纂《惠来县志》。

瀛岛归云

不论江滨与石邻，高人到此便仙津。千年姓字公家物，亦辟鹤峰总一身。

【按】录自乾隆举人张凤锵《甲子乘·艺文·诗》。

郑雷震，陆丰县甲子镇东北社人，原籍惠来县澳头乡。清康熙二十年（1681）惠来县辛酉科举人。康熙三十九年（1700）授四川苍溪县知县。致仕后迁居甲子所城。晚年作有《瀛江胜迹八咏》七绝八首。载《甲子乘·艺文·诗》。

瀛江胜迹八咏

莲峰叠翠

崒崒高峰半壁天，亭亭翠色弄晴烟。几回想像嶙峋意，好似华山千叶莲。

甲石回澜

巨浸由来势激湍，凭高四望水漫漫。谁将六十岩前石，横列中流障急澜。

潮分人水

南溟一望迥无垠，巨浪滔滔到海濆。消长由来潮有信，东西自此水平分。

一柱擎天

柱石移来不记年，巍巍杰出似雕镌。每于雷雨奔腾处，撑住东南海外天。

【注】"柱石"，指擎天石。甲子八景之一。《陆丰县志》卷二《疆域·古迹》载"在甲子所北门内，峙立耸拔，高出雉堞丈，余中开一痕，俗称雷打石"。

双帆挂影

谁从海外驾飞艦，破浪乘风石作帆。此是登瀛堪胜迹，双浮远影出云岩。

【注】舻，船。双帆石，位于陆丰市甲子镇待渡山东麓。原有巨石两块，其状如船帆，俗谓头帆石、二帆石，合称双帆石。明末头帆石先被暴风摧倒，至乾隆十五年（1750），二帆石亦被飓风摧毁。

五马渡江

登瀛坊下水淙淙，五色骅骝向碧空。隔岸悲鸣化石去，春深苔藓长银鬃。

木石奇观

苍茫寒日照残碑，木石曾传此处奇。雾隐层岩蹲虎豹，风摇老干舞蛟螭。

古寺钟声

维摩胜迹说西峰，满径昙花对古松。世外闻尘都不到，清朝撞彻几声钟。

【注】"甲子八景"，清嘉庆年间黄栋所纂《甲子乘》称曰"六十安澜、海甲莲峰、人水垂潮、仙人踏石、双帆挂海、五马渡江、西峰古寺、雷庙天堂"。郑雷震《瀛江胜迹八咏》，则称为"一柱擎天、古寺钟声、甲石回澜、莲峰叠翠、双帆挂影、木石奇观、潮分人水、五马渡江"。

【按】以上均录自清乾隆举人张凤锵《甲子乘·艺文·诗》。

春日郊游

汉雨连宵泻碧鳞，晴明修禊趁佳辰。莎间逐兴蜂寻蕊，柳浪争春鸟语人。
堤湿踏残青印履，岩香掬尽翠沾巾。山翁不惜流觞饮，醉后呼童碾玉尘。

七夕同严学思乞巧

携樽乞巧对檐楹，兔影斜窥汉影横。佳兴欲同牛渚泛，良缘几见鹊桥成。
微风入树凉犹薄，湛露侵衣气正清。若个支机曾得石，莫忘当席有君平。

【按】以上两首录自康熙《惠来县志·艺文》。

卢天遂（？—1697），又名余天遂，字秉藩，号卧庵。海丰县坊廓都大塘村（今属陆丰市）人。卢百炼嫡孙，卢恩之长兄。康熙二十六年（1687）丁卯科第十名举人，清涧县知县，致仕后长期寓居惠州。著有《集茧园本艺》。

送友

遥从望外想荆州，潇洒襟怀薄五侯。道义论交双古剑，经纶济世一孤舟。
每嗟海国光风远，忽快石桥霁月留。古道燕台钟杰地，居然肥马与轻裘。

【按】录自陆丰大塘《卢氏族谱》家藏三卷。

叶本俊（约1650—？），字天若，号邻波。海丰县螺溪（今属陆河县）人。太常寺少卿叶高标嗣孙，清初归善学贡生。著有《葆真堂》诸集行世。康熙四十三年（1704），其诗作5首被黄登编入《岭南五朝诗选》卷十。

游侠词

右手执长刀，长与青天对。若得国士知，残躯岂能爱。
一自出门去，便存十载思。只嫌易水客，空自负于期。

寄于襄平使君，时非渔，往署讯病

夜得连阳信，离忧此际深。倚风难及寐，闻雁独长吟。
清响生群木，遥情动素琴。相烦孤往客，寄我欲传心。

项王

乌江流水谁为渡，正是天亡项羽时。大节纵难存义帝，深情犹得结虞姬。
多年苦战虽秦敌，片刻悲歌即楚辞。背约沛公何足道，鸿门旧剑至今悲。

【按】以上录自黄登《岭南五朝诗选》。清康熙三十九年自刻本，国家图书馆藏。

十五夜泊西江同洪用贞作

江云渺渺水苍苍，匝地篱花看渐黄。久客顿忘秋已半，露深方觉夜初长。
寒蟾易照行边影，丛桂难留枕上香。喜得故人能共醉，几回扣榜咏沧浪。

【按】录自光绪《惠州府志·艺文》。

卢恩（1653—1724），字东咸，号泽山，又号秉推。海丰县坊廓都（今属陆丰市）大塘村人。卢百炼嫡孙，孝友天成，善于交际。康熙十八年（1679）秀才，取进海丰县学官。翌年冬科考一等补入廪生。康熙三十五年（1696）丙子科乡试，中式第二十名举人。至康熙五十年（1711）授广西梧州府怀集县知县，五十七年（1718），特授兵部车驾司主政。著有《东咸诗文集》，存诗147首。

木鱼歌

何处新声起，乡音不识多。问伶唱个甚，道是木鱼歌。

春日郊行

一望平原绿，和风淑气浮。四时春日好，散步亦优游。

岁暮送行

爆竹声催急，孤帆挂客舟。腊回春信好，约到旧书楼。

早行

最怕鼓三更，披星逐夜行。青山未展色，流水但闻声。
露浥衣衾重，风从人面生。冲寒踏雪去，计日到燕京。

游西山

最是名山好，况怜紫陌西。翠屏初日照，丹嶂落霞栖。
林密禅关隐，青深鸟道迷。探奇须尽致，胜入武陵蹊。

南归

北上去年冬，南归秋色新。寸心惊日月，两鬓老风尘。
不历关山苦，哪知桑梓亲。故园犹秀茂，松菊乐天真。

匡庐道中

最是庐山好，层层步碧峰。道旁峭壁立，岭上宿云封。
曲径通禅观，清泉冷壑松。登临来已已，忽送夕阳钟。

文昌阁会（在碣石玄武山）

松桂绕高阁，三台起秀云。江明天地合，风动山花熏。
谒帝亦参佛，对杯还论文。将兴碣石馆，为我报诸君。

九日陪总戎曾公登元武山逢晴

夙抱为霖志，常怀捧日心。东篱甘露渥，北阙景云深。
光霁开天地，明良际古今。登高凭眺望，万里觐纶音。

和副戎登玄山塔观海原韵（两首）

早镇三山胜，移旌耀日来。陟巅云路接，放眼浪花开。
鲸影浮终伏，波纹散复来。临流能作赋，文武称全才。

海上玄山胜，登高一望来。怒涛秋里静，蜃市日中开。
江白霁云照，风清薄雾回。群歌清晏日，心旷神怡哉。

【自注】公原广州府副将署任碣石镇。

秋月步望海楼

金风披拂正三秋，月色横空映玉楼。一片光芒通水国，素娥处处伴渔舟。

戏场观蒙正寺归敲韵（两首）

佛颜拜尽总徒然，踏雪归窑苦自尝。灶冷犹欣敲律句，舌尖应带桂花香。
最恨髭奴凌轹伊，寒霜侵骨尚吟诗。世人不识窑中器，盍看宫花插鬓时。

白菊（次彭业师）

常傍柴桑老子居，何缘玉质到吾庐？不妆红粉谁怜汝，羞卖黄金酷类予。
九月寒香清且淡，三秋素蕊郁还舒。寄语送酒殷勤客，同立花前莫踌躇。

【按】"寄语"，疑为"寄言"之误。

秋月宴饮联吟

碧天云净夜何其，几点疏星映客稀。待月不来空泛酒，对杯有兴频敲诗。
西风披拂引新句，东海波涛壮伟词。吟就酣酣依冷榻，晓来又觉读书迟。

寓燕都逢闰三月友人招饮

旅中无计散愁思，只可良朋共赏奇。把酒再逢三月景，论交并有寸心知。
莫言春色留难住，偏对绮筵兴不迟。一醉高歌忘作客，骚狂亦许和新诗。

春闱大雪（时第三场）

构思射策笔如飞，降雪纷纷彻锁闱。柳絮翩翩飘玉屑，梨花片片印朝衣。
漏迟五夜添银烛，赋就三都启棘扉。谅是阳春多有脚，御恩争向凤池归。

没龙岗有感

去年北上逢冬节，今日南归值早秋。岁月催人只瞬息，山川乘令倍清幽。
蝉鸣古木乡思动，烟起荒村曙色收。最是卢家忘冷暖，尚留樽酒慰吴钩。

舟次滕王阁下

买舟直到古洪都，泊岸犹怜帝子居。皎月光芒摇汉碧，残灯明灭点星疏。
寒砧入夜全惊梦，柔橹和歌半属渔。心绪摇摇浑不寐，坐吟秋水落霞书。

过东林寺

庐山面目翠重重，精舍幽林一径通。才听松声清癫发，更闻梵呗俗缘空。
虎溪三笑留芳躅，莲社何人追古风。愧我劳劳名利客，尘随马足逐西东。

登滕王阁

重来高阁曲栏凭，四野郊原淑气凝。南浦湖光回晃漾，西山翠色倚峻嶒。
昔年词赋流风远，今日沉吟感慨兴。满腹牢骚应有句，留题多恐滥虚称。

晓度梅岭（次韵）

崎岖庾领界西东，征马劳劳紫翠中。山势连天云半锁，树阴挹露日初红。
梅花古寺钟声远，石壁重关雁影穷。独有维岩遗像在，依稀犹见曲江风。

鹅湖舟中哭兄并序（二首）

余归自京师，七月之望舟至鹅湖。闻兄卧庵谢世，泪潸潸下，聊歌当哭。
鹅湖接报孟兄亡，孤雁悲愁泪两行。只道埙篪堪共调，谁知生死不同乡。
丰城剑气埋荒径，花萼炉烟乱夕阳。事业功名今已矣，沉思无处不心伤。

舟中闷闷为兄思，怪底修文忽夺伊。十载贤书贫且病，一生事业富于诗。
玉楼夜月魂归否？江岸芦花梦断时。欲赌音容何处觅，空余天末西风悲。

【自注】秉藩名天遂号卧庵，卒于康熙三十六年。

随樊老夫子校士潮州道出蓝关谒韩文公祠

崎岖古道松声悠，尚有名儒庙貌留。功可起衰非一代，人皆知学岂潮州。
当年秦岭云犹在，此日蓝关雪已收。应信使星通过化，山河久以韩为讴。

留别怀阳耆老

昔年粤海泛仙槎，漫向怀阳学种花。冰雪一行聊自矢，蛮烟七载敢云遐。
帝廷车服酬庸渥，父老壶浆待泽赊。回首阶前琴与鹤，又随凫舄赴京华。

过御史李石洲先生墓

芳草萋萋景色幽，名贤埋玉壮山邱。魂依碧落亭犹在，碑印苍苔字尚留。
位列乌台寒棘木，诗传海国老松楸。文章事业推前辈，后学谁为踵石洲。

饯胡次超别（是年予客碣石桂林口占一律）

最怕孤帆去路深，邮亭忽报别离音。一壶浊酒满腔意，半榻高风万古心。
叠曲那堪愁里去，骊歌况是客中吟。行行分手章门去，何日蹄声到桂林。

贺曾总戎寿

细柳声华世所推，弘开玉帐拥旌旗。威覃两郡宁鸡犬，恩浃三军壮虎貔。
海国群歌清晏日，瑶台会献紫霞卮。他年喜起思元老，万岁纶音纪伯婆。

吊陈领兵战胜伤铳以毙

匹马前驱胆力雄，腹中伤铳视如空。浪澎海岛鸣金鼓，日落石桥奋剑弓。
勇士轻生魂尚烈，夜鹃啼月血犹红。绿波满眼腥可极，可惜珊瑚陨一丛。

秋夜有怀（时寓京掣签候命下）

一年九月滞燕京，枫叶萧萧不胜情。闷到空怀家万里，梦回已觉月三更。
铅刀自分膺微邑，铁面尚堪对短檠。今夜高天湛露渥，披衣危坐听秋声。

登五层楼远眺

高阁层层镇北峰，登临未许白云封。虎门微映浮丘小，鹤棹低摇珠海溶。
点点人烟笼万户，晶晶日色厌千松。举头天上无多路，咫尺云梯自可从。

人日舟泊端州并序

御书楼前拜贺署制台陈抚军。新年纪事，步王长平先生韵。

船到端州俨帝乡，巷歌衢舞庆春光。朝房日度花砖影，谒拜风生鹓鹭行。
云蔼崧台迎紫气，樽倾桂酒入杯黄。醉看亭下牡丹曲，人日和风兴满觞。

【按】以上均录自乾隆《陆丰县志·艺文》、大塘《卢氏族谱·东咸诗文集》。

徐旭旦（1656—1720），字浴咸，号西冷，别署圣湖渔父，钱塘（今杭州）人。清代
文学家，拔贡生，任邗江县儒学教谕。康熙四十九年（1710），升奉直大夫宁远知县。康
熙五十五年（1716）出任海丰知县，官至连平知州。工诗词曲赋，擅作集韵诗。有《世
经堂诗词集》《西湖志》《世经堂集唐诗》八卷等。

银瓶飞瀑

雪浪银涛插碧天，玉龙飞驭出奇岩。人间亦有澄如练，不信行空转倒悬。

莲峰叠翠

莲花峰上影参差，动把灵岩叠秀姿。山岭半腰眉黛里，采药枉自说西施。

丽江月色

玉蟾此夜映波间，万里无尘水自闲。楼外不知人耐坐，一声秋笛过晚山。

凤河晚渡

长天一色泛中流，载得归蓑月满舟。此日凤河留古渡，烟波依旧汉时秋。

海门潮声

健骑奔驰万木摧，老龙鳞甲岂轻回？分明记得来时景，仿佛空山一响雷。

长沙夜雨

淅淅潇潇夜雨孤，苍茫烟树米家图。遥怜江上篷窗客，一曲能消酒几壶？

龙津渔唱

买鱼钱买半山酿，约伴船头趁月光。不必歌声腔曲好，随风直送到桥梁。

万寿晓钟

噌吰初破晓来霜，落日迟迟遍大荒。绣阁惊残香梦醒，妆台频唤觅衣裳。

饮长春泉集唐和韵

石岩引出远泉甘，漱齿花前酒半酣。高树夕阳连古巷，东风朝日破轻岚。
长春洞口留仙客，白水滩头淬剑镡。碧落有情空怅望，乱云飞絮满澄潭。

【注】集陆龟蒙、罗邺、卢纶、羊士谔、邓英、吴乔、林远、韦庄等诗句。

【按】以上录自乾隆《海丰县志·词翰》。

坐准提阁和叶子来韵

修篁灌木势交加，开院风惊满地花。静念梵经深闼日，欲清心思更焚香。
陶潜见社无妨醉，平子归田不为穷。尘世难逢开口笑，故人诒语带烟霞。

【注】集方千、许浑、白居易、文徵明、皮日休、韦庄、杜牧、朱放等诗句。

寿甥钟定山

云日呈祥景物殊，仪型千古说蟾蜍。梅芳柳色聊同致，啸志歌怀亦自如。
用笔能齐钟大尉，论诗更事谢中书。真经与术添年寿，紫阁黄扉待起居。

【注】集卢纶、薛逢、李邕、杜牧、李颀、韩翃、方千、张乔等诗句。

寿甥钟定山和叶子到亭春暮同诸亲串郊游宿莲花庵即事原韵

锦江春色来天地，晳似乘槎霄汉游。转续古欢存梗概，不随流俗问沉浮。
四郊甘雨三春足，万里烟云一望收。莫道郑虔多倡和，闲情只共酒淹留。

【注】集杜甫、徐彦伯、颜况、丘丹、吴草庐、王发、李令闻、赵蝦等诗句。

丙申春仲游五坡岭表忠祠吊文丞相和甥钟定山韵

叶叶春衣杨柳风，孤忠祠外水云重。川原缭绕苍烟迥，城阙参差薄雾封。
顿觉胸怀无俗事，偏承霄汉渥恩浓。出师未捷身先死，浩气常在第一峰。

【注】 集韩翃、顾况、卢纶、武元衡、李商隐、李陟、杜甫、钟离权等诗句。

【按】 以上录自乾隆《海丰县志·词翰》。

卢毓华（1667—?），字秋航，号凤山。海丰县龙江都（今属惠来县）华清村人。康熙三十七年（1698）拔贡生。长期寓居惠州，惠州诗社社员。著有《凤溪诗集》，留传诗作约60首。

晤洪芊籔

相闻名下苦相思，乍见交欢便酒诗。燕赵三年通侠客，淮扬一路积愁词。
床头金尽还输我，山上途迷欲问谁？分咏坡仙诗里句，羡君独有子由知。

【注】 洪芊籔即海丰人洪晨绂。

过羊蹄岭

南奔山势北来豪，界断西东客过劳。莫怪层层当道险，只缘叠叠发身高。
为谁驱我冲巉径，何似闲僧出鸟巢。任是风尘称最健，低头仰面亦周遭。

【按】 以上均录自大塘《卢氏族谱·卢毓华凤溪诗集》。

洪晨绂，字系亭，又字芊籔，号炙山。海丰县赤石镇新城人。洪晨孚之兄。所著经文，丰湖书院掌教霍时茂极为击节，存志重刊。康熙三十八年（1699）与弟一起获己卯科举人，出任浙江松阳县知县。辞官后迁居惠州，与碣石寓惠诗人卢天遂时相聚会吟唱，意气相投。其诗清朗可颂。

表大中丞彭无山先生（两首）

京师万里隔君王，半壁东南一掌将。偷眼几多窥不测，玄机亦以示深藏。
纵能掘社空狐鼠，难尽当途殄虎狼。更有弹丸难到处，飞鸟上屋近椒房。

坐镇固难辞口实，吠声何至蔑黄金。欲量古井深千尺，须准长条过百寻。
日午当空妖气敛，月亏入晦小星侵。三年虽是虚张弩，虎迹公然威出林。

【按】 录自大塘《卢氏族谱·卢毓华凤溪诗集》。

洪晨孚（约1674—1745），字愚三、愚山，号存斋。海丰县杨安都赤石新城人。早年就读海丰城东赤山寺，聪颖机智，才华过人。清康熙三十八年（1699）乡试己卯科解元，康熙四十五年（1706）钦点三甲第163名进士，授翰林院检讨充三朝国史纂修官，后改授户部清吏司主事。

题戏旦

昨夜笙歌佩玉楼，男人妆出女人头。容易少年容易老，几多欢喜几多愁。
金榜题名空富贵，洞房花烛假风流。劝君早抱生活计，莫将江湖浪荡游。

题石马

石马因何镇九洲，神仙遗下几千秋。狂风荡荡毛无素，细雨霏霏汗自流。
青草满山难入口，长鞭任打不回头。牧童想是暮归去，天地为栏夜不休。

无题

二八佳人阻碧流，书生方便作行舟。好将桂子攀花手，笑抱龙头接凤头。
一朵紫花盈背插，十分春色满肩浮。徐徐放下离江去，默默无言各自羞。
【按】录自海丰县南涂《余乐群手抄本》。

湖亭晚眺

闲倚荒亭思渺然，湖光山色自年年。风吟细韵栏中药，云吐清荫水上天。
隔竹樵归三径雨，傍花渔泛六桥烟。停杯坐对疏林晚，几点轻鸥落照前。
【按】录自清康熙六十一年（1722）吴骞《惠阳山水纪胜》。

韩良卿（？—1740），字省月。陕西甘州（今民乐县）人。韩良辅季弟。康熙五十一年（1712）武进士，授侍卫。出为陕西西宁守备，再迁庄浪参将。师讨谢尔苏部土番，从凉州总兵杨尽信击敌棋子山，累迁宁夏中卫副将。乾隆二年（1737）九月，出任广东碣石镇第十八任总兵官。移肃州。乾隆五年（1740），擢甘肃提督。

碣石即景

碣石如蓬屿，临风思渺然。五台凌森森，万壑汇渊渊。
帆影疾于鸟，蜃楼化作烟。越裳来使远，还与送朝天。

应上苑，字眉允。江西宜黄人。康熙六十年（1721）辛丑科进士，授广东阳山知县，调任花县知县。雍正五年（1727）任清远知县，顺应民意，颇受好评。雍正七年（1729）升任琼州知府，又调万州同知，莅任五年，爱民重士，政简刑轻，开义学以培文风。雍正十三年（1735）擢升山东省东昌府知府。乾隆二年（1737）赴任碣石镇惠州府海防军民同知。撰有《祷雨说》。

碣石即景奉和韩镇台元韵

碣石沧州远，炎方亦俨然。弹冠宜学海，观水必临渊。
鱼浴扶桑日，云飞方丈烟。南溟连碧落，人岂井中天。

【按】录自乾隆《陆丰县志·艺文》。

曾位，原名朝宰，字位，号台山。海丰县坊廓都（今陆丰市西南镇西山村）。清康熙年间贡生，由明经选任曲江县儒学教谕，升任崖州府儒学教谕。

九日登西山峰顶

西望双旗山色嘉，忽逢佳节兴偏赊。劳攀石磴九回曲，望尽川原百万家。
云接海波罗带湿，风还岩谷角巾斜。羞称桓景茱萸酒，得句频烹顾渚茶。

【按】录自乾隆《陆丰县志》。

陈畴九（1685—1768），字尔雍，号禹图、榕斋。海丰县坊廓都内湖（今属陆丰市）人。清康熙五十九年（1720）举人，雍正十二年（1734）授福建武平县知县。乾隆元年（1736）署晋江知县，二年（1737）任连城知县，九年（1744）署长汀知县，十一年（1746）任政和知县，十七年（1752）考试授泉州府正堂。致仕后迁居惠州府城。

西湖

十里烟霞洲渚通，群山缭绕碧波中。水鸥来狎忘机者，野鸟时亲弄钓翁。
孤棹漫随春浪远，放歌聊与牧讴同。闲情偏共湖光合，载酒时过趁晚风。

【按】录自光绪《惠州府志·艺文》。

叶洁齐（1698—1731），字一泓。海丰县吉康都螺溪约（今属陆河县）人。小时家贫，傭书乡塾，其学以先辈为宗，贯穿经史。试童子试时，为惠天牧学使所器重。《陆丰县志·人物志》载其"静默笃行，天资敏爽，为文如风发泉涌，吐纳百家"。雍正二年

（1724），到广州参加甲辰补行癸卯科乡试期间，其已故妻子三场皆入梦，备谈儿女家事。鸡鸣乃去。且言是科必中。榜发果列魁选。考官评卷时，本想取他为解元，但因其三场考试入场均误时，故降低其名次。中式第六名举人（经魁）。同年参加会试，连捷成甲辰科进士，授山西太原府岚县知县。后升全州牧伯署梧州知府。著有《荆闱梦记》传于世。

甲辰科殿试御赐笔两枝粥四次谢恩诗

金门晓阙五云中，绛设韬悬德听聪。斑管双承天宠渥，玉馐叠赐圣恩隆。
调羹知仗盐梅手，珥笔殊惭朱墨工。盛世喜闻忠谠论，敢将曲直渎宸衷。

【按】录自陆河县清代螺溪《叶氏宗谱》。

黄而淳，海丰县人。清雍正二年（1724），赴甲辰科乡试第二名举人（亚魁）。文思敏捷，尤善作诗，喜出游，遍历名山。

夜月泛舟龙津

渺渺溪桥落照中，扁舟一叶泛轻风。渐看月出残雪破，恰喜潮来断港通。
沿岸攀花丛露滴，停桡沽酒市灯红。飘飘夜半随流转，卧听渔歌入短篷。

过杨桃岭

几处行来度此关，舍车步入万重山。水争石径苔痕滑，雾暗松林虎迹斑。
压担图书怜仆倦，隔崖钟鼓让僧闲。笑予筋力差能惯，云路迢迢未怯艰。

【按】录自乾隆《海丰县志·词翰》。

杨桃岭行

……一迈步兮一回顾。山腰有亭若承露，精舍缘崖多古树。犬吠鸡鸣鹅埠城，晨钟暮鼓野僧务。耸身直上最高顶，极目沧桑莽回互。控潮漳惠兮，陋塞弗复谕，指点山光行且赋。噫吁戏，一片烟雾纷潇洒，此山杖策兮心悠然。古往今来，过者踵相接，踯躅名利危其巅。我生江左富奇胜，涉嫌顿觉尘心宽。昔年西游更北眺，华岱两岳曾一攀。今日东来觌我以大观。矫首啸嗷千巉岏。落花啼鸟纷相错，别有天地非人间。岭兮岭兮毋所指名者，吾不能以置喙，且假此一日踏遍苍崖端！

【按】录自乾隆《海丰县志·词翰》。首句残缺。题目为编者据诗意而拟。

邱崧，字寅东，海丰县人，雍正十年（1732）壬子科岁贡，翁源县训导。

坡岭怀古

易将书卷佩横磨，越海迢迢此一过。柴市已无人化鹤，坡亭空有月如波。
春深杜宇啼红泪，日暮牛羊听牧歌。我为先生勤仰止，又从溪路访烟箩。

【按】录自乾隆《海丰县志·词翰》。

庞屿（1696—1751），字石洲，广西陆川县温泉乡泗里村人。清康熙秀才，雍正元年（1723）癸卯科拔贡。四年（1726）乡试举人（亚元）。广东镇平、归善、番禺等县知县，广州理瑶同知，代韶州知府、广州知府，惠潮嘉兵备道按察使司副使，雷琼兵备道广东都转盐运使司盐运使，官至广东布政使。著有《颇亭》《景轩》《颇景轩》三部诗集。名入《广西古代诗词史》。

陆丰道中

海滔连城堞，新丰鸡犬多。翠屏团绿野，虹影锁清波。
鱼网勤于织，薯苗重似禾。停骖还问俗，尤欲听弦歌。

【按】作于清乾隆初年。载乾隆《陆丰县志·艺文》。

佘圣言（1698—?），字介侯，号畏斋。陆丰县坊廓都高田人。雍正元年（1723）癸卯科举人。翌年赴京会考成甲辰科联捷进士，授宗人府主事充玉牒纂修官。雍正五年（1727）30岁时辞官回家。乾隆七年（1742），被聘为韩山书院山长。任职5年，掌教有方，士子有成就者多。为人恬淡淳雅，耽吟咏，工书法，著有《眺远楼诗集》。

陆丰城邸初春

放眼乾坤外，幽栖独任真。素餐实我耻，饮水是君仁。
旭日喧南服，凄风起北尘。山城呼万岁，草木亦知春。

移花读书楼示子侄

东风初暖露初匀，最爱移花就好春。隙地摘将明月补，空阶剪出紫云新。
诗从草木传风雅，道在鸢鱼有鬼神。莫笑迂儒无著述，种松人道起龙鳞。

高田埔家居恭纪万寿

空山漠漠晓烟清，北阙晴霞捧日明。天子万年临宇宙，微臣草野荷恩荣。
九天静落云璈奏，三殿香阑紫气盈。虎拜飙言逢盛世，寸心早已达神京。

【按】以上均录自乾隆《陆丰县志·艺文》。

彭上拔，字东樵，号越秀。陆丰县吉康都（今属陆河县）东坑上屋村人。乃北宋潮州知州彭延年之后裔。年幼时丧父，事母至孝。及年长勉志勤读，善于作文。入试秀才时，主考官阮明府阅其文大加赞赏，以国士器之，取为第一名。清康熙三十二年（1693）癸酉科岁贡生，雍正三年（1725）乙巳科举人，授会同县训导，秉铎称职。寻以引年乞休。曾参与撰编乾隆《海丰县志》。有《鹰顶山房集》《祇今集》《漫兴集》等行世。人称为"儒林名宿"。清《粤东诗海》、民国《惠州西湖志》刊有其诗作。

寄友人

剧怜两载别庭帏，万里依人计尽非。我亦游踪半天下，异乡虽好不如归。

雪晴集龙山寺分赋

高阁寒烟净，空阶雨雪晴。钟声出岳迥，梅气逼人清。
瀹茗添泉味，携琴得野情。前溪新月上，相对倍分明。

邑城口占

斗城谁道仅弹丸，三百里余地正宽。岭表从今推保障，陆安自昔志奇观。
云开叠嶂莲花翠，日映洪涛塔影寒。试上龙山遥放眼，海天无际好鹏抟。

鹤峰怀古

一峰依旧郁崔巍，生面曾从学士开。山月自孤人去后，江风谁引鹤归来？
吟诗习气何能扫，恋阙心情定不灰。德有邻堂堂下过，荔枝时节重低徊。

朝云墓

何处箫声唱竹枝，六桥明月夜深时。只缘南国留迁客，赢得西湖属侍儿。
十里烟光凝古塚，一亭苔影卧残碑。低徊荒草残阳里，欲荐蘋花赋所思。

还家

一路逢人说故山，乡音杂遝往来间。连村腊酒贫居近，绕屋梅花久客还。

儿女债多聊抚手，江邦风美好开颜。重看紫翠浮鹰顶，待我应教早闭关。

五坡怀古

落日啼鹃带血痕，遗踪留得断碑存。山河此地已非宋，朝代于今不是元。

海国帝都空自壮，龙潭御宴好谁论。只如方饭亭边月，长照孤忠万古魂。

【按】 以上载清乾隆《陆丰县志·艺文》、光绪《惠州府志·艺文》。

黄道均，号觉斋，海丰县城人。康熙四十七年（1708）戊子科岁贡生；连山县学训导。

寒食题五坡岭文丞相祠壁（两首录一）

青山何处乱啼鹃，一片荒坡古庙前。丞相终怀忘国恨，骚人再拜礼云篇。

挥戈力尽天风怒，饮血心丹海日悬。愁绝年年寒食节，为公一饮冷吹烟。

【按】 以上均录自乾隆《海丰县志·词翰》。

林邓芳，海丰县城人。康熙年间廪贡生。其余不详。

文丞相遗像（两首）

漠漠荒原四望空，高山顶上有孤忠。赵家已没千秋鼎，丞相犹存一饭躬。

涧水何时流汗赤，庭花几度照颜红。闲来读罢丹心赋，仰止当年问古风。

世事茫茫付碧波，寸心匪石总难磨。龙旂过去归三岛，虎节追来在五坡。

方饭便能留俎豆，忠颜犹自照山河。端然古谊无双土，千载如闻正气歌。

【按】 以上录自乾隆《海丰县志·词翰》。

沈展才，字其昂，陆丰县坊廓都石头村（今陆丰市河西镇）人。沈龙震三弟沈龙雯之孙，清雍正十三年（1735）乙卯科举人，截选知县，嘉应州学正。《陆丰县志》编撰。

瀛洲石

一洲有一情，一石有一趣。游历乎其间，挥毫堪作记。东南大江中，粼粼似排砌。屈指十八端，因名为学士。磐礴通地脉，茫茫不可纪。鲛人多出没，鱼龙常鼓吹。骚客时登临，仙都想如此。有日侍经筵，点头若欲语。

【按】录自乾隆《陆丰县志·艺文》。

张学举，字雪舫。江苏省如皋市人。清举人。乾隆十七年（1752），任南澳厅同知。乾隆二十八年（1763），升福建福州知府。著有《南坪诗抄》8卷，入选《清代诗文集汇编》。

海陆道中

终日无停辙，逶巡又杪秋。岭程侵雾露，寒意薄衣裘。

岂厌风尘老，其如岁月遒。北音听鸿雁，云路自悠悠。

鹅埠

鹅埠山连海，行尘拂驿亭。旧题犹可觅，曩轨屡曾经。

稻熟云千亩，芦荒雪一汀。林峦无故绿，松竹露深青。

【按】录自《南坪诗抄》。

善慧聪禅师，清乾隆年间，陆丰县城外大湖半山寺方丈，为禅宗曹洞正宗三十七世法嗣。

大湖半山禅塔石碑诗

小梦终归大梦时，阿谁识破寄于斯。渔樵耕牧为朋友，日月风云作故知。

【按】载杨永可、叶良方主编《汕尾古今诗词选》。

李文藻（1730—1778），字素伯，号茝畹，晚年又号南涧（一作南磵）。山东益都（今青州）人。自幼天资聪颖，十五岁能作诗，二十一岁补为县学生。乾隆二十四年（1759），乡试中第二名举人。乾隆二十六年（1761）进士，长期在岭南任职，曾任广东恩平县、新安县、潮阳县知县，乾隆四十一年（1776），官至桂林府同知。其兄弟四人皆能诗文，并有著作传世，人称"益都四李"。其中以李文藻最为杰出。他通经史，擅诗文，好藏书，精于金石、方志、目录之学，为官复有政声，清代大学者钱大昕称他为"天下才"。他任潮阳知县时，经常路过海陆丰。所著《岭南诗集》之《潮阳集》，收入他在乾隆三十八年至四十一年任潮阳知县时所作的诗多首，其中涉及海陆丰的大多数是往返省城路过时所作。

雨中至鹅埠则吴亨仲先在

湿衣投野店，店舍不盈寻。煮茗檐茅落，题诗壁土侵。
千山仍絮帽，万顷已秧铖。幸遇吴公子，同为喜雨吟。

鹅埠旅店

炎夏回双履，清秋又五羊。溪风鱼箔破，岭雨豆田荒。
灯火投村舍，虫声近客床。天南气渐改，八月已清凉。

翦翠庵

翦翠是谁名？缘崖得化城。门当修竹静，鸟与乱泉鸣。
小憩僧堪话，频来犬亦迎。轻装困沾湿，高阁夕阳横。

海丰县赠史云亭

海波清不浑，良吏海同论。片雨仍瓜市，千帆集鲐门。
青山参树色，赤岸积潮痕。四野颂声沸，此堪贻子孙。

海丰夜发

崎岖百里程，一半是宵征。雪积烧灰舍，烟浮漉蔗棚。
身闲知病剧，梦破讶凉生。稍稍开吟抱，前山片月横。

羊蹄岭（两首）

亦识支筇好，年来力不胜。兜如骑马险，路似历阶升。
绝顶云堪擘，悬崖唾欲应。何时当北上？无计办行縢。

蒙密松为嶂，回旋径似螺。兜轻青草滑，衣湿白云多。
官堠遥相应，洋帆静不波。清时南徼外，瞻眺意如何？

题甲子所刘氏书馆（两首）

且住为佳耳，开颜逆旅中。绪风生邃户，寒雨散遥空。
石学群峰秀，花能十月红。故人携榼至，相与问诗筒。

甲子门何在？流传史册间。欲看城外海，更上屋头山。
日落千帆集，时平百雉闲。无端感兴废，览表近通闉。

草庵

鹅埠西边长蔺塘，云来如墨树苍凉。迎头一阵蓑蓑雨，才转山坳又夕阳。

陆丰城南作

夫把锄镰妇饷餐，稷苗三寸麦芒干。只轮车子辚辚过，都作山东道上看。

别萧翠庵

十笏临大路，五年数来往。终食顷刻间，对壁恒技痒。涂抹迹重迭，老史颇倾赏。记我修竹句，转语州伯蒋。蒋公习吏事，诗才亦森爽。遇我常略分，高论相抵掌。史今回镇平，蒋乃流遄壤。知已感聚散，见此意凄惘。我亦移桂林，西去无回桨。添题数行墨，寥天付尘坱。

过萧翠庵并序

僧悦生录予向所题壁诗十余首，尽和之以示，因书其后。

数过此净土，题句如画符。不知僧识字，奉砚同奚奴。殷勤意可感，与坐共茗盂。谁料重相见，袖出明月珠。和韵颇妥帖，颂美习未除。我诗已荒秽，我政更卑污。数年惟奔命，风沙困肩舆。皆僧所习见，廨无终岁苦。何论政美恶，与民先阔疏。僧述路人语，此誉真不虞。谢僧迹未削，恶札留墨猪。贤于草庵释，索钱成追逋。去年偶未遂，削壁如焚书。

【按】以上均录自李文藻《岭南诗集》。

袁树（1730—？），字豆村，号香亭。袁枚从弟。浙江钱塘（今杭州）人，居江宁（南京）。清乾隆二十八年（1763）进士，授南阳知县。嘉庆四年（1799），升任惠州府海防同知，驻碣石城。后官至肇庆知府。精鉴别，工诗，善山水，用笔用墨之间，饶有自然之趣。沈厚虽不逮师，而毫端简净浑脱，有士气而无习气。有《红豆村人诗稿》传世，收录于《随园全集》。

乌坎渡

分海水成河，截山根为路。风逼掳背横，雪拥涛头怒。
不见芦中人，谁唱公无渡。

鹅溪渡（实海汉也）

三十里清波，晓渡趁潮涨。双桡一叶舟，竹箭中流放。
不赋大风歌，高吟小海唱。

观音岭

兰若开岩畔，灵旗昼亦昏。轻云生佛座，乱石叠山根。
岭势全藏寺，潮头直到门。须弥看不见，别出一峰尊。

晚登碣石城

晓色乘朝霁，晴空四面开。遐荒将尽处，孤影独徘徊。
鸟入云根没，帆举天际来。何堪碣石馆，当作望乡台。

奉调出碣石（三月初九日）

苍狗多奇变，驱驹动急装。脱身离苦海，长啸汉名场。
未化嚣凌俗，羞持父老觞。送行春雨足，袖拂野云香。

留眷属于羊城独赴碣石

又覆棋枰一局初，轻装惟挈两囊书。浮家更作离家客，防海难辞傍海居。
险阻岂宜垂老试，襟怀长贾少年余。何堪残腊关河冷，水陆兼驰逼岁除。

度羊蹄岭

鹅溪渡过山更高，一坡一转登层霄。上五下四仅九里，舆夫喘栗汗流尻。眼中丛树拨浓翠，脚底群峦叠怒涛。入峡但觉风萧瑟，当午不见天沉寥。驱驰敢咤九折驭，开辟谁惜五丁劳。象形惟举□，变态互昏朝。未识羊蹄之名何所指，志乘失载传俚谣。山坳古寺僧，蒲团座已破。不解岭名由，但陪佛共卧。为言岭峻少人行，白昼时时群虎过。试看门前苔藓痕，纵横掌迹如箕大。

【按】以上均录自《随园全集·红豆村人诗续稿》。

彭如干（1734—1803），字天培、洒湘，又字季良，号立斋。彭名史第四子。陆丰县吉康都五云峒（今属揭西县）人。邑廪膳生，清乾隆二十四年（1759），偕次兄如槐，登己卯科举人榜。乾隆三十一年（1766）登丙戌科进士，榜前大桃二等。历任高州教授、汝阳知县、南阳府同知、汝宁知府、开封府知府、黄河道道台。因治理黄河功绩昭著，升迁正三品河南开许兵备道加按察衔。诗人。书法家，楷书端庄凝练，具馆阁体。

赋赠诸弟子诗

明经入部监南安，作宰超升属夏官。先世宦途推著绩，后人学业勿辞难。
家声不坠情方慊，祖武能绳意始宽。临别赠言诸弟子，好将文史用心看。
自古光阴一转轮，人生切勿误青春。两丸轻掷旧庸俗，六籍勤修迈等伦。
矢志功名须策励，留心文艺莫因循。临岐执袂难分处，顿觉殷勤海汝谆。

【按】载《陆丰文史》第五辑卢大隆《漱芳斋书院史话》。

五云乡里诗

五云洞里是名乡，赤告条河水路长。叔侄同来埔仔里，兄弟双种角田岗。石陂岭仔东西对，新寨田心南北方。正仔罗峯通洛布，林坑凹子过长塘。风林塘背泥坑角，山下林和石碣乡。九斗神前分上下，东山老屋并庄田。砭下富口下埔寨，八砌长流到郑塘。贮立李坑分借问，原来河处叶甘黄。

【按】录自彭全民《虎岩诗词选》《虎岩人物志》。

邬士煌（？—1788），广东惠来县人。举人。乾隆四十八年（1783）至五十三年（1788）历任东流县、繁昌县知县。

留别漱芳斋诸弟子

数载登龙此日还，殷勤长忆别离间。南风香瓣烟绕座，北海清樽绿照颜。
谊洽栖鸾非棘木，情深攻玉爱他仙。皋床暂隔东西席，云树苍苍拥远关。

【按】录自陆丰诗社原社长卢时杰生前口述。漱芳斋为书院名，在陆丰大塘镇。

彭凤翔，字君瑞。海丰县吉康都五云峒（今属揭西县五云镇）人。清雍正五年（1727）丁未科贡生。在家乡五云峒办私塾教书。

轩居闲咏（两首）

敝庐近卜对斜曛，冷淡还欣远俗氛。楼小有梯宜听雨，檐低无路可登云。
当前树色浓如许，以外山光翠欲分。差喜居闲多雅趣，一炉香蒸自氤氲。

衡门常闭谢尘缘，乐处何殊小洞天。花圃未荒还点缀，墨池将筑待流连。
境当清静翻成隐，人少拘縻即是仙。我近思量邀客至，此间挥尘好谈元。

【自注】小轩近欲署额曰听雨，旧轩登云今为闲舍。

五云八景并序

五云八景者，余弟小华所列我乡之名胜也。小称胜地，颇号灵区。罗黛色以四围，揽风光乎十里；人家错落，非市非城，烟树微茫，亦山亦水。千畦绿映，分绣陌以东西；一带青含，指邻峰于远近。径纡回而悉达，溪曲折以皆通。时开异境，波翻呈汹涌之形；不乏奇踪，瀑挂尽飞流之势。图真似画，辋口堪追；玉以为环，乡邦凤擅（邑志称五云洞如碧玉环）。是则五云胜概，因之八景分题。虽未极其钜观，差足供兹幽瞩。乃有名流，爰以侪辈。频贻郢制，字字珠玑；广集蛮笺，篇篇锦绣。既摘华以搮藻，复鬒险而捶幽。遂使天边丘壑，尽入囊中；物外烟云，都归笔底。一时胜争，千载流风。此不仅山川之有幸，亦即为桑梓之增辉。猥以俚词，谬联高咏。才非击钵，颇效续貂；技比雕虫，聊当附骥。惟是丹青点染，毫尖尚倩夫荆阙；庶几卷帙流传，墨沈先光于梨枣。一言用缀，诸愧弥深。

鸡峰春色

嵯峨孤耸逼空寒，羡尔天鸡仔细看。日暖层崖凝展翼，风清绝巘俨翘冠。
千重鲜翠流辉远，一林新容欲画难。不是春光凝此境，遥青那得献群峦。

虎岩秋风

灵钟虎气未全非，为爱秋风满翠微。萧瑟随渐红叶落，凄凉常伴白云飞。
吹来空谷声偏壮，响入疏林势转威。此际登临频放眼，品题还欲坐岩扉。

雪嶂横云

谁把遥山雪擅名，嶂头瞥见片云横。光侵石发拖来浅，薄映岚烟抹处轻。
礛碏最宜萦日夕，氤氲恍认出蓬瀛。凝眸莫讶峰尖失，一角遮残似不成。

水漈飞瀑

琤淙何处泻飞泉，脉引云根水穴穿。洞底阴生风飒飒，树头晴拂雨绵绵。
寒光缥缈原同练，逸韵霏微自合弦。漫说匡庐饶胜迹，一条真作画图传。

花潭垂钓

揽胜无迹处处宜，花潭把好钓丝垂。烟霞常供幽人兴，水石长萦静者思。
几尾自摇风定后，一竿闲袅日斜时。濠梁此趣凭谁悟，觌面青山许共知。

枫林听樵

槎枒艳说是枫林，指点樵流正午阴。一磴踏来人断续，半山采处树萧森。
乍传斧韵因风迥，忽送歌声隔嶂沉。独立苍茫闲听久，夕阳烟霭乱归禽。

平野深耕

十里平畴远近同，熙春农事各匆匆。数声犊叱朝烟外，一道犁扶暮霭中。
青笠自含风淡荡，绿蓑时浥雨微蒙。江乡景物真宜绘，击壤年来偏野翁。

长溪新涨

烟光满眼写难真，绿涨溪头一带新。风拂袖添平有岸，谷回微叠净无尘。
群峰倒印浑如黛，远浦长流欲作鳞。最是惊涛翻雨后，奇观仿拂曲江津。

【按】"五云八景"序为编者据原文重新点校。

题壁示塾中诸子

斗室聚咿唔，一鉴凿来小。汤盘铭日新，莫使纤尘绕。月影拟居然，光涵几席遍。不是爱清幽，独为开生面。自昔得芸窗，所期在豁达。何嫌瓮窦居，仰视彼苍阔。一片体虚明，取象良非偶。物我本无殊，勉旃贵慎守。

【按】以上录自彭全民《虎岩诗词选》。

殷师尹，字耕野。博罗人，移居惠州府城。乾隆年间岁贡。博学，工诗文。留心世务，有感悉发于诗，陈融《读岭南人诗绝句》称其为"诗家妙手"。晚年来往西湖寺观，累月不返，吟咏不辍。著有《愿学斋文集》《重修南岸嘉祐寺记》。如下诗词录自光绪《惠州府志》。

五坡岭题壁（两首）

丞相英灵杳莫攀，空山精爽有无间。人怜胜国三迁速，事忆孤臣一饭艰。
万里甲兵连海徼，百年冤愤动江关。何人更下西台泪，一度招魂意惨颜。

正朔楼船总断肠，故宫回首很茫茫。一朝国事穷三稔，万古臣心毕二王。
蜀国鹃啼花似血，金台秋老月如霜。思公亦拟玉磐哭，更洒西风泪数行。

曾燠（1760—1831），字庶蕃，号宾谷，晚号西溪渔隐。江西省南城人。清代中叶著名诗人、骈文名家、书画家和典籍选刻家，被誉为清代八大家之一。自幼聪颖过人，随父宦游到北京，曹宿见其诗文秀美，"多折行辈与论文"，遂有少年才俊之名。乾隆四十五年

（1780），顺天府乡试中举，次年成进士，选为庶吉士，授户部主事。后入值军机处，任都察院右副都御史等职。五十七年（1792）被任命为钦差大臣，出使江南一带，升两淮盐运使。嘉庆十二年（1807），升湖南按察使。十五年（1810）迁升广东布政使。嘉庆二十年（1815）至二十四年（1819）任贵州巡抚，辟题襟馆于邗上，与宾从赋诗为乐。著有《赏雨茅屋诗集》。编纂《江西诗征》《江右八家诗》8卷等。

寄题海丰县五坡岭文信国祠追次公过零丁洋诗韵

昔人殿里尚横经，丞相军前已落星①。风雪残年悲败叶②，海山孤国本浮萍。
祭公何必王炎午③，知己无如麦述丁④。今日五坡犹庙享，更谁浆饭哭冬青。

【注】①端宗于厓山日御经筵讲大学章句，公被执时厓山尚未破也。②公以十二月二十日被执。③王炎午有生祭文恐其不死。④公之死以麦述丁力赞元帝也。

【按】录自《赏雨茅屋诗集》。

章朝赓，字碧江，号夔斋。陆丰县坊廓都人，乾隆元年（1736）丙辰科恩贡生，候选教谕。《陆丰县志》分纂。

虎山竹枝词（三首）

带雾披云尽日耕，归来少妇把樽倾。生姜苦笋山中味，还有新锄黄芋羹。

重关复嶂路萦回，绕树烟云扫不开。手执竹筐踏歌至，家家皆为采茶来。

试汲清泉煮嫩芽，清香隐约细如花。九龙峰上多灵草，不及虎山第一茶。

【按】载乾隆《陆丰县志·艺文》。

朱介圭，字奕韩。江苏省苏州长洲人，监生。喜游名胜古迹，平日亦喜弈棋宴饮。乾隆三年（1738），任茂州牧。乾隆五年（1740），朱介圭任成都水利同知，撰《重修通佑王殿碑》，传为后世法。七年（1742）擢升潮州知府。翌年拨款兴建海阳县东厢上游堤。调保宁知府。乾隆九年（1744），升擢广东惠潮嘉道。寻升两广盐运使司盐运使。是年巡查海陆丰坎白、石桥等沿海盐场。乾隆十一年（1746）八月，经两广总督题参，他因亏空库案降调，送部引见。

陆丰八景（八首）

图岭斜晖

望远余清兴，夕阳山更佳，烟开浮翠岫，林净透红崖。
过涧鸦争树，沿坡犊曳柴，亦知高卧好，镌石寄幽怀。

洛洲芳草

细草铺柔绿，芳洲媚早春。著花如布锦，衬席更成茵。
雅称纫香佩，遥怜拾翠人。忘机来白鹭，点缀自清新。

龙山烟树

树人兼树木，遗荫已千章。岫桂凝香远，坡松引韵长。
蛟龙看欲起，云雾暂教藏。寄语今宗匠，储材有栋梁。

乌坎归帆

海澨暮烟平，收帆夕照明。牙樯依岸列，画桨匝汀横。
蛋市争赢蛤，渔炊绕杜蘅。坎前新月出，舟子看潮生。

仙桥夜月

踏月长桥夜，空明豁远眸。虹光遥近郭，珠彩落前空。
风漾层冰合，烟融匹练浮。清心同皓魄，相与印中逢。

法岫停云

石室栖云处，氤氲绕翠岑。萝间茶灶隐，松际鹤巢深。
芋叶披仙掌，昙花写梵心。还将台阁气，林外契华簪。

碣台观海

凭高俯巨壑，潋滟欲浮空。烟岛朱栏外，神山翠霭中。
荡云封蜃穴，浴日晃鲛宫。舶贾帆樯远，波平任好风。

甲石吞潮

粼粼潮际石，磊柯合支干。引胜罗青屿，含虚漱碧湍。
花光吹浪冷，星影漾波寒。不尽临流兴，持竿忆钓磻。

【按】录自乾隆《陆丰县志·艺文》。

刘成仁，陆丰县甲子镇人。清廪生。

竹枝词·东溪渔唱

　　疍户溪居枕争泷，捕鱼有网钓鱼艭。阿侬飘泊家无定，不是瀛江即锦江。

【按】录自清乾隆举人张凤锵《甲子乘·艺文·诗》。

郑日辉，陆丰县甲子镇人。清乾隆时期秀才。

擎天石

　　巨石嶙峋造化成，遥瞻觉与睡云平。千寻影矗临南海，两片痕分耸北城。
　　长绕烟霞团锦绣，直联星斗焕文明。当年果是神工劈，鼓劲天门霹雳声。

【按】录自清乾隆举人张凤锵《甲子乘·艺文·诗》。

庄锡祚，清乾隆年间惠来县人。其余不详。

因石帆倒坏登帝子亭吊古

　　登亭座上夕阳斜，朝代三嬗典物赊。旋转金銮同梦草，播迁玉辇剩芦花。
　　渡江五马犹安驻，边海二帆竟涉家。得失虽存千古论，望风感吊应咨嗟。

于廷璧，江南金坛（今江苏省镇江市金坛县）人。清乾隆海丰知县于卜熊眷属。乾隆十一年（1746），随知县于卜熊任职到海丰。

羊蹄岭

　　高岭横天出，雄关锁岭巅。人家梯石磴，鸟语隐苍烟。
　　云霭东西岫，潮喷南北川。尘襟从此涤，策蹇意悠然。

游方饭亭谒信国碑像

　　为问孤忠指古松，萧萧落叶舞长空。梵声夜彻亭前月，山色秋高祠后峰。
　　已取丹心垂碧石，犹余浩气响黄钟。秀夫送帝随潮去，丞相碑头恐化龙。

于容城，江苏金坛县人。海丰知县于卜熊之父。清乾隆十一年（1746）随其子上任海丰。在海城居住的五年间，写下不少诗词。

龙山准提阁并序

阁在东郭二里许，背山面流，修干幽篁，披拂左右，奇秀甲海丰，盖住持建三所募修也。丙寅冬，容随家端斋来此，得往游焉。既喜其奥，又乐其旷。凭眺登临，辄翛然作出尘想，因赋以纪之。

构阁倚瑶岑，森森竹径深。悬崖飘落叶，流渚舞翔禽。
观偈窥禅性，谈空识佛心。偶游忘去住，坐久月相侵。

海丰八景（八首）

莲峰叠翠

潜录结叟，竦峙丰邱。青萝翳岫，绿竹弥陬。
森森连领，渺渺平畴。芙蕖隐约，式燕且游。

龙津渔唱

清影摇空碧，石桥横似舟。渔人争泛泛，歌逐水声流。

风河晚渡

点点暮鸦归树，横塘舟子招招。莫向荻舟深处，杨桃十里非遥。

海门潮声

曾向钱塘江上过，广陵八月信如何？海门雪浪排空拥，变化鱼龙激越多。

丽江月色

极目长林水一湾，兰桡停处白鸥闲。海天云树依微里，欲向船头看晚山。

万寿晓钟

月明古寺兮疏漏将沉，钟声鞺鞳兮百八其音，鸡既鸣兮悠悠我心。

银瓶飞瀑·调寄忆王孙

银瓶紫翠插芙蓉，古木阴阴闻远钟。坐看飞岩瀑布冲。溅青松，玉虹千尺挂晴空。

长沙夜雨·调寄梅花引

夜星稀，夜风低，夜月藏云绿树迷。夜声凄，夜声凄，声滴三更，潺湲古渡西。溪流带雨晚来急，长沙漠漠烟霞宅。满芳堤，满芳堤，犬吠鸡啼，明朝望酒旗。

【按】以上录自乾隆《海丰县志·词翰》。

彭嘉恂，江西省人，进士。乾隆十五年（1750）碣石军民府同知。

凭吊进食亭

曾闻麦饭献漙沱，阅世兴家寄慨多。一片土亡航海日，十三洲痛黍离歌。
徒伤草莽存堂陛，剩有衣冠绕薜萝。患难由来纲纪立，崖山西岸感如何？

【按】录自《海丰乡音》第十一期《先贤遗韵》。

梁国任，生卒年不详，陆丰县石帆都甲东人。乾隆五十三年（1788）戊申科举人。

宋帝亭怀古

更无左祖运重开，三百余年宋祚灰。航海尚惊沙漠去，移舟空向甲子来。
金戈渡海终难振，玉带沉波竟不回。欲吊遗踪何处是，孤亭隐隐傍山隈。

【按】录自乾隆《陆丰县志·艺文》。

沈肇邦，号龙山。陆丰县城新墟人。家贫，自少奋学不辍，诗文雄胆有魄力，肄业于龙山书院。嘉庆十二年（1807）丁卯科举人，任直隶沙河县知县，甚有能声。

竹枝词·龙山观剧

手挥粉汗上龙山，观剧榕荫暑气残。细语小姑须解事，莫移高处惹人看。

【按】录自清末黄墨园主编《陆丰县乡土志》。

朱珪（1731—1806），字石君，号南厓、盘陀居士。北京大兴人。乾隆十三年（1748）进士，授翰林院编修。为嘉庆帝之老师，官至体仁阁大学士，晋太子太傅。乾隆五十九年（1794），出任两广总督。翌年为表旌百龄老寿星彭一猷等出巡海陆丰。书法善隶书。著有《知足斋诗集》二十卷。

海丰

信国当年驻海丰，五坡岭上叹途穷。不须更唱长平曲，碧血千秋气贯虹。

度羊蹄岭

五更发鹅埠，卅里跻羊蹄。山寺可小憩，夹路松阴齐。盘纡上石磴，俯临众皱低。是时新霁后，朝阳晃林溪。东忆闽峤枫，北缅梅岭梯。江山隔气候，云雨随端倪。我来布天泽，岂独防海鲵。苍茫大舆内，何以康蒸黎。

陆丰

陆丰分海丰，本自东海滘。南通碣石镇，东接甲子澳。昔当宋元交，龙困犹一掉。趑哉文陆张，力尽死不挠。手浴虞渊轮，耿取出反照。鲁阳戈岂回，精卫血空漂。扶舆有正气，浩歌激商调。败为肝纳演，成则力排晕。我行惠潮间，周咨动凭吊。英风五百年，一发鸾鹤啸。

陆丰县百龄有三检讨彭一猷九十六岁耆民林丙进

陆丰多耄颐，奇算近海屋。彭老百龄赢，林翁九旬六。
岂伊餐肉芝，自可傲材木。未遽地行仙，已几天使独。
重筵宴千叟，寿诞开四隩。人瑞符轩耆，风淳转骊陆。

【注】彭一猷，陆丰县吉康都五云峒人。乾隆五十一年（1786）丙午科乡试举人，五十二年（1787）丁未科会试钦赐翰林院检讨。

腊月初四日雨次吴昙绣观察韵

我徂平山东，宵雨达晨响。旁流荦确度崎嵚，溟蒙不见云开放。舆人跋涉村农歌，随轩膏沐娇鬟嶂。夕投鹅埠尚烟浓，斗觉寒威入行帐。诘朝更涉羊蹄颠，万壑悬绅鸭头涨。惠潮千里遍涵濡，秋冬十旬今渥畅。归来和君勤雨诗，龙德方春行用壮。

【按】以上录自朱珪《知足斋诗集》，载于嘉庆九年《续修四库全书》影印刊本。

张凤锵（1743—1812），陆丰县石帆都甲子人。清乾隆二十六年（1761）辛卯科举人，潮阳教谕。后辞官回乡。嘉庆十年（1805），省制宪那彦成倡建甲秀书院。嘉庆十二年（1807）冬书院落成，由张凤锵主掌甲秀书院山长。著有《甲子乘》《诗文手稿》《诗谜手稿》等。

宋帝亭怀古

宋朝易祚主南奔，丁丑移居甲子门。一日山椒宜暂驻，千年石壁像犹存。
潮悲尚带孤臣泪，日冷空留少帝魂。最是荒凉凄绝处，鹧鸪声里度黄昏。

【按】录自乾隆《陆丰县志·艺文志》。

陆元铉（1750—1819），字冠南，号彡石。浙江桐乡人。清乾隆五十二年（1787）丁未科进士，授礼部主事、员外郎。出任四川、广东高州等知府。辞官后主讲渭南、同州、鸳湖等书院。著有《青芙蓉阁诗抄》六卷。

方饭亭并序

后人于岭上建亭，有碑勒遗像。嘉庆己卯岁，星查摄篆徐闻县，得信作诗劝。

不信惠州饭，孤臣饱亦难。未能归间道，谁与劝加餐。

部曲同时尽，须眉异代看。翼然亭影在，松柏昼生寒。

【自注】文信国自潮阳移屯海丰方饭五坡岭，兵突至被执，部将刘子俊等死之。

【按】录自清陆元铉《青芙蓉阁诗抄》卷六，清嘉庆间刻本。

伊秉绶（1754—1815），字组拟，号墨卿、默斋。福建汀州府宁化县人，故人称伊汀州。清乾隆四十四年（1779）举人，乾隆五十四年（1789）进士，历任刑部主事，后擢员外郎。嘉庆四年（1799）出任惠州知府，重教兴文，关心时务，倾听民意，清正廉洁，人称贤太守。因与其直属长官、两广总督吉庆发生争执，被谪戍军台，昭雪后又升为扬州知府。喜治印，工书法，尤精篆隶，精秀古媚。隶书尤放纵飘逸，自成高古博大气象，与邓石如并称大家。著有《留春草堂诗抄》。

碣石同袁香亭司马（树）登炮台

云外高台倚碧岑，夕阳人散古榕荫。长官略识三仓字，石丈疑横百衲琴。

方卦卤田通海气，如绳战舰划天心。麻姑将酒酬方伯，一夜鲸鲵卷浪沉。

【自注】时飓风吹殁盗船无算。

【注】袁香亭，名树。浙江进士，嘉庆四年（1799）授惠州海防军民同知。

羊蹄岭

万水皆朝宗，群峰各异向。盘礴畴肯伏，嶙峋若相抗。高摩苍穹心，横卧沧海上。梅铞未到处，设险重开嶂。谷深鸟翼迷，石怪人面妨。下上异晴阴，云泉互激荡。策杖右臂废，鞭马前足仰。兹地昔防倭，百粤扼其吭。熊罴百万屯，当关一车两。时清纵无患，职守安敢旷。崇墉易御暴，积仓艰转饷。揽胜心踌躇，山灵谢无恙。

【按】以上录自《留春草堂诗抄》，嘉庆十九年古籍善本。

林云鹤（1755—1824），字宅周。海丰县城鲤趋埔人。清嘉庆五年（1800），赴广州参加乡试，中式庚申科举人。嘉庆十五年（1810），任琼州府临高县教谕，继任感恩教谕，嘉庆二十五年（1820）任昌化县教谕，在任上逝世。敕封修职郎。

和伊园先生壮帝居题壁诗（三首）

波絮风萍丧乱初，蒙尘曾否此居居？应知题石当年事，只是臣心矢介如。

铜驼荆棘叹家庭，岭海何论旦夕停。数百年来遗老尽，翻将岩石比冬青。

江潮海飓意何如，王气销沉剩露居。欲证当年迁播事，空山无语又秋初。

五坡岭

元黄龙战风霆号，名州二百伤哀猱。大帅丧师鼓声死，孤臣慷慨麾旌旄。留相既以叛，陈相又已逃。地维天柱缺且拆，千钧之意悬秋毫。事去驻军丽江浦，已拼一死轻鸿毛。不力亦公意中耳，岂缘隶辈生牢骚。三年燕狱毕吾事，白日不动青天高。志广才疏史无识，区区成败论英豪。当年四镇议恢复，负山执縢冤灵鳌。汴杭闽广繁有数，群儿哆口纷讥褒。君不见，先生浩气自充塞，松柏天风大海涛。

龙山石刻歌

吾尚好古扬冯多，邀我龙山登嵯峨。山僧取径导游展，当空峭壁悬藤萝。参差石刻忽相向，数行隐约腾蛟驼。卢黄五人此泛菊，九月九日来陂陀。纪元嘉定岁己卯，同官共醉金叵罗。我顾诸子起叹息，此石遗迹先五坡。忆昔宁宗廿五载，边庭稍稍销金戈。长吏余间竞挈榼，东篱归骑红颜酡。六百年来盛事歇，残碑故在谁摩挲。邑乘浪云不可考，委弃榛芜理则那。古迹未堪遽烟灭，坐使名胜沉山阿。二生抽毫更进牍，劝作龙山石刻歌。方今七月亦秋令，龙津之水生微波。老子此来兴不浅，彼五人者宁殊科。后之视今今视昔，对此茫茫叹奈何。山僧大笑请饮酒，来日登高盍再过。

【按】录自同治《海丰县志·古迹》。

阮元（1764—1849），字伯元、文达，号云台。扬州仪征人。清嘉庆、道光年间名臣。乾隆五十四年（1789）进士，历任浙江巡抚，湖广、两广总督，官至体仁阁大学士。他学问渊博，在经学、方志、金石学及诗词方面都有很高造诣。著述颇丰，有《揅经室诗录》等。道光五年（1825）冬，时任两广总督的阮元出巡路经海丰羊蹄岭，题下"去天尺五"，并赴碣石镇检阅水师。

113

道光乙酉仲冬望日，阅碣石镇水陆兵，全海肃清，夜看海月

我看月圆几百回，何曾看月海上来。也曾两度涉沧海，月黑水深云不开。碣石南边无石处，再欲南行行不去。楼船直跋岸根来，马足惊溅浪花驻。东海苍茫月已高，西海朦胧日初暮。此时冬半暖如秋，碧海青天汗漫游。万里绝无山碍目，三更狂有月当头。当头月照山头碣，海光如镜潮如雪。今夜天空水亦澄，昔年氛恶常侵月。风件曾令交阯平，水仙终在温州灭。漫言清晏不扬波，一万犀军还荷戈。日当盈处常愁缺，如此沧州傲若何？

【按】录自阮元《揅经室诗录》卷二（商务印书馆，1936 年）。

马廷燧（1775—?），字彦堂，号理斋，又号虹岚。江苏南通县人。清嘉庆元年（1796）丙辰科二甲第十九名进士，授河南省怀庆府原武知县（今原阳县）。道光十三年（1833）任海丰知县。工书法。著有《虹岚诗草》。

五坡岭谒文信国祠敬题方饭亭（两首）

草草残棋一劫终，岭去空护后凋松。孤臣愤激甘汤镬，追骑披猖甫方钟。惨甚临安飞白雁，祥难沧海问黄龙。传车万里南冠恨，我拜山祠吊旧踪。

无复冬青酌一樽，五坡俎豆有常尊。西台涕泪人追溯，南岭风云石近存。薇蕨希踪奚降志，梅花隔世为招魂。悬知忠孝明神鉴，同日灵幡两到门。

【按】录自同治《海丰县志·词翰》。

邓廷桢（1776—1846），字维周，又字嶰筠，晚号妙吉祥室老人。江苏江宁（今南京市）人。自幼熟读经史，谙熟诗词。清嘉庆六年（1801）进士，选庶吉士，散馆授翰林院编修。曾充会试、乡试同考官。道光十五年（1835）九月升任两广总督，任内对鸦片问题从弛禁转向严禁，在抗英斗争中亦做出杰出贡献。是著名书法家，善诗文，有《双砚斋诗抄》《青堂文集》等。道光十九年（1839），曾陪同钦差大臣林则徐巡视海陆丰沿海边防。

和沈竹坪重过海丰道中即事原韵

往返搴帷忽匝旬，凉风瑟瑟污轻尘。偶逢半日秋霖润，便向千家野色新。问俗可堪牛尚佩，观民未必雉能驯。与君瀹茗西窗月，孤院黄花玉瓮春。

【注】原编者注：沈竹坪，清道光年间两广总督幕府。湖北汉川市人，写有汉川八景《竹枝词》。

羊蹄岭叠前韵示竹坪

峰高不识几由旬，下视平芜芥与尘。系日长绳牵缆险，摩天大笔勒铭新。
马行九折心犹壮，雕过千盘气已驯。极目罗浮何处是，梅花翠羽逗青春。

【自注】岭巅作亭题曰"去天尺五"，今仪征相国督粤时所作。

海丰行馆供白菊二盆竹坪叠前韵见示

铅华谢后色逾真，止染清霜不染尘。彭泽衣香携酒至，定州瓷好助花新。
蝶匀轻粉寻来瘦，鹤爱修翎立处驯。老圃经秋容本淡，未须晚节斗芳春。

【按】录自《双砚斋诗抄》卷十四，载《续修四库全书》刻本。

黄栋，陆丰县甲子镇人。清增广生员。辑订举人张凤锵编纂的《甲子乘》。

仙人踏石

石上看遗趾，仙人布武奇。苔侵痕尚在，雨刷迹无移。

【注】仙人踏石，是甲子八景之一，位于陆丰市甲西镇博社乡海甲山之北的莲花峰与人头山的西南面之间。甲子八景有六十安澜、海甲莲峰、人水垂潮、仙人踏石、双帆挂海、五马渡江、西峰古寺、雷庙天堂。每一景各有一首五言绝句，均为黄栋所吟咏。

【按】录自清嘉庆年间举人张凤锵编纂、增广生员黄栋辑订《甲子乘》。参见海陬人散文《仙人踏石》。

李学山，陆丰县甲子镇人。清秀才。

瀛岛归云

翠壁崚嶒对海渍，郁葱佳气霭余醺。漫空好作千家雨，列壑常含五色文。
穴瞑渔樵迷往径，岩幽猿鹤失前群。欲寻岛上登瀛客，只化悠悠一段云。

【注】此诗征诗引是："三千世界，胜纪神州；十八溪磻，灵钟甲海。登瀛两字，肇自坡仙；景炎二年，曾留帝子。云多五色，仿佛丹丘；瑞霭千层，依稀蓬岛。渔郎去后，未许问津；羽客到来，不妨待渡。"

【按】录自清嘉庆年间举人张凤锵编纂、增广生员黄栋辑订《甲子乘》。参见海陬人散文《瀛岛归云》。

石壁禅灯

几时面壁绝尘缘，法炬长留垒石边。悟彻六根开觉路，光涵万象到丹田。

海门潮起疑闻梵，涧户云封不记年。羡尔一灯犹未灭，间从此地叩心禅。

【按】录自李学山《另标瀛江八咏》征诗引。参见海陬人散文《石壁禅灯》。

星楼晴望

寥廓晴空一望收，文昌阙下构层楼。甍飞凤彩联奎壁，地掘龙光射斗牛。

万派朝宗春浪阔，四山环抱晚烟浮。即今眼界宽如许，只为居身最上头。

【注】星楼，即甲子魁星楼，在瀛城之北。李学山所拟的《另标瀛江八咏》，即"星楼晴望、瀛岛归云、螺山晓翠、清潭夜月、石壁禅灯、莲台止水、东溪渔唱、澳城观海"，八咏每首诗都有征诗引。《星楼晴望》的征诗引是："瀛城以北，桂殿峥嵘；柱石之南，星楼突兀。朱甍碧瓦，焕斗摇枢；画栋雕梁，千霄碍日。晴天远眺，山水萦纡；物外静观，云烟缥缈。图书启奥，化雨千枝；笔墨效灵，文光万丈。"

【按】录自李学山《另标瀛江八咏》征诗引。参见海陬人散文《星楼晴望》。

刘卓飞，字晋轩。陆丰县甲子镇城内东北社人。清乾隆五十九年（1794）甲寅科岁贡，擅诗赋书法。著有《文明楼赋》《石室》五律八首。

石室

放眼乾坤别，天然石室开。四垂无雨漏，一洞有风采。

篆古蜗文现，图新薛迹回。东山余雅兴，高枕白云隈。

【按】录自清嘉庆年间举人张凤镳编纂、增广生员黄栋辑订《甲子乘》。参见海陬人散文《星楼晴望》。

张华，陆丰县甲子镇人。清代秀才。

登文明楼避暑

不羡元龙百尺楼，文明佳胜著瀛洲。半天爽气应忘夏，四面凉生讶是秋。

倚槛吟余风到笔，凭栏醉后月临瓯。我来豪兴犹侵夜，卧向檐前看斗牛。

【按】录自清嘉庆年间举人张凤镳编纂、增广生员黄栋辑订《甲子乘》卷六《艺文》。参见海陬人散文《瀛岛归云》。

彭凤文（1777—1859），陆丰县吉康都五云峒（今属揭西县）人。清嘉庆年间拔贡生，部选新安县训导。

虎岩祠

缥缈隆狮顶，幽深敞虎岩。百年乔木茂，千尺翠屏巉。
遗构风云护，崇祠气象严。穆然钦祖德，余庆兆机缄。

题浦口祠

浦口村居好，非关返里难。买山忻岭峤，筑室爱琅玕。
夜月吟怀惬，秋风剑击寒。西江回首杳，得境且盘桓。

浦口村居好，闲情玩物华。园林聊自适，水石邈无涯。
宦海从教谢，心源正吐芽。种松今剩几，幽影动龙蛇。

浦口村居好，扁舟直叩扃。潮来盈港白，云净乱山青。
聚族情偏洽，倾觞醉未醒。碧涟原有待，此日庆新亭。

浦口村居好，崇祠喜落成。泽流三派远，气萃一堂精。
轮奂听舆诵，馨香荐涧羹。篇章留五咏，读罢敬恭生。

浦口村居好，遥怀旧德赊。功名原报国，诗礼独传家。
古墓怜乔木，丰碑蚀藓花。凤知遗爱永，六诰降黄麻。

【自注】浦口祠宇即先始祖宋知军公故居也。癸酉六月重修落成，瞻谒之余，恭依公所咏"浦口村居好"原体韵五首。
【注】此诗题于清嘉庆十八年（1813）六月。

洛布书堂

地接层岩近，家祠集俊髦。书声当夜永，虎啸负崌高。
勤学才知误，闲吟自觉豪。笑予同雾隐，山长敢轻叨。
【注】此诗作于清道光二十三年（1843）癸卯岁春。

浮丘山

仙子何时挈伴游，仙归山在尚名留。东连五岭形尤峻，西拟三山景更幽。
极目沧溟波渺渺，遥观浦口水悠悠。千章兰木先人植，佳气还看郁郁浮。
【自注】揭阳又谓之南山。

五云八景并序

盖闻云飞员峤，空传海外之奇；洞隐桃源，只益尘中之幻。山阴道上，应接恒疲；梓泽园中，经营不少。性耽丘壑，奚须浪说十洲；志尚烟霞，底事远寻五岳。但使翳然林木，何妨觞咏于幽人。即逢蔂尔岩阿，亦足啸歌于暇日。原夫四围碧玉，邑乘曾披十里之烟鬟，乡围独擅浮山之缥缈。爽气西来，望揭岭之萦回；烟光东驻，□田畴之□□。□□上下，稻绿薯红；村落横斜，花明柳暗。此云气凝从碧落，而洞天分朱明者也。文寄江左，故里岭南。籍陆机之黄耳，差悉枌榆；乘张翰之秋风，获瞻桑梓。频年却轨，时支袁氏之第；几载闲立，尝着谢公之屐。既寒衣而濡足，遂剔穴以搜岩。爰就五云，聊分八景。峰高染黛，不关陈宝之鸡鸣；岩邃吟秋，大类吴闾之虎踞。插白云于霄汉，积涩天山；泻素练于岑薮，移疑康谷。机心可息，安用裘披；仙境难求，漫教柯烂。两番稞稞，好赓击壤之歌；一派汩泫，试验观澜之术。独是地，以人着景；籍文传，□□□□。溯辋水诸图，别深怀抱；读愚溪八咏，自与流连。所冀砚北文人，江东名士，毫挥珠玉，千篇追搔首之吟；墨洒烟云，一卷续漫游之录。勿谓长言短韵，只相夸于野老田夫；古调唐音，倍增辉于丹山碧水云尔。

【注】《五云八景》序为编者据原文重新点校。"邑乘曾披十里烟鬟"句，其中"十里"与"烟鬟"之间，疑脱"之"字，径添。

鸡峰春色

不数遥青向岱宗，目瞻深翠谪高峰。风和漫弄天鸡翼，春霁新凝太华容。
一色影翻沧海碧，千寻势接远空浓。轩窗日夕欣相对，拴颊还应胜杖笻。

【注】"目瞻深翠谪高峰"，原稿作"自瞻深翠谪高峰"，疑误抄。

虎岩秋风

虎踞苍岩峭壁幽，萧萧风急白云秋。静呈天籁层霄敞，响撼松涛万木稠。
夜寂杂随全兽啸，境空遥和玉虹流。登临倍觉澄怀沏，九辩翻怜只善愁。

【注】"夜寂杂随全兽啸"，疑为"夜寂杂随山兽啸"之误。

雪嶂横云

未解登高望白云，嶂头一抹羡氤氲。封余石骨苔痕浅，遮断泉流练影分。
缥缈无心当晓霁，横斜有态曳残曛。须知积雪岭南少，莫拟西山照眼纷。

水漈飞瀑

玲珑罅折碧山围，百丈淙淙泻翠微。进石涛翻银汉落，锨烟云晓白龙飞。
东腾一任双崖涌，南注终教大壑归。解诵寒门流对句，应来此处辟紫扉。

【注】"东腾一任双崖涌"，原稿作"涌腾一任双崖东"。疑误抄。

花潭垂钓

洞口何人泛落花，石潭飞沫呈烟霞。流看喷玉穿幽涧，坐爱垂竿傍浅沙。
鱼影乱依云影聚，钓丝低袅柳丝斜。悠然为问元真子，西塞山边兴执遐。

枫林听樵

苍茫樵径指枫林，槎枒参差入望森。笠跻担乘红日晓，斧斤声隐碧云深。
泉鸣似答牟锣响，鸟歆款赓伐木吟。东得薪蒸归去晚，行歌回首夕阳沉。

平野深耕

半业琴书半业耕，乐皋阡陌自纵横。一犁最喜春膏足，千耦宁群夏暑盈。
炊黍冀妻供饷馌，带经霸子解将迎。酒材租税期差给，底用营营若此生。

长溪新涨

夜雨深山望欲迷，无端新碧开长溪。流当几处鱼梁落，涨满三篙雁齿低。
泱漭滩头浮杜芷，盘盩浪底悍凫鹥。如斯自可观消涨，验取余痕曲岸西。

五云杂咏

路绕塘三口，乡环洞五云。群山森并拱，雨水合难分。族自元明聚，家原耕读勤。邻
蛮嗟俗恶，沾染惜纷纷。十里村布棋，炊烟近接邻。湔裳来浣女，包饭趁墟人。谷积应夸
富，牛多未害贫。迩年罹虎患，樵牧颇艰辛。稻田欣再熟，千亩指郊埛。终岁饔飧给，残
冬酒醴馨。馌耕来妇子，沾体叹男丁。农具家能足，无烦末耜耕。界本联三县，衢仍辟四
通。高峰鸡薮拥，列嶂虎岩雄。水涨朝溪白，山烧夜火红。闲来征八景，幽兴正无穷。

怀惠州家子顺（汝鑫）

惜君生未造，以文名于时。譬如秋后花，憔悴见霜枝。君家在何处，黄塘湖水涯。昔
时黄鱼门，结庐恒在斯。天生此高士，管领湖山诗。高踪非君继，风月付伊谁。生恨不得
地，独占山水奇。澡身浴德处，坡公教泽遗。湖成一图画，大块乃赠之。我昔探湖景，悠
然有所思。指点烟波趣，微风吹绿漪。携手不忍别，别后犹神驰。路渺关山隔，音书难达
知。曾闻君已逝，恨无相见期。廿年前访我，山房待月迟。后复接君信，犹叹时局衰。不
意成永诀，空使存者悲。

怀家少颖孝廉并序

忆己丑石陂一见，再晤无数年，闻掌教宗祠深喜，木铎犹留延道之一线，未识能脱趋否？率成三律
以志，向往不禁，感慨系之。

识荆三十八年前，地隔惭稀会遇缘。白发无情人易老，青松耐冷寿弥坚。
退闲莲社奚囊满，乐育鳣堂绛帐悬。学术如今谁克挽，赖公一棹鼓深渊。

懒将菱镜拭磨光，照见眉痕一线长。奁具旧藏轻若屣，粉花新样慕如狂。
效颦顿觉风流减，媚世终羞本色亡。料想深闺愁老女，不为时势巧梳妆。

从古尊师礼节拘，只因重道使群趋。教员尽务如佣役，弟子无仪失楷模。
义废君伦纲败坏，纪无师长道卑污。不知受业生徒辈，犹有门生帖子无？

虎岩池观白莲

巉岈崇岩池漶漾，新荷几许势遥上。历乱亭亭挺素姿，奇芬自足邀清赏。忆从移植已经年，名字由来最可怜。一种芳情宜静对，繁华胥谢倍增妍。乍经时雨波微涨，参差镜里花群放。净土休矜佛境尊，名葩只合家祠傍。我来正值炎暑加，未至香风夹道遮。照水似怜还似笑，迎人疑近复疑遮。碧筒杯泛清凉酒，雪藕丝牵冰玉手。独惜时无好事人，亭台结构依深柳。醉看卧向绿阴中，欲赋多惭句未工。月晓风清嗟欲堕，无情有恨怅谁同？异时更拟穷幽眇，为乞红蕖沿碧沼。千柄天然粉黛空，无边丽锦燕支绕。谁家姊妹采莲俦，素足凌波不用舟。濯出汗泥同不染，冰肌相映转风流。

【自注】虎岩池，虎岩祖祠前面之莲塘，原有十多亩，生长有白莲，故名。

【按】以上均录自深圳市文物管理委员会办公室彭全民主编《虎岩诗词选》。

黄培芳（1778—1859），字子实，又字香石，自号粤岳山人。广东香山（今中山）人。自幼聪颖，20岁补入郡学。清嘉庆九年（1804），中式副榜（副贡生）进入太学肄业。道光二年（1822）拔充英武殿校录官。十年选授乳源县教谕，调陵水县，迁肇庆府学训导。旋任两广总督幕僚，叙劳加封内阁中书衔。与番禺张维屏、阳春谭敬昭，被誉为"粤东三子"。亦工书画，为"粤东七子"之一。生平所著甚多，有《岭海楼诗抄》《香石诗说》及《诗话》等著作。并编纂《香山志》《重修肇庆府志》《重修新会县志》等五十多种，共数百卷，世称岭南名儒。

海丰郑晋坤明府重修五坡岭文丞相祠摹刻遗像赋此附书石后

宋室谁能系，文山志不移。五坡方饭处，一死未酬时。
贞石重摹像，孤臣尚有祠。丹心照千古，来读郑公碑。

【按】录自《粤东三子诗抄》道光刻本。

蔡鹤举，字展翰。海丰县城高田人。清嘉庆十八年（1813）癸酉科拔贡。善饮耽吟，一生喜交游，声名远播。早年诗风淡泊平直，著有《丽浦行吟集》。

龙山

万石矗天青，鳞鳍不一形。长年龙在野，当昼日犹暝。
霖雨心如渴，风雷梦未醒。待河时变化，我欲问山灵。

长春洞

高瀑悬千尺，因风一散开。晴空纷雪落，寒气逼山来。
藉以消炎暑，为之洗俗埃。此中真净境，欲去重徘徊。

四谋谷

空谷悄沉沉，伊人远且深。独从尘外境，一证太初心。
峭壁无顽石，鸣泉当古琴。何当掬凉液，为我解尘襟。

鹿境山远眺

秋色渺无穷，苍然一望中。远山林梢碧，落日海门红。
渔聚漫滩水，潮来漫岸风。扁舟无限兴，傍暮可谁同？

苏东坡遗址

南飞白鹤几时回，瘴雨蛮烟事可哀。玉局何当荒外谪，金莲曾撤御前来。
堪嗟词赋能招祸，岂是君王不爱才。山水长留名士迹，六桥风月一湖开。

咏韩信

潺潺淮水钓台空，记得王孙哭路穷。漂母偏能张只眼，沐猴应自愧重瞳。
富贵何尝关面背，风尘不易识英雄。三军失色登台日，更有谁人笑市中。

滕王阁怀古

马当风送子安船，留得人间锦绣篇。千里适逢高会日，片帆别有爱才天。
江山尚借文章力，萍水无非笔墨缘。我亦登临思作赋，半栏残照阁萧然。

扬州别友（两首）

千金一刻可怜宵，醉向扬州廿四桥。十里香风游客舫，半楼明月美人箫。
雪泥到处留鸿爪，春思无端系柳条。却怪茱萸湾上棹，催将残夜趁江潮。

把酒同为赠别吟，离情各写自家心。祥鸾好去栖嘉树，孤鸟终难舍故林。
海角云山容我老，关中霖雨望君深。褒斜今是还乡路，他日来听单父琴。

中秋夜偕伴泛舟鹅湖

浮云扫尽月当空，皎皎人疑坐镜中。他夜无如今夜好，老年欢与少年同。
秋声不断城头笛，花气平分扇底风。惜别更阑重煮茗，来朝萍水又西东。

【按】录自同治《海丰县志·词翰》。

虞赓起，名信，号悦信，又号怀皇。海丰县兴贤都（今海丰县城泌涛园村）人。清嘉庆六年（1801）辛酉科岁贡。光绪年间举人，拣选儒学训导。

得道庵八景诗

胜地灵岩

窈窕深岩灵迹真，海边胜地动游人。朝光乍射玲珑窟，花影频添锦绣茵。
古峒云霞封石乳，阴崖风雨落龙鳞。当年卓锡谁开社，从此祇林可问津。

虹桥捷步

欲到桃源隔一层，空山流水碧澄澄。长虹饮涧中间跨，游客披烟此处登。
觉岸可堪无接引，西天原自有阶升。更爱梅花春雪里，骑驴独过晚归僧。

【注】末联不符韵律。疑为"骑驴独过春风里，更爱梅花归晚僧"之误抄。

曲径通幽

名山自劈洞中天，洞口云封不计年。一线苔痕明曲磴，几层萝径绕深烟。
林开绝壁僧堂出，路过寒溪梵呗传。到此已无尘念在，生公何必更谈禅。

【注】"劈"，疑为"辟"字误写。

壁涧流泉

寻幽相约入桃源，径绕寒流锁寺门。琴筑细传空谷响，龙蛇倒影一溪痕。
层层碧漱仙人齿，点点珠霏玉女盆。试取松萝烹活水，梅花犹胜和霜吞。

莲池印月

林端风静露华凝，十丈莲池夜气清。看去波光涵菡萏，印来蟾影最分明。
诸天色相冯空拟，一点心源彻底呈。水月象中能妙悟，不妨禅里说书生。

古壁苍松

古寺阴森万木青，老松倚壁不知龄。龙蛇影向闲阶动，鸾鹤音常静夜听。
斗雨有时飞屋瓦，擎云直欲入苍冥。如今已乘达摩去，风卷寒烟月满庭。

石船泛陆

崒岩怪石簇峰峦，中有艨艟向碧澜。地近双林疑筏化，师来一渡比杯宽。
云霞万丈春航阔，松柏千章画楫攒。应是风波怜苦海，教人系缆得身安。

仙井盘空

更寻仙井涉高岗，磐石中空荡玉浆。宝瓮疑从衡岳运，金茎似到汉苔尝。
中泠泉逊清虚气，六一丹涵齿颊香。何代群真练铅汞，犹余修绠在栏旁。

【按】录自杨永可、叶良方主编《汕尾古今诗词选》（生活·读书·新知三联书店，1997 年）。

钟三锡，字康侯。清嘉庆年间海丰县公平墟人。读私塾时，从学于嘉庆九年（1804）甲子科举人黄绥平。

题赞黄绥平老师

先生品翁之嫡孙，五经家学有专门。琴堂事业声名旧，遗泽流风今尚存。学书从来学率更，兴酣直追王右军。壮年场屋多龃龉，时来一举上青云。嘉庆八年临岁试，太守杨公录俊异。海邦推为第一人，弁冕多士酬初志。芹花连捷桂花香，潜龙倏变飞龙起。抟风击水流三千，于兹大展垂天翅。庭前花木俱成阴，满眼芳菲雨露深。棠华棣蕣秾如许，桂馥兰馨味可寻。牡丹富贵人争羡，秋菊清高众共钦。濂溪独爱莲君子，吾爱先生松柏心。

【按】录自海丰县公平新楼《黄氏族谱》。

黄芝台（1784—1863），广东新会县人。幼随父居江南任所，母教诗赋。后随夫入都供职，继而服官海隅。年逾八旬，尚能刺绣。同治年间广东著名女诗人。著有《凝香阁诗抄》（同治三年刻本），《回文集》中收有回文诗词 67 首。

除夕海丰道中欲雨

连日乘舆潮路间，今朝云气盖重关。仆夫策马情偏急，村妇挑薪语作蛮。
四面山昏时欲晚，满林叶战雨将潜。频询旅店知何处，共道前途转几弯。

莲花山文相国公祠

孤峰异样似花妆，雨洗岩头露瓣香。一带衣中怀孔孟，五坡岭外感兴亡。
水边精卫苌泓血，元末栖霞少保堂。合与崖门同俎豆，苹蘩散遍石莲房。

【按】录自黄昏《岭南才女》（广东人民出版社，2002 年）。

泊承升（1792—1882），字荷亭。陆丰县碣石镇人。农夫出身，清道光十二年（1832）从戎。咸丰三年（1853）六月，以广东崖州协副将擢江南狼山镇总兵。战功显赫，诰封振威将军。在镇十年，讲武之余，喜吟咏、投壶，有古儒将之风。合境平安，百业兴旺，南通百姓感戴，特建专祠祀之。

赠别通州诸父老（三首）

十年留镇虎狼军，巨任如山笑负蚊。帐下健儿朝讲武，樽前学士夜论文。
天涯有迹沾泥雪，宦海无心出岫云。遥望九州遍戈甲，此邦何幸靖狼氛。

七十头颅鬓已霜，枕戈夜夜梦沙场。方期比驭勤王事，岂敢骑驴老故乡。
亲骨未能窀穸妥，臣心唯有辘轳忙。圣恩宽大容归隐，寸念犹依北阙旁。

从此琴弦变别离，临行怕断柳枝枝。门外骊驹挥去泪，山中猿鹤盼归期。
轻装只载郁林石，薄德休刊岘首碑。苍生满目难抛却，愿祝安恬胜旧时。

【注】一作"失题"三首。通州，位于江苏省东南部。狼山镇在南通市崇川区。

【按】录自杨永可、叶良方主编《汕尾古今诗词选》（生活·读书·新知三联书店，1997 年）。

仪克中（1796—1837），字协一，号墨农。岭南著名词人。祖籍山西。因父官广东盐运使司知事，遂为番禺（今广州）人。少有奇气，读书过目成诵。曾被聘为广州越秀山学海堂学长。清嘉庆二十二年（1817）阮元督粤修《广东通志》，以他为采访使，遍访省内金石和摩崖石刻。道光十二年（1832）广东典试官程恩泽于遗卷中发现他的文才，遂中癸巳科举人，任广东巡抚记室。道光十四年（1834），受广东巡抚祁埙委托，至芦苞河疏通灵州渠，积劳发背疡。小愈又主持建惠济仓，达旦不寐，疾发而卒。

龙山

补践龙山约，山光近晚幽。斜阳犹满目，新月已当头。
逸兴难同调，诗缘肯负秋。自来名胜地，为有昔贤游。

长春洞

层峦互相拥，幽境妙于藏。天自何年辟，春惟此地长。
飞云时作态，渌潭静闻香。选石就泉语，嗒然旋坐忘。

五坡岭文少保祠题壁一百韵

宋步濒危日，阴邪占庙堂。临朝尊母后，主嫡辈平章。
劲旅来何速，孱军气不扬。黄相师相使，红粉虎臣航。
边衅招南弭，天心语孰倡。降旗连汉水，惊浪沸钱塘。
窃位艰长策，援书出尚方。孤忠持弱祚，敌忾首勤王。
射策膺高第，提刑久故乡。曾标虹意气，早具铁肝肠。
家本豪声伎，居恒泛羽觞。巡陔娱昼永，筑圃乐时良。
奉诏忧填臆，推诚涕满眶。散赀酬死士，辍宴整戎行。
响应联溪涧，纷来献食浆。中兴期公举，至性感从傍。
白发慈闱泪，青萍慕客装。同时谁入卫，誓日聚流亡。
台省宵间遁，闾阎意外殃。吴山容立马，坚垒譬亡羊。
分镇违廷议，封藩重国纲。停兵翻典郡，执政但观场。
大疫行淮左，长驱压建康。退仍屯暑酷，进不待秋凉。
谓此犹反手，居然俾扼吭。徒闻诛世犬，莫敢射天狼。
当轴谋归养，垂帘胜表坊。因循隳广德，转徙又余杭。
枢密如悬磬，苍穹类拆铛。宣麻辞弗拜，衔命蹈非常。
三日潮愆信，中宫□□将。六飞从此辞，双阙付空望。
变起诸陵惨，魂招列圣伤。改埋由草莽，慕义仅林唐。
已是金瓯破，还思赤手勷。皋庭朝斥坐，京口夜飞艎。
抵掌倾雄略，湾头拟急抢。机宜真□合，得失乃难量。
同志偏相厄，流言审曷防。令人嗟李夏，为国惜苗姜。
二闸嗟乘隙，孤踪走百忙。穆羹沾沾客，资斧罄逃藏。
爪步愁弥剧，芜城思未央。江淮无尺寸，闽广溯汪洋。
先帝诸孤在，残山半壁障。招提悲御座，岛屿莅轩裳。
末造朝廷小，偏隅殿宇创。地灵徒赫赫，天视总茫茫。
肉食重操柄，言官尚巧簧。剧怜巢慕燕，罔顾失林獐。
南剑新开府，东瓯预裹粮。万骑全进力，一勇奋能尢。

趋赣偏师壮，留汀叛寇猖。义声恢下县，小丑灭跳梁。
露布匈匆草，神州取次匡。燕台俄告警，吉水乍回樯。
传檄安诸路，潜麾忽近厢。猝遭殊叵测，误败究疏防。
九死空坑战，单旅石岭张。陈云摧魄烈，箭雨集魂昂。
巩赵殉期节，邹刘任慨慷。棣华依仓卒，萱背痛昏黄。
益赋垂家别，争堪弱息殇。挺身焉所虑，启处更何遑。
行在间关觅，皇图逐渐荒。漫空乘雾进，屡泊避风狂。
井澳君几溺，占城相独飏。冲人殂季疾，蹂帅意参商。
洲渚将移戍，郊坛漫致祥。兄终宜弟及，武备藉文襄。
章句朝朝进，签书事事当。几曾甘蠖屈，聊尔庆龙翔。
丽浦才栖斾，禹门甫建斯。盗潜通海舶，反复溃朝阳。
此地传方饭，千秋若凛霜。残年丁厄运，尽瘁谢天潢。
就义从容甚，同袍踊跃相。靴刀欣自遂，鼎镬兢先尝。
脑子吞盈腹，饥神哭五仓。槛车旋饮恨，沟壑肯轻戕。
星殒荒坡际，风燃战舰刚。卷施终莫折，精卫原奚偿。
七字丹心照，双崖碧血香。白鹇投巨浸，黑炎阻奔浪。
骨肉移时尽，君臣大义彰。断编延纪载，剩局了孤孀。
元傅沉舟舵，南冠和驿墙。讵能言语挠，畴昔死生忘。
土室连宵漏，云楼百栋钢。浩歌逾四载，正气耿三光。
柴市幽衷显，梅边祭稿煌。读书恒废卷，作客偶岩疆。
麦饭逢寒食，红棉坠北邙。竭来携俊侣，散步越平岗。
附郭山川胜，崇祠俎豆长。遗容瞻磊落，搔首问穹苍。
衣带平生赞，精灵邑乘详。感怀书咄咄，凭吊觉伥伥。
谱按冬青树，诗增古锦囊。颓垣濡斗墨，掷笔有余芳。

【按】录自同治《海丰县志·词翰》。

黄继元，海丰县人。清道光十四年（1834）甲午科岁贡生。同治九年（1870），海丰知县在学官为他举行重游泮水的仪式，以纪念他入学六十年。

壮帝居

堪嗟失水混鱼龙，残旅流离勃澥东。正气未销三字石，亡家余谶五更风。
南来玉带沉沧海，北顾铜驼泣故宫。最是年年遗恨在，杜鹃声咽夕阳中。

【按】录自同治《海丰县志·词翰》。

张光栋，陆丰县甲子镇人。清道光二十六年（1846）丙午科举人。

登待渡山

登临绝顶信清幽，四面风光一望收。足迹斜阳绕曲径，木声夜月答波涛。
当年帝昺今安在，故国山川日益忧。信是瀛江好景致，前人曾渡我来游。

【按】录自乾隆《陆丰县志·艺文》。

林时开，字捷书。海丰县城鲤趋埔人。林云鹤第二子。清道光十四年（1834）甲午科副榜，教谕。道光二十年（1840）秋，与东城同科岁贡生陈炳向海丰孔庙捐献石鼎。

南湖

步月到南湖，闲倚湖边树。拂面微风来，竹露声如雨。
白云半空飞，月在云开处。素影落寒波，潮痕自来去。

五龙寺

古榕飒飒草萋萋，门外幽禽着意啼。日午石桥无客到，有人闲步竹林西。

万善堂

附郭招提境最幽，逍遥聊作避喧谋。深尝世味终须觉，历遍寒情自耐秋。
时鸟数声来木末，遥山一角落墙头。眼前挹取都无尽，天际闲云淡未收。

【按】载同治《海丰县志·词翰》。

林昉开（1798—1880），字捷超。海丰县城鲤趋埔人。林云鹤第五子。清道光二十九年（1849）己酉科拔贡，举孝廉方正，惠州府学教授。有《涉趣余园诗稿》。

题林博士光昶咏梅诗（两首）

几曾探信到秦关，写出梅花意境闲。水影月香成绝唱，知君风味得孤山。

笔端未得一尘留，此诣宜经凤世修。吟罢香风吹不断，好随清梦入罗浮。

【按】录自海丰《归丰林族谱》附载清林光昶《巢林遗稿》。

白鹤峰苏东坡故居吊古

苏公遗迹耸崔巍，白鹤峰前翠作堆。俎豆千秋尊大节，宣仁二语泣奇才。

生逢宸眷犹如此，老入穷荒更可哀。今古茫茫凭吊处，寒潮落日大江来。

【按】录自光绪《惠州府志·艺文》。

　　彭衍台（1800—?），字伯纯，号雅南。陆丰县吉康都五云峒（今属揭西县）人。彭如干长孙。监生。清道光十四年（1834）甲午科顺天府乡试举人，选授惠来县教谕之职。曾任肇庆府教谕、四会县副学，敕授正七品文林郎。致仕后返回陆丰县吉康都祖籍定居，被聘为陆丰县城圭山书院掌教。

虎岩祠

蒸尝时奉令低徊，于穆祠依碧岫隈。谡谡松涛无叶坠，娟娟笑日有香来。

气清檐隙蛛丝净，脉活堂基虎眼开。比似秦王求剑处，岩名堪共擅崔巍。

挽学博小华兄（两首）

返自吴淞六十春，隽才昆季总超伦。声名会占谈经最，岁月无忘咏句新。

木铎秉期施教广，芸编把叹悁心真。耄年主赴蓉城召，艺苑乡谁步后尘。

远劳寄札特操觚，十载乡园缀友于。寿域已同开静者，仙山何遽咏量乎。

笑谈风雅重聆杳，诗字精奇再睹无。狐貉一丘洵可慨，古今原不别贤愚。

五云八景并序

　　五云洞者，吾乡名也。距邑百五十里之远，水绕山环；聚族一千余家有奇，星罗棋布。自罗浮云物恍接，将蓬岛栈横梯矗。路辟蚕丛，烟泛岚浮；天开图画，□□□□。招隐能来，奚事远寻桂麓；捕鱼偶入，何须浪觅桃源。爰有昔人，独存真契；支笻携屐，剔穴搜岩。将溪山逐为细言，即闻见标为八景。鸡同状石，冶笑含而清响；虎类名丘，爽籁发而金精。伊谁柯烂，丁丁敲碧玉之音；若□舟通，袅袅漾红云之线。谪仙银汉，词歌九天影落；隐士白云，对记一片心留。无平不陂，鸦嘴青锄千顷；如往而复，鸭头绿验十分。此其幽可分寻，而胜堪并纪焉。余万里言归，渐洗风尘肮脏；半年小住，历形丘壑逍遥。但知揽挹清辉，偏衔屐齿；敢道呼吸灵气，迭耸吟肩。色绘声摹，尽可娱情砚北；耳谋目接，洵为增价徽南。所期籥随埙奏，句成不愧惠连；瑟并琴和，咏着无惭小阮。少长咸吟集兰亭，俊秀不罚依金谷。庶几为诗无声，字字烟云欲化；为章因假大块，篇篇金石如听。

鸡峰春色

疑是天阍唤晓鸡，尖峰秀色下田畦。千枚黛染朝星落，一笔丹描夕照低。

绎缀高冠礼簇簇，碧添傍翼草萋萋。烟新岚活容支颐，恰欲登楼鸟乱啼。

虎岩秋色

虎踞深岩乞几重，秋飙声起夺笙钟。疾驰军马靡千草，壮撼波涛入万松。
作就层层黄叶径，散开叠叠白云封。穿帘拂席留余爽，长啸山斋逸兴浓。

雪嶂横云

高嶂炎陲独雪堆，云横更数白云限。顽经链日移时敛，懒不为霖过宿开。
浓聚几层遮翠磴，淡余一抹现丹台。林峦出没方标胜，却赖氤氲点缀来。

水漈飞瀑

飞流水漈独奇瞻，百道潺潺比此纤。雾起素藏全匹练，雨余晶挂一重帘。
水花散上依崖树，珠颗纷投向壁檐。下历石碕晴亦霆，注溪润乃万田沾。

花潭垂钓

一泓潭水两崖花，钓每垂来浅碧涯。风定柳根竿影直，波吹藻底线痕斜。
治心可向苔矶坐，守口无临荻渚哗。云去日来多静趣，隐沦岂慕武陵家。

枫林听樵

丁丁忽落碧云遥，知是枫林入采樵。韵带玉泉流谷口，影飞红叶隔山腰。
独将幽麓余音爱，谁把斜阳半笠描。石磴高低归担荷，槎枒万木自萧萧。

平野深耕

豁然开朗是平畴，及候趋耕孰逸游。饱雨一犁村唤扈，酣晴汗耦树呼鸠。
惰农亦见如望岁，力稿须知乃有秋。待得鸡豚欢报赛，回思端不负锄耰。

长溪新涨

山溪十里曲而长，春涨方新试细量。昨钓垂竿犹远石，今游携屐欲平梁。
百重泉不遮危嶂，三两人多上夜航。最喜近遥家水侧，坚堤笑筑占高岗。

返五云洞旧居

幽胜吾乡数，行行渐碧烟。羊肠盘万径，龙甲动千泉。海丰擅灵地，罗浮分洞天。岩扉翘首望，疑在五云边。我祖经营业，山冈入望巍。建瓴仍居兽，斗角尚飞翚。言得骈帐乐，情知旅寄非。年年阶草绿，巢燕盼人归。迤逦循山麓，东西表旧阡。螺旋危宿雨，马鬣冷秋烟。浇饮心偿凤，椎牛事愧前。郁葱犹气绕，愿得泽常绵。半世居阛阓，今兹返故村。风高狐啸壁，月黑虎窥门。田望林梢耨，人闻涧底言。洵为山水窟，幽险凛心魂。

【按】以上录自深圳市文物管理委员会办公室彭全民主编《虎岩诗词选》《虎岩人物志》。

许之斑，字介珊。广东省番禺人。举人。有《介珊诗草》。

方饭亭怀古

虾蟆更促天水危，有人首举勤王旗。空坑战败兵尽溃，虽有残卒徒饥疲。桓桓丞相志愈奋，誓死报国甘如饴。振臂一呼饿者起，忠义凛凛途人知。石坡岭前且炊爨，戎机借箸容筹之。敌人奋至势不敌，南冠忍见囚钟仪。道途绝粒亦不死，廷论慷□无挠词。黄冠故里诡脱耳，义旅再集天南陲。赵家血食忽不祀，侏儒饱死何能为。衣带留题臣事毕，丹心一片名长垂。此亭下古名不朽，食人禄者其当师。

【自注】亭在海丰县城外五坡岭，文丞相兵败，驻此方饭，而元兵至，遂挟之北行，后人建亭即以为名。

【按】录自清孙雄《道咸同光四朝诗史》甲集卷四（清宣统二年刻本）。

黄殿元（1808—1855），名祐，字捷继。海丰县梅陇金盘围人。清道光二十三年（1843）武科举人。咸丰年间农民起义领袖。

绝笔诗（两首）

民兵倡议继金田，蔽日旌旗红挂天。满目疮痍方待拯，到头事业付萧然。
鹅城师丧由双水，狗窦云深是九泉。我欲亡秦恨剑拙，可怜乡社作丘烟。

异族凭陵起塞边，万家灶突久无烟。愧他胡马三千骑，占我河山二百年。
故国衣冠沦草莽，汉家儿女苦颠连。着鞭空负祖生志，是日如归带血旋。

【按】录自余少南、黄菊田《黄殿元传略》（载《海丰文史》第一辑，1985年8月，海丰县政协文史资料研究委员会编）以及清光绪初年金盘围贡生黄霸卿《捷继殿元公传略》（载海丰县梅陇《黄氏金盘围族谱》，2005年8月）。

黄汉宗（1814—1889），又名学海、衍潜，号夏帆。海丰县可塘黄厝港人。清道光二十三年（1843）癸卯科第十九名举人。因官场黑暗，不愿为官。凡民间诉讼、族姓纠纷等疑难杂事，都由其代笔或出面解决，因此，民间有"要通，找黄汉宗"之说。其为人正直，敏捷善讼，由于得罪当地官府，而被地方当权者革除功名，充军流放。自小聪慧，熟读四书五经，出口成章，尤擅诗联。但同治《海丰县志·文翰》未刊其诗，只流传于海陆丰民间，故知遗失甚多。

题《虎耳草图》

曾坠金钱劫过来，轻身飞去又飞回。如今已醒蒙庄梦，触景题诗扫绿苔。

龙山报恩寺

龙山寺里老头陀，阅尽尘寰一撇过。休怪金刚常怒目，报恩人少负恩多。

戒赌拆字诗

者贝原来今贝先，谁知分贝在眼前。分贝到头士四贝，士四贝后戎贝连。

【注】全诗四句，每句都有个贝字。者贝赌，今贝为贪，分贝为贫，士四贝为卖，戎贝为贼。合起来就是：赌从贪起，贫在眼前。输光必卖，卖光必盗（贼）。劝诫意味甚重。

失题

青山欲买苦无资，何处逃名匿迹宜。兔脱难容营窟狡，羊亡空悔补牢迟。

失题

谁传夷教孽乡规，祸及元元实惨凄。社主有灵应哭庙，祖牌无罪竟填溪。

竹枝词（两首）

十月山村赛谢神，梨园最好唱西秦。声容近数兴华旦，未许东施强效颦。

海丰时俗尚咸茶，牙钵擂来岂一家。厚薄人情何处见？看她多少下油麻。

【注】"海丰时俗尚咸茶"句，一作"海丰时俗尚营茶"。油麻，闽南方言，即芝麻。

题画扇（两首）

重阳节过客途空，闹煞黄花笑草虫。菊有幽香偏不恋，转身来傍雁来红。

野鸟奇花夺尽情，花无香气鸟无声。任君舒卷任君看，花不凋零鸟不惊。

莲花叠翠

郁郁岚光映碧空，层峦错落翠重重。四时色好涵春意，数瓣形呈曳夏风。

秀萃峰头罗佛掌，香飘谷底醉樵翁。晴明绝妙云开出，杂树参差一望葱。

龙津渔唱

轻风剪剪夜凉幽，月印溪心漾彩流。岸上人蹲张钓具，滩前水满泊渔舟。
芦花深掩三更火，竹笛遥传一缕秋。几处歌声相互答，恰来潮音百般悠。

【按】录自《海陆风》2002 年 12 月创刊号《先贤遗作》。

痛斥联宗械斗（二首）

联乡罪首起汀洲，会党圆箖竟效尤。不意情波通厝港，甘延祸水满中沟。
任他此日窝蛇蝎，与我殊风判马牛。幸有贵侯莅玉趾，顿教刚暴尽怀柔。

【注】"罪首"一作"首恶"，"不意"一作"不以"，"甘延"一作"反移"，"幸有"一作"幸得"，"莅玉趾"一作"临玉趾"。

太丘世泽本慈祥，何以遗苗竟不良？私与亲邻成敌国，公然党族敢围乡。
鼠牙穿屋非争讼，螳臂挡车尚逞强。今日恩威殊并至，好捐嫌恶息刀枪。

【注】"本慈祥"一作"最慈祥"，"党族"一作"会党"，"嫌恶"一作"嫌怨"。

答马举人（六首选二）

自昔文人谪远游，极遥以外有瀛洲。四千里路仍仲夏，六十年华近晚秋。
鬼蜮纵然工射影，暝鸿未必久罗罩。前途若遇齐平仲，骏赠应怜越石囚。

四壁云山称卧游，酒痕衾上别杭州。龙津月好同消夏，奉命风高独感秋。
自悔不先焚笔墨，故难逆料系罗罩。聪明果被聪明误，方解禽言竟入囚。

失题

前生未解我何修，入世真难寡悔尤。虎搏敢辞冯妇笑，马还应重塞翁忧。
有愆愿效金针口，悟道何如石点头。叹息此身将老矣，但愁无地营葛裘。

题《王昭君月夜归汉图》

明月依然恋禁门，十分光彩照妃村。三更夜色凉如许，万里河山皎不昏。
夷狄无情难作婿，嫦娥有恨送归魂。此身非是黄金赎，莫把文姬一样论。

别家人

对泣何须效楚囚，怜卿憔悴见卿羞。安贫真是伯鸾配，作难还添司马忧。
灼艾谁能分痛痒，焚香暗祝早归游。关情笑问娇孙女，试认阿翁是也不？

织机山

无丝无缕复无声，底事当年得此名。松柏作经翠错落，苍梧为纬绿峥嵘。

黄莺翻射金梭巧，白燕横飞玉剪轻。一带晚霞斜挂处，俨然新织绮罗成。

【注】织机山，为海陆丰交界的山名。"黄莺翻射"，一作"金莺斜射"。"白燕横飞玉剪轻"，一作"玉燕横飞白剪轻"。

【按】以上录自杨永编注《黄汉宗诗文对联撷英》（载于《海丰文史》第三辑，1986年6月）以及吕钢编印的民国《吕展如诗集残编》（手抄稿，1996年复印件），并综合黄汉宗后裔黄初平等口述资料。

马逢九（1819—1857），字梅仙。海丰县城兴贤都人，清道光十九年（1839）监生。二十九年（1849）己酉科举人。咸丰四年（1854）参加三点会首黄殿元的反清起义，任军师。六年失败后被清军杀害。

赠黄殿元

鹅城师丧无内怨，人家多少有啼痕。大哥北上迷山泽，小弟南奔垫草原。

逢久数奇偏逢久，殿元运厄总殿元。满腔仇恨归丰海，痛我海丰苦病猿。

【按】录自海丰马彬辉《马氏伯宵祖史记》，载于杨永可、叶良方主编《汕尾古今诗词选》（生活·读书·新知三联书店，1997年）。

林梦星，字际录。海丰县城人。林云鹤之孙。清道光四年（1824）廪生。咸丰元年（1851）辛亥科恩贡生。终生在县城鲤趋埔设馆教书。著有《梦星诗集》，传有诗词160多首。

咏梅图

三年曾作囊中物，为尔名高未许扬。今日春风重识面，也该一出冠群芳。

莲花叠翠

天然一朵是芙蓉，矗起云端翠万重。先得栖烟双白鹭，翱翔直上最高峰。

万寿晓钟

古寺疏钟百八声，声声敲罢月犹明。不知多少黄粱客，好梦迷离尚未成。

银瓶飞瀑

名山自古号银瓶，一水悬空势莫停。好似仙人持匹练，倒垂介断数峰青。

咏古镜

本来朗抱自晶莹，任历星霜不变更。宫女犹传乾德号，先生合得寿光名。
识人多处无私照，阅世深时有至明。底事物新人易老，眼前相对最关情。

帐眉画梅菊牡丹

写到河南第一花，分明彩笔吐流霞。芳邻住近林逋宅，直节浑忘献子家。
泉石因缘三友在，神仙富贵一时夸。天香暗惹平安梦，低帐春浓日上纱。

【按】录自同治《海丰县志续编·词翰》、清末邑庠黄立庭先生手迹《林梦星先生诗抄》，以及林梦星后裔林大庆等提供的资料。

林光远，字念杰。海丰县梅陇镇人。清道光十七年（1837）丁酉科拔贡。

五坡岭谒表忠祠（两首）

不共南朝九鼎移，千秋一线赖公支。蜡丸师为勤王至，脑子臣惟以死期。
供帐漫劳元主意，黄冠空抱故乡思。得人曾否当年庆，龟鉴谁先国士知。

铜驼北顾尽成墟，耿耿臣心一饭余。高饿不惭薇蕨志，几人无愧圣贤书。
山河孤可尹周托，衣带学先孔孟储。报国何须炎午祭，相知应笑故人疏。

【按】录自同治《海丰县志续编·词翰》。

林光昶（？—1877），字希唐，号巢林老人。海丰县梅陇归丰人。人称博士。平生不喜功名，性耽吟咏。同治年间，与忘年吟友贡生叶贻谷（字觉庵）、彭砚农及子侄辈林兆璜（字渭东）等结芍药吟社。有《巢林遗稿》，存世诗一百六十余首。

秋怀

几日芙蓉老，凉风动素秋。伊人隔天末，我辈复登楼。
杨柳城边笛，沙棠海上舟。银溪渺何处？翘首望星流。

【自注】沙棠，其材可为舟。

山游

一径窅然入，乱峰生白云。崖松藏翳合，涧草紫茸分。
地僻莺求友，天空鹤放群。红尘飞不到，山绿写缤纷。

题半径山居

一径入寒薄，萦纡石磴斜。莺啼幽涧雨，犬吠隔林花。
压担云犹湿，归鞍路尚赊。会当息尘鞅，暂憩野人家。

九日携叶觉庵、家渭东、彭砚农诸友游夹花潭

西风吹不断，来醉菊花天。佳节古如此，吟朋聚偶然。
抠衣梯磴石，洗砚瞰流泉。恰好题诗处，悬崖笔待镌。

寄叶觉庵

坡山夜雨数归期，及到归时又别离。消受茶香清一缕，为君检读寄来诗。

即事柬家渭东

扫石题诗半屐痕，出墙新笋长龙孙。迟君来续移莲句，如水知交客到门。

题流花桥①

夹花潭外涧西东，几处流花此处通。三尺浓添瓜蔓水，一篙嫩约柳丝风。
绝无啼鸟萦春恨，时有行人送落红。谁向桥头来索句，波光明共晚霞同。
【自注】①一名汇津桥。夹花潭涧，水由此处出，分流入海。

玄山路上题水月宫

果然大海有潮音，呗清鱼山境邃深。怪石俯蹲驱海若，芙蓉削秀壮云林。
菩提入证僧无碍，贝叶留播客乍临。莫怪行人多额颂，坦途一径便黄金。

巢林居寄怀

春风许我醉流霞，此事孤山第几家。簪菊爱寻三径露，吟梅新聘一枝花。
也知入世心原淡，转觉衔杯兴未赊。为问红薇旧题客，询生风味近耽耶。

135

朝云墓

半偈金刚解脱身，天涯随侍怆行人。红盐落子春先去，芳草埋香迹未湮。
生死西湖轮艳劫，凄清秋月伴前身。果然泡幻须臾事，玉塔凌风古佛邻。

游金竹古刹留题（四首）

海山何处觅蓬莱，象岭萦纡胜地开。紫竹林通金竹寺，碧莲花护玉莲台。
梵王自爱青狮坐，羽客时招白鹤来。采得菖蒲刚九节，神仙服食亦奇哉。

【注】第七句原为"采菖得蒲刚九节"，不合律，疑是林氏后裔民国林俊人抄写《巢
林遗稿》时误抄。

何须左股劈蓬莱，风雨离奇海岳开。清馨几声云匝座，菩提一树镜为台。
三千道德骑牛至，十二因缘控马来。四大床安随处便，竹林烧笋倩谁哉？

何时兰若闻箬莱，此日登临眼界开。象岭有庵传象教，莲花叠嶂现莲台。
空山卓锡僧无碍，野鸟投林客恰来。胜境如斯谁领得，葱茏岫色气佳哉。

嚼罢寒香兴欲狂，一篇秋水诵蒙庄。凉痕匝地花盈树，瘦影横窗月半床。
肯与梨云同晓梦，爱从竹外写幽妆。孤山尚有林逋在，仙尉奚劳向婿乡。

寄叶觉庵时肄业五坡精舍

叶生有奇气，偏爱逍遥游。自号觉庵子，毋乃蒙庄俦。山水得真趣，下笔千言搜。每
荷刘伶钟，落落营糟丘。时而醉乡入，蘧蘧蝶乃周。唯我忘年交，晨夕相唱酬。诗酒恣嬉
戏，雷门鼓与投。偏师五言捣，辙乱旗乃收。如何别我去，乃在五坡头。五坡城市隔，出
入多荒陬。丛祠杂萧莽，鸟啼山更幽。日夕暗风发，风叶战啾啾。灵狐噑夜月，蝙蝠打门
秋。岂不畏寥寂，芸编正校仇。百城欣坐拥，啸傲凌沧州。读君无鬼论，地远心弥悠。草
书数首和，闪闪青灯留。

【注】叶觉庵，即清岁贡生叶贻谷，海丰县杨安都梅陇上墩人。

【按】录自海丰县梅陇《归丰林氏族谱》、林光昶遗著《巢林遗稿》。

叶捷芳，又名春芳，字作舟，号轩车。海丰县鹅埠镇人。清同治年间邑庠生。饱读诗
书，书法造诣颇高，闻名遐迩。

劝赌歌

千场纵博家仍富，邯郸少年难学步。士农工商皆正业，打牌赌博非急务。裙钗当尽妻

见怨，家产消磨日难度。输钱只为赢钱喜，少时不戒老时误。君不见，张三赌钱无寸布。李四赌钱着烂裤。倘兼烟吹与好花，百丈金山亦难固。俚歌写就婉转劝，早早回头寻觉路。男儿志气干云霄，千秋事业须建树。

【自注】学步句，出自唐诗《邯郸行》。

【按】录自海丰县文化局干部叶沛深提供的叶捷芳手抄诗稿。

陈二南（1823—1912），字炎章。海丰县城南襟巷人。咸丰年间府学廪生。清同治元年（1862）壬戌科第四名举人（经魁）。光绪八年（1882）任翁源教谕。至光绪十八年（1892），连任十年。因治学有方，经上司荐举，进京觐见光绪帝，钦授直隶赤峰知县。翌年以病归，被海丰知县魏传熙聘为莲峰书院山长，连任二十年，教誉卓著。

咏七夕

寄语牛郎织女知，一年一会不须悲。嫦娥独在清虚府，今夜应歌古别离。

【按】录自杨永可、叶良方主编《汕尾古今诗词选》（生活·读书·新知三联书店，1997年）。

彭少颖，陆丰县五云乡石陂寨（今属揭西县）人，清咸丰二年（1852）壬子科举人。

五云赋

五云自古是仙家，人杰地灵足堪夸。震峰威传潮州府，龙岗九举留佳话。名流逸士彭半县，儒林翰墨走龙蛇。上洞八景春色秀，下洞四时有物华。潺潺高圳金波跌，滚滚桃花上下沙。河田东坑钱银富，螺溪吉水映彩霞。百里青山列画屏，万座奇峦驰骏马。一曲清歌山乡好，千朝丽日照萱花。

【按】录自彭全民主编《虎岩诗词选》《虎岩人物志》。

彭奎光，陆丰县吉康都五云峒（今属揭西县）人。清代陆丰文人。

岭牌书室偶成

构得幽斋碧俯冈，森森松竹护轩昂。遥山几抹供舒啸，近水双湾惬咏觞。
尽有诗书堪破昧，何来磷鬼讶荒唐。黄昏一种清娱处，缕缕书声彻夜长。

和《五云八景》原韵并引

越思云裳绮丽，空传织锦之名；洞府清虚，谁识栖仙之所。惟此爰居爰处，洵堪以遨以游。云含五彩，不殊蓬岛飞来；洞有千桃，更胜渔津流出。奚必数洞天三十六地，远索遐荒；固已分罗浮四百余峰，近得桑梓。原夫山围旷野，地僻灵区。十里青苍，上下浮岚交映；一泓清浅，东西平壤遥连。即此一丘一壑，不乏高人；当其乐水乐山，足饶真赏。涉巘降原之下，摛华掞藻之英，所谓抚佳境而流连，招同人而吟咏者也。溯此赋成八景，竹林之盛事，争传迄今；律拟八音，金石之清商，迭奏□□。诵锦囊之佳句，云里生辉；展摩诘之鸿才，洞中有画。非独媲原唱，而骚坛竞爽；允宜登大雅，而岩壑弥光。惟是调古音希，曲高和寡。兄诚灵运，弟傀惠连。但拾芬慧于齿牙，适符春草池塘之咏；幸炙光仪于风雅，不揣巴人下里之歌。如命强为步韵，仰期大加挥斤。

鸡峰春色

高拟仙山见日鸡，飞来不下万千畦。昂冠黛染层霄近，铦距锋凌列岫低。
细水活烟痕栩栩，新晴薰草色萋萋。寻芳人爱岩光晓，历乱莺声任意啼。

虎岩秋风

一啸风生听几重，深岩无寺忽闻钟。声传虎口秋风穴，势动龙鳞响在松。
屐韵静随红叶下，鸿书开向白云封。披襟欣与山同踞，炳蔚雄心寄兴浓。

雪嶂横云

错认祈连雪一堆，云横常遍远山隈。俄看出岫无心去，那肯因风尽力开。
宛拟天孙张锦幕，不随神女下阳台。淡遮罗髻青犹露，叆叇分明入画来。

水漈飞瀑

一线穿云自下瞻，九天银汉影非纤。千寻匹练来康谷，百丈飞泉挂水帘。
珠点溅花添石榴，雷车奔响到茅檐。悬崖多少青青树，应胜霏微霡霂沾。

花潭垂钓

溪声澎湃乱飞花，怪石峻嶒立水涯。珠走丝痕时错落，纹移竿影任横斜。
最宜桃浪深长注，岂为银鲈笑语哗。春箬绿蓑晴有奋，吾徒寄趣异渔家。

枫林听樵

吾家住自未曾遥，惯听山歌出在樵。枫树翻云红满路，镰光映日白横腰。
担头远近声长答，林下绸缪趣细描。无数斜阳牛背笛，牧童酬韵木萧萧。

平野秋耕

一望平田各易畴，深耕阅处足敖游。意催力作披星月，岂敢安居负扈鸠。
妇子携甘来卓午，元辰祈谷说今秋。南阡北陌桑麻乐，布种还争及早稷。

长溪新涨

汩汩春溪一带长，才添几尺试评量。新痕半上沿堤草，细谷全侵渡水梁。
十里往来刚测岸，千家深浅未须航。欣逢川至符周雅，福颂升恒寿颂冈。

【注】《五云八景》序为编者据原文重新点校。

四月八日登姥崠

春归雨乍晴，天气尚和畅。流云自往来，丽日欣在望。闭门不出久，意境忽旷放。偶觅灵运屐，鸟径乐相向。踽踽数里遥，欲歌无和倡。吾友乐钓鱼，尝在柳溪上。奋袂穿花径，不惮去相访。碧桃花落尽，无花溪自涨。几只白鸥眠，不击青画舫。临至觅无踪，闻香似村酿。异道聊前行，涵漂若迹样。幽僻无人耕，知非农馈饷。追寻过密林，欢醉闻谑浪。忽见友踞石，葛衣清风飔。相与童儿辈，弈战气放宕。见我大哗然，曰子志何壮。予闻而乐之，兴来机自忘。山名笑相问，童曰鹅公嶂。下有一石岩，如人张口状。峻险童引游，力怯不敢抗。忽挽登高峰，步快不肯让。盘旋十数里，屈曲乱山障。姥崠蠹天关，众峰难与况。贾勇欲先登，犹恐乏力量。两脚相战竟，到识山无恙。班荆共笑谭，微湿草蕃长。拈笔谑山灵，自笑非诗章。

【按】以上均录自深圳市文物管理委员会办公室彭全民主编《虎岩诗词选》《虎岩人物志》。

彭衍墀，清陆丰县吉康都五云峒（今属揭西县）文人。

甲午春回五云见桃花开放

何处见春归，桃花映竹扉。溪头红浣锦，林际艳流琲。
天地无私覆，风光有化机。宦游秦地久，翻讶故乡非。

家居暇日新栽果木数株

今朝重补旧藩篱，东园新栽木几枝。为爱梅花冰作骨，更宜荔子玉为肌。
池添绿影鱼争戏，户挹青光鸟暗窥。看取十年成大器，风云长到我归时。

【按】录自深圳市文物管理委员会办公室彭全民主编《虎岩诗词选》《虎岩人物志》。

彭鸿烈，陆丰县吉康都五云峒（今属揭西县）人。清廪贡生。

家训十四首

妇女从来少淑贤，听他言语总牵连。好将枕上殷勤教，一室雍容乐事全。

富贵原来本在天，莫伤骨肉只因钱。子孙如果不贤肖，满库满仓总枉然。

家规整肃在闺门，笑骂之声莫外闻。你看世间衰败者，都缘男女乱纷纷。

尊卑上下要分明，坐立言谈勿任情。子孙循循皆守分，定知家运必昌荣。

兄弟刚柔性不同，语言又复少圆融。因为彼此无商酌，产业须我立见穷。

一室贤愚不尽同，须知大度要包容。纵然可恕浑忘去，些小何妨作耳聋。

出言切勿好高强，也莫闻谈说短长。百事含容为上策，从来惹祸少包藏。

几分还要让他人，莫把微毫算太真。种福全凭心地厚，从来尖利反家贫。

黎明即起训当崇，警觉须敬日色红。自古兴家勤处起，从无懒惰致财丰。

近来鸦片害无穷，一立其家立见凶。你看世间兴盛者，都无子弟染烟中。

盗贼纷纷四处多，小心防守莫差讹。慢藏自古垂为训，莫恋重衾作睡魔。

物件般般具在家，莫因损失始咨嗟。闲时不用忙时用，内外留心仔细查。

家中六畜要留心，硕大蕃滋利息深。内外若能勤料理，更从何处觅千金。

身在他乡作训言，条条写出不嫌繁。情深梦绕关山远，一片云蓝意旨存。

【自注】作于惠州会馆。

【按】录自深圳市文物管理委员会办公室彭全民主编《虎岩诗词选》《虎岩人物志》。

彭天锡，陆丰县吉康都五云峒（今属揭西县）人，清代陆丰文人。

岭牌书室偶成次前韵

祠宇亭亭踞翠冈，竹松环绕半低昂。三更月朗心澄镜，一缕蒙泉学滥觞。
日诵文章宗孔孟，时谈典籍溯虞唐。讲余坐望前溪水，圣潭元符地脉长。

【按】录自深圳市文物管理委员会办公室彭全民主编《虎岩诗词选》《虎岩人物志》。

彭泉，清代陆丰县吉康都五云峒（今属揭西县）文人。

失题（二首）

返自吴淞六十春，隽才昆季总超伦。声名会占谈经最，岁月无忘咏句新。
木铎秉期施教广，芸编把叹惬心真。耋年主赴蓉城召，艺苑乡谁步后尘。

远劳寄札特操觚，十载乡园缀友于。寿域已同开静者，仙山何遽咏量乎。
笑谈风雅重聆杳，诗字精奇再睹无。狐貉一丘洵可慨，古今原不别贤愚。

【按】以上录自深圳市文物管理委员会办公室彭全民主编《虎岩诗词选》《虎岩人物志》。

丁日昌（1823—1882），字禹生，又作雨生，号持静。广东丰顺县人。贡生。初任江西万安、庐陵知县。清咸丰十一年（1861）为曾国藩幕僚。同治元年（1862）五月被派往广东督办厘务和火器。翌年因公务来往于广州与潮州之间，多次翻越粤东归（善）海（丰）边界的通平古道和羊蹄岭古驿道，翯翠庵等地有其题诗。同治三年（1864）夏起历任苏淞太兵备道、两淮盐运使、江苏巡抚等。光绪八年（1882）因病卒于揭阳县，终年59岁。为清末洋务派著名诗人、书法家。书法多作行楷，喜用圆笔。晚年注重魏碑，融汇各家，形成拙中见巧、雄浑豪健的书风。著有《百兰山馆诗》《百兰山馆政书》等。

埔心至海丰

舆夫贾余勇，肩我上云端。僻径松阴密，危峰日气寒。
道旁见麋鹿，眼底出林峦。便欲呼阊阖，因风乘紫鸾。

村店

鸡栅牛栏并，瓜棚豆架连。竹簪樵妇健，银髻店婆鲜。
窗外飞泉挂，檐前峭壁悬。稚童隔灯火，书韵净尘缘。

过羊蹄岭

村落连深壑，烟光一望迷。民风消雀角，客路怕羊蹄。
远树平于屋，新泥滑似脂。壮怀何日遂，中夜起闻鸡。

宿羊蹄岭题壁（两首）

树色四山合，泉声万壑齐。乱云横马足，斜日度羊蹄。
莽荡天风涌，空蒙海气低。侧闻行客语，前路鹧鸪啼。

记否参军幕，曾经此地过。出山名士少，题壁故人多。
客路真鸿雪，荒村自薜萝。烽烟又满目，何日息鲸波？

采茶

半住农家半酒家，四围山麓绕桑麻。肩舆得得梯云上，卧听村娃唱采茶。

陆丰题寄张大世兄（四首）

又是循阳第五程，一年情绪瘁车声。客心纵共秋风至，月已重阳莱再生。

离亭难免首重回，清绝文通赋别才。可是宏词泄天秘，一程程有雨声催。

君家兄弟如腰鼓，落落胸怀待发硎。我爱童乌识奇字，书声时向隔屏听。

韶光珍重惜初曦，学有渊源易得师。最是东坡门下客，不忘叔党和陶诗。

【自注】循阳抵陆丰计程五日矣。

【注】循阳，惠州别称。

陆丰旅店

壁间旧题甚多。

脚跟踏遍碧云端，又向邮亭问晚餐。满目黄尘华发改，一城秋树夕阳寒。
溪山似画留诗易，粉墨如林下笔难。莫向东风问消息，芙蓉叶叶在江干。

过银瓶岭最高峰

此身疑已近天阊，叠叠层峦鸟道长。深谷偶闻响樵斧，灵芝何处觅仙方。
白云满洞古猿卧，斜日一林红柚香。忽忆四千年上事，有人此地避怀襄。

由羊蹄岭至三多祝墟将近市矣即目

渐辞山径渐康庄，习习微风著袂凉。古渡几湾横破艇，断桥一线卧斜阳。
趁墟人散颜犹醉，打麦农归路亦香。赢得寺前僧笑我，频年何事苦奔忙。

【按】以上录自《百兰山馆诗》第一、二卷。

黄昌期（1826—1879），字克猷，号运东。清陆丰县优廪生。少年时学识渊博，诗思敏捷，童试第一，府试、院试均占榜首。咸丰年间，赴省参加乡试时，因八股文犯讳，书写"胤"字多了最后一笔，又不应主考官索贿，故被取消入仕资格。从此，遂断绝仕进之念，与其子黄礼卿等在东海滘龙山兴办云岩书屋。咸丰、同治年间，培养了黄琛献、黄琮献、黄大选、黄瑛献等多名贡生和秀才。同时，云岩书屋也成为他及其儿子、学生黄大选等，以及龙山书院山长金福绅、海丰黄汉宗、惠来林中蓝等诗人云集的场所，留下了不少诗词和逸闻。

学庠集唐人诗句

松风清耳目，蕙气装衣襟。美花多映竹，乔木自成林。

【注】依序集孟郊、张九龄、杜甫、孟郊等唐人诗句。

与黄汉宗举人饮自酿"东兴"米酒

醉我非关酒，留宾可代茶。花草相荣映，云烟共吐霞。

【注】题目为编者所拟。

松鹤图

日正富兮力正雄，曰之南北与西东。其中得奋凌霄志，月桂高攀达圣聪。

咏一丈红

才学纷纷各竞奇，东君无计别高卑。今将玉尺传花使，一丈花量一丈诗。

感怀

课闲无事上山游，山霭苍苍一望收。顽石倒冈如伏虎，乱云赶雨似驱牛。
炊烟碧绕村边落，落日红翻水面鸥。海鸟归飞何处宿，一呼一应自相酬。

贺弟子进泮

文章不负读书人，况乃青年意气新。九万鹏程初振翮，三千桃浪欲飞鳞。
玉堂异日登高席，金马将来出俗尘。漫道禹门遥万里，泮池咫尺是龙津。

【注】题目为编者所拟。

乌坎港送别弟子赴省城乡试

屈指行年转瞬间，如飞驹隙愧偷闲。兰培玉砌欣同茂，桂满蟾宫喜共攀。
寡过未能思伯玉，知天已到忆尼山。今朝得遂生平志，惟愿龙门夺锦还！

【注】题目为编者所拟。

戒吃洋烟

吃了洋烟误了身，洋烟偏害世间人。销熔骨髓伤元气，败坏声名失本真。
曲枕倚眠非体态，如痴似醉损精神。若能深却此中病，便是英雄福并臻。

赋得雨过潮平江海碧

一碧澄江海，江清海亦清。水深经雨过，夜静觉潮平。
挹气真弥爽，听涛总弗惊。青浓宜乍染，绿浅爱初生。
画桨双双现，危樯一一明。天空云尽敛，岸阔路犹横。
远渡帆传影，高飞雁有声。风波从此定，直以达蓬瀛。

【按】以上均摘录自黄垂塔先生《陆邑闻人黄运东》一文，载《汕尾陆丰市当代人物》网络版。

黄礼卿，黄运东次子。清陆丰县增贡生，云岩书屋助教。光绪二年（1876）七月，受聘为石帆都莲花寨明新书院山长。于光绪年间先后培养了海陆丰名士宋惟崧、林一枝、邹聘之、颜如曛、谢龙章等门生，扬名于惠州府。

乡村景况

乡村寂寞少人家，螺髻烟云淡半遮。一片斜阳桑树外，牧童遥指数飞鸦。

劝学

少小读书不知务，老来读书已却步。读书本自无已时，朝兮朝兮暮复暮。

黄大选（？—1876），陆丰县石帆都莲花寨人（今属陆丰市南塘镇乌石村）。少年时转学于陆丰龙山云岩书屋，从黄运东读书。他聪明好学，文思敏捷，所授之课，过目不忘，故深得黄运东赏识，遂收为谊子。清同治七年（1868），他参加县学考试获全县第一名。光绪二年（1876）七月，赴省城参加乡试，中式丙子科举人。不料身染疟疾，病逝于增城行馆。

陆丰竹枝词（两首）

鸟噪猿啼尽掩门，数家茅屋自成村。盘飧市远无兼味，对月临风酒一樽。

鱼鳞云衬夕阳天，一雨及时人种田。稻米流脂粟米白，相随箫鼓乐丰年。

【按】摘录自黄垂塔《陆邑闻人黄运东》一文，载《汕尾陆丰市当代人物》网络版。

汪瑔（1828—1891），字玉泉、芙生，号无闻子，晚号越人，人称縠庵先生。浙江山阴（今绍兴）人。幼随父宦游广东，寄籍番禺（今广州）。平生博览群书，以吟咏著作终老。工于诗词，骈文、散文亦佳，精隶书。与番禺词人沈世良、叶衍兰，并称"粤东三家"，对晚清岭南词坛影响颇大。有《随山馆猥稿》《随山馆词稿》等。

陆丰至海丰道中（三首）

侵晨召仆夫，出门已亭午。重阴压四野，白日翳不吐。于回陟层峦，微径袅如缕。曲旋磴□盘，俯视峰蚁聚。篮舆虱其间，奇景惬求取。树远惟见烟，云浓欲生雨。行行闻子规，忽复见村坞。

漠漠接平野，去去周高原。忽闻午鸡声，知有远人村。少息遇农父，问答未厌繁。别有田园意，相对于不言。行者稻粱谋，居者桑麻存。茫茫在客旅，此意难可论。

远道无迟留，暂息难久止。陟岭逾千盘，趣途将百里。衣堕松上云，琴鸣涧中水。寓目聊可观，劳肩未能已。孤塔表村墟，夕阳满山市。炊烟一缕生，先见仆夫喜。

【注】咸丰同治年间，作者为潮州幕客，此为出发省城时路过海陆丰之作。

【按】录自汪瑔《随山馆猥稿》卷一（光绪刻《随山馆全集》）。

戴观澜，海丰县石塘都西坑乡人。清同治十一年（1872）增生。

永定束装来归赋俚言（两首）

远涉风尘到此乡，追寻祖妣笃宗枋。灵威有感知犹在，载道欢声意气扬。

人情到处识如何？喜念吾宗雅意多。感谢诸君无可赠，聊将俚句快吟哦。

【按】录自海丰县公平《西坑戴氏族谱》。

刘永福（1837—1917），又名刘义（刘二），号渊亭。广东钦州（今属广西）人。黑旗军首领，曾任碣石镇水师总兵官。

悼台诗

流落天涯四月天，樽前相对泪涓涓。师亡黄海中原乱，约到马关故土捐。
四百万人供仆妾，六千里地属腥膻。今朝绝域环同苦，共吊沉沦甲午年。

【按】 此诗原刻于碣石镇玄武山三台石。1969 年三台石遭炸，刘永福诗及王基栋七言题诗俱毁。后经碣石老前辈回忆录存。

魏传熙，字子簿。湖南长沙进士，清光绪四年（1878）至十二年（1886）任海丰知事。精通翰墨，楷书宗法颜鲁，行草出入两王之间。在职九年，重视文教事业，聘举人陈二南为莲峰书院山长，多所建树。后任顺德知县、分省补用知府。

疥璧

登楼人被夕阳催，且对春风一举杯。凡事付之浮白好，此行如为踏青来。
万山遮眼迷千里，一水随肠作九回。醉欲化为仙蝶去，罗浮葱郁气佳哉！

除夕

白云山下舍吾亲，手写箴规寄谕频。保赤合推慈母意，做官难是读书人。
为宽内顾常夸健，怕累情操强讳贫。癸酉经今九除夕，莱衣迭久箧生尘。

【按】 录自吕钢编印《吕展如诗集残编》（手抄稿，1996 年复印件）。

吴元翼（约 1841—1920），字凤仪。海丰县城鲤趋埔人。清咸丰十一年（1861）辛酉科拔贡生，选任直隶州州判。同治《海丰县志》编纂者之一。

五坡岭（两首）

独领貔貅夜枕戈，黑风那易丧山河。也知弘范来擒意，天遣公留重五坡。
髫龄释褐拜欧阳，桑梓曾钦俎豆香。可让后生出头地，不曾报国仅文章。

评韩信

生逢漂母糊其口，死遭吕后枭其首。可怜绝世大英雄，死生不出妇人手。

【按】 录自同治《海丰县志续编》。

曾益光（1842—1905），字纪徽。陆丰县坊廓都西山乡人。邑庠、优廪贡生。特授四会县儒学。其书法自成一家，俊朗飘逸。

次话别原韵

龙山鲤水势沦漪，馆近丰城雨露施。乘兴聊将风月友，摊书每获帝王师。
应知到处逢青眼，好把英才数白眉。棘院于今萧瑟迹，笔花开向夜阑时。
【按】录自曾益光《珠川未易稿》残稿。诗末落款"贤侄文几莞正"。

李滋然（1847—1921），字命三，号树斋。四川省长寿县人。自幼聪颖过人，承师授以经史，兼习朱子、小学。对古今学术源流深钻穷究。年十九补博士弟子，食饩，累试冠其曹。清光绪十四年（1888），以第六名举于乡。翌年中进士，以知县分广东即用。历任电白、揭阳、普宁、东莞、顺德等七县知县，凡十五年。曾调入内帘充同考官主试。梁启超、梁知鉴、李家驹、梁用弧等都出自其门下。辛亥革命后，自谓胜国遗民，耻仕民国政府，祝发空门，号采薇僧。有《采薇僧集》。

五坡怀古

一代英雄付逝波，心伤故国恨蹉跎。元戎誓死操戈晚，疆吏无谋降敌多。
热血长溅新草木，游魂空傍旧山河。炎荒冷月今犹昔，夜夜苍凉照五坡。
【按】录自李滋然《采薇僧集》。

张兆熺（1851—1932），或作兆禧、兆熹。字紫垣，号士真，晚号上清散人。陆丰县石帆都甲子人。清道光丙午科举人张光栋次子，拔贡张兆焜之兄。光绪二十六年（1900）庚子科举人。清末粤东著名诗人、书法家。晚年与弟张兆焜（约1853—1906）寓居汕头达濠葛洲乡，筑书室于葛山岭下，即环山半庐。为表不忘家乡，自称甲江老叟，号陆瀛上清散人。在达濠题刻"天南锁钥""关乡""学士登瀛""三生"等擘窠大字。有《甲子乘》传世。

竹枝词·待渡山怀古（五首）

待渡峰头塔影斜，夕阳古木乱啼鸦。江山万里今谁属？犹剩荒亭说宋家。

待渡山前仰大风，谁知渔父即英雄。当时义烈同文烈，千载何人吊复翁。

夏日登临宋帝亭，空江日落怒潮生。可怜航海无宁土，不问山程问水程。

宋家土宇未全空，剩有荒亭海甲东。石上君臣遗迹在，犒军千载仰孤忠。

宋家已灭剩孤亭，海上当年煞气腥。世代兴亡何处向，举头仍见怒涛青。

【按】 录自李绪本《甲子人文风土览趣》（2000 年 1 月内部出版）。

三生石摩崖诗

山水留名亦夙因，一时翰墨百年新。扫苔他日摩残碣，尽是三生石上人。

青云岩摩崖石刻诗并序

戊午清明后一日，与林兰友、郭贻珊、杨德辉、家夔宾诸亲友同游十八洞，遂登青云岩，赋此以志。

洞天十八俨登瀛，绝顶新晴耳目清。兰若钟声流洞出，莲花山色带霞明。
烟销石室岩高起，潮长濠江海倒倾。早得浮名题雁塔，青云只许足边生。

【按】 以上录自汕头市濠江区摩崖石刻，以及民国二十年黄墨园主编《陆丰县乡土志》（附载于乾隆《陆丰县志》1988 年重刊本）。

吊南海夫人两首并序

夫人卓氏，明孝廉李棠妻也。棠为诸生时，教读新寨，归途虏于海倭。卓度不能脱，携二儿以换。视夫上岸，牵以投海。后李公为台州学，祭于江，适三木逆流而上，可见贞魄不没，方伯表为"南海夫人"。并联云："携儿誓葬鱼腹中，四海鲸鲵破胆；全夫直占鳌头上，九重日月争光。"历来诸咏颇多，佳者卒少。予向学咏，总不外巾帼须眉，殊不切实。此我甲奇烈妇也。海滨陋坏，得借以传。素好推敲，何得无诗。两天闲暇，续吟以吊。

脱夫沉子费思量，取义行权一力当。慷慨捐生殊壮烈，从容给敌巧输将。
成谋而出无遗恨，决计长辞敢自伤。鸾凤百年称美事，几人表海永传芳。

儿诚珠玉夫如天，子细思维莫两全。传后可望弦再续，舍生何必镜重圆。
能明大义真高识，不惜微驱了凤缘。贞魄迄今犹未没，携提夜夜海山前。

【按】 录自民国二十年《陆丰县乡土志·艺文》（附载于乾隆《陆丰县志》1988 年重刊本）。

彭来平（1852—?），字朝熙，号咏西。陆丰县吉康都五云峒（今属揭西县）上洞岭紫寨人。清光绪六年（1880）庚辰科贡生。

葛公田次家雅南师韵

葛令疑来此，田非有葛萦。悬崖行树杪，幽涧咽泉声。
屋暗依云住，梯危踏石行。稚川何处去，遥访夕阳平。

春日次家雅南师韵

春到江南岸，青青遍柳梢。莺歌千古调，燕补去年巢。
采蝶双须动，游蜂两股交。畴能同挈榼，来往赏芳郊。

村居

桑麻行处有，翠滴到门前。野水明如镜，危峰高似天。
懒交疑近傲，荒课为贪眠。晴雨皆无管，愁芜一砚田。

茉莉花

满田花似雪，入夜始闻香。人静开帘底，宵深堕枕傍。
味长藏不住，色淡摘何妨。有女云鬟上，芬芳插两行。

砚田农（两首）

生涯嗟困顿，惟我砚田农。半菽何由饱，连年弗遇丰。
水无千顷白，泥岂一犁融。毕竟忧糊口，都无谷御冬。

人家佳子弟，培植赖斯农。世重称西席，今轻作贱佣。
润苗资化雨，成实有春风。学殖能滋大，无惭笔耨翁。

羊石五咏

响山

山本行无响，缘何步有声。讵同山鼓震，不类石钟鸣。
妙纵输天籁，闻奚自地生。昔传音有八，土亦列其名。

醉卧石

消愁非独醉，醉卧更无愁。只得金缄口，难希石点头。
百年如短梦，万事付东流。好鸟声催醒，闲云看尚浮。

龙须潆

悬崖关不住，奔往大潭中。缒石探难尽，投绳放不穷。
幽深无底里，澄碧自流通。枕漱闲无事，披蓑把钓翁。

羊石嶂

万仞峰高峙，登临俯渺茫。何人曾叱石，满地竟成羊。
草色泾春碧，松风入夏凉。未经骚客至，胜地弃遐方。

望月墩

小屋园墩上，凉宵看月明。人言千里共，我爱一山清。
景好灯宜彻，醪香盏可倾。添来花气袭，兴逸有诗成。

题培英书屋（四首）

梅田深处敞溪堂，坐对排山引兴长。莫讶卷帘西照入，晒书正复爱斜阳。

莳花叠石几经营，高下亭台取势成。是处明窗兼净几，倚栏好听读书声。

一池吹皱縠纹鲜，满目云光别有天。鱼跃鸢飞通妙悟，生机知不落言诠。

我来恰值雨丝丝，今旧何分慰所思。却喜培英非浪语，兰芽新茁称佳儿。

山居（四首）

家在罗浮东复东，云横洞口影迷蒙。大痴泼墨倪迂笔，尽入轩窗指顾中。

好山面处正开门，麂眼新编傍石根。千尺虬松森独峙，弯环流水稻花村。

远离城市爱山居，镇日香熏一架书。疏懒转矜同茂叔，庭前草满不教除。

屏围碧嶂境清幽，客到寻诗启小楼。庵有梅花堂有竹，不须招隐足风流。

培梧山房（四首）

当年小筑景清幽，雨后凭栏听涧流。地是岭南家岭畔，四时花放不知秋。

颓已加修岁月过，窗前池水绉轻波。近傍续买幽闲地，点缀看来入画多。

婆娑树覆小山房，叠石糊泥且结墙。自是野人真趣处，门前篱落菜花香。

窗对青山面面开，阶前遍绿长莓苔。当年取号非无意，待觅梧桐更补栽。

【注】同治乙丑岁（1865年）春，经父修葺。

奉和家雅南夫子五色菊（选四首）

黄菊

坐对篱头逸兴长，凝眸正色映斜阳。樊川去后秋容瘦，彭泽归来晚节香。
郦水灵根中土养，柴桑佳态丽金装。菜花廷试休差认，好向寒窗细酌量。

白菊

谁堆冰玉满篱东，望去分明夕照中。送酒人来衣缟映，插冠客至鬓霜同。
九秋粉蝶都教舞，三径银蟾雅许笼。助我延龄彭祖术，也知丹法汁须充。

红菊

无端又是度重阳，红映芙蓉老圃傍。艳冶妒应青女脸，鲜明颂称左嫔妆。
孰于径畔呈霞帔，谁向篱边晒锦裳。直在西风萧瑟里，偏施媚态斗群芳。

紫菊

几讶函关紫气横，却看陶令菊纷呈。东篱种得非花后，异国分来是日精。
田氏荆枝休并凝，岩间竹叶漫相形。霞杯图内持相赏，为爱丛中别样明。

曾固庵下滩选青书室复馆作诗，以此和之

见面今朝似旧欢，选青复馆写诗看。安仁人觉身长乐，得势文如水下滩。
骥足定思千里展，鸿图聊借一枝安。昔年我也曾居此，五十年来意未闲。

【注】曾固庵，彭来平忘年诗友。五华县清末秀才，民国时期曾执教河婆下滩选青书室、坪上湖光学校。

【按】以上录自深圳市文物管理委员会办公室彭全民主编《虎岩诗词选》。

碣石纪游

一片巍城峙海边，来游喜值暮春天。野桥稳度回潮后，旅店争迎落点前。
海客货通孤港市，疍人家在小鱼船。是邦风景寻常少，几日流连意尽便。

挽家雅南夫子（四首选三）

飘零骨肉海天遥，爱弟归来有几朝。正喜埙篪长共奏，胡来旗鹤竟相邀。
远书慰渴因鸿便，后起贻谋有凤毛。临死不将家政窒，忽然归去识尤超。

【自注】公从弟行埙明府，衍垣太守不通音问三十余年，前月公九弟自豫归皆接见。

【注】雅南夫子即彭衍台。

两年远宦忽遭尤，闻讣奔丧万里愁。愁里返家身远旅，谶成孤影夜中秋①。

关山有泪流青眼，岁月无情恋白头。最是不忘生长地，老犹说要省中州②。

【自注】①夫子《中秋对月诗》："只恨桂轮今夕满，照人孤影太分明。"②陈孺人果殁于中州。

新年还赏洛阳枝，案上曾题一首诗。坐我春风山仰渺，照人古道路行知。

黄庭字迹人间赏，梅屋吟编海外遗。忍向赐珍堂蚌过，庭花无主落阶迟。

【自注】夫子著有梅屋诗，存为其弟，携至台湾遗失。

清风亭（两首）

历尽崎岖雪障前，山深别有洞中天。清风啸咏频生腋，世道担当暂息肩。

到此顿生泉石癖，凭谁偶订爪泥缘。我来亭下徘徊久，六月浑忘夏热煎。

背倚危崖似壁悬，隔林隐隐鸟声传。山从岭表云中过，路向峰头雾里穿。

径曲何人题粉墨，天涯有客话林泉。世途险阻今知否，少憩萝阴意自便。

致古芸史（两首）

菊泉泮水共流长，境到梅林韵自芳。诵述西迁涵德泽，瓣香南倡擅文章。

怡情山水征仁寿，济世岐黄洞药方。昔日红颜今白发，扶筇重漱藻芹香。

化雨时砚广育才，光风霁月笑颜开。沧桑眼见筹盈屋，兰玉身栽翠作堆。

棣萼枝枝皆选妙，桐孙树树岂凡材。年高德郡谁能匹，喜看簪花又一回。

秋溪

先人庐墓远堪追，元代秋溪避乱时。山色古今应不改，版图前后已分移。

龙门鲤跃桃花浪，琴水螃游荇叶湄。世事沧桑何日了，道途荆棘系尤思。

【自注】受章公墓之所在。

【注】受章公，彭受章，五云峒彭氏始祖。于明洪武年间迁居揭阳县霖田都，后定居海丰县吉康都五云峒。

巾山①

并峙三山景最遐，如巾折角受风斜。遥怜蓬岛三千界，俯视霖田一万家。

云出屈蟠虚壑树，雨飘踯躅满山花。岿然古庙山中在，名并山传岁月赊。

【自注】①一名庙山。

三口塘

阆苑瀛洲不可逢，勿开胜境豁尘胸。纵饶山水灵奇者，必籍亭台点缀浓。
载酒客游思放艇，寻诗人至乐扶筇。若教上下波连碧，九曲应居第几重。

赤竹滘

四围皆下此山高，应恐浮开背负鳌。竹叶宜倾彭泽酒，桃花难引武陵篙。
久安稼穑当知宝，欲却雀符不卖刀。鸡犬相闻庐世守，五云深处绝尘嚣。

【自注】 赤竹滘，即今五云赤滘。

鹧鸪行

春风春雨自在啼，青山青草任止栖。一自坠入戈者手，鬻以青钱换以米。百钱购得自山翁，庭中局以碧筠笼。日以清泉饲尔谷，日日共嬉鸡之族。欲走不走意何从，何时可得返山中。

羊城归兴

曙色东方动，归装出郭行。城楼回望远，人语乍听生。旅役争迎道，夷人杂处航。舱分男女舍，赀判下高棚。轮转姻浓起，船开角徙鸣。港游香不断，岛入浪还平。杂还方言异，苍茫海色呈。楼台疑蜃幻，灯火似星明。层阁泉声细，通衢电火清。蛮儿形类鬼，夷女貌倾城。岭觉摩天近，车应用火轻。地皆沾雨露，景似到蓬瀛。水色长天接，涛声夜梦惊。鱼龙争变幻，星斗睹斜横。海面红轮吐，汕头绿酒倾。得风帆已驶，归思与帆争。

【注】 "轮转姻浓起，船开角徙鸣"句，"姻"字疑为"烟"字之误；"徙"字疑为"徙"字之误。

纪游鸡峰

峻险难言状，仰首近红日。攀援草木升，力猛根拔出。身倾幸松乘，万仞心惊怵。好游境多危，不游景不悉。直插碧空中，尖秀如健笔。携手立毫端，举步防恐失。绝壁如悬梯，悚不敢下视。已履数峰高，高峰更仰指。摄衣俯首行，启目峰头是。东北视渺茫，眼底无涯涘。不知彼视兹，缥缈景何似。仿佛三神山，烟云脚下起。石窍身可通，穿过坐石稳。四围无与齐，凝神聊望远。微茫认远村，隐约数遥巘。啸歌相忘归，复恐斜阳晚。试问此危峰，几人能往返。

贺古芸史（绍光）茂才重游泮水

采芹年十八，八十倏成翁。寿以仁能致，心惟德是崇。温和如展惠，清白比杨公。嗜好全抛却，繁华一洗空。胸怀同月皓，谈笑出尘红。素有仲连义，犹多扁鹊功。林仓凭虎卫，方禁出龙宫。踪自能追葛，君知独擅桐。士林钦雅范，海峤树清风。道味耽弥永，书香继不穷。宝田家克守，弓冶业能工。兄弟怡怡乐，生徒济济隆。机声来阃内，莱彩戏庭中。茂祝如松柏，青青老远峰。

【注】古芸史，作者诗友。晚清五华县梅林鹅池塘秀才。

水口硔

壁立千仞高，路向蚕丛导。俯视下苍茫，奔流水势暴。乱石俱巉岩，樵采不敢到。一夫当其关，万人皆震悼。才过风门坳，曲径羊肠峭。数里入云深，澄碧一溪绕。村落自横斜，昔名赤竹窖。宛如桃花源，渔人难鼓棹。桑竹美清阴，烟簌供啸傲。酒熟瓮头春，衔杯乐嬉笑。但愿无嘻嗃，醉卧花前竟。出门听鸟啼，闭门无雀噪。真堪避乱世，所贵禁内盗。烟赌是乱源，切宜戒之早。浑然太古风，自免红尘扰。守分安种作，一生直到老。年来七拳径，劫夺行人戒。道途避荆棘，偏寻此路快。岂不惮艰辛，甘走途之隘。

【注】"竟"，古同"觉"。

禁烟诗

天地本好生，惟人自戕贼。所事嘘吸闲，岂必务饮食。此烟来外洋，流毒遍中国。称名虽云泥，财货易千亿。嗟哉嗜已深，丧亡行在即。天威赫然怒，大臣钦厥职。煌煌功令颁，一一严申饬。第恐不教诛，法外施仁恻。宽限两月间，断瘾药以克。梯航绝其源，烟具缴宜亟。士商及军民，编保胥查劾。但期改而止，无纵亦无刻。吾闻前明时，旱烟禁曾力。矧芘害无穷，沉溺奚容惑。回头即是岸，戒之系徽缰。革面兼革心，庶同登寿域。

莲塘缺

在天有缺陷，女娲炼石补。在地有缺陷，夏后水平土。弥逢小罅漏，造物不能主。八年胼胝难，禹亦力难普。况远在南方，未入九州数。兹有莲塘缺，径口通洛布。上阻池水深，下临石壁古。地尤当孔道，游行多辛苦。虽非巨工程，艰阻难堪睹。先翁恻然念，石梁架水浒。骑者无坠崖，行者免栗股。来往忻坦途，老翁及童竖。稳度向前途，宜晴复宜雨。寄语后子孙，破坏当修举。

壬寅冬间至惠州购置五云试馆

鸿鹄志冲霄，栖犹借一枝。骏马行千里，中夜有歇时。惠州当冲衢，山水称灵奇。东坡迁谪日，安置昔在兹。两江汇合处，西湖水弥弥。六桥皆点缀，流风千载垂。咫尺罗浮境，四百峰相宜。天下仰苏石，非独传其诗。天使苏至此，譬潮韩退之。寓惠惠之幸，遗徽尚可追。观光来此处，缕止无定基。壬寅来相宅，五云实捐赀。连择十余处，皆不当所期。幸叨我祖德，获此始心怡。家乡惜遥远，价值少身随。感荷李戴君，借贷无迟疑。洪惟镇康祖，厚泽令人思。既成勒门额，堂因名康诒。面前雅塘绕，背后金带遗。椋山捍江口，银冈映晨曦。从今来此郡，身免寄人篱。有时入省会，亦必由此驰。若教腾云去，回观居惠时。更邀遗泽隆，长愿作公祠。

【注】壬寅，清光绪二十八年。

【按】以上均录自深圳市文物管理委员会办公室彭全民主编《虎岩诗词选》。

林大彬（1853—？），海丰县捷胜镇（今属汕尾市城区）人。清光绪年间贡生。与弟林大蔚俱为粤东丹青名家。

赠许家梅

不染粉华别有神，数枝月夜吐清新。旷如魏晋之间士，高比羲皇以上人。

独立风前唯索笑，能超世外自归真。孤芳莫道逋林晚，泼墨淋漓许占春。

【按】录自杨永可、叶良方主编《汕尾古今诗词选》（生活·读书·新知三联书店，1997年）。

张兆炜（约1853—1906），字质庵，号雪帆。陆丰县石帆都甲子人。为清道光丙午科举人，内阁中书张光栋第四子。清光绪二十三年（1897）中式丁酉科拔元，授广西横县知事。时称"父子三举人"。翌年，与康有为、梁启超等百名举人公车上书，赞成维新变法。失败后，逃往安南执教。后赴新加坡，任华侨同盟会会长。辛亥革命后，出任广东省参议总顾问、军法处长等职。晚年与兄张兆熺寓居汕头达濠葛洲乡，筑书室于葛山岭下。是清末民初粤东著名诗人、书法家。

质庵学黄书

依山筑阁见平川，夜阑箕斗插屋椽。老松魁梧数百年，斧斤所赦今参天。凤鸣娲皇五十弦，洗耳不须菩萨泉。二三小子甚好贤，夜雨鸣廊到晓悬，相看不归卧僧毡。

无题

李广数奇功则高，猿臂不得拥旌旄。长啸归来脱锦袍，黄公酒垆换浊醪。鲈鱼三寸纯可毛，安能俯仰同桔槔。美人环珮逢江皋，感君一曲求凤操。

【自注】（光绪）十五年十月一日。张兆炜书于矩园。

【注】两诗俱为"柏梁体"，即七言古诗的一种。相传汉武帝在柏梁台上和群臣共赋七言诗，人各一句，此后每句用韵，后人遂谓此体为柏梁体。

【按】录自谷饶张氏宗祠理事委员会"2009—2010 年工作活动概况文化传承"。

　　裴景福（1854—1926），字伯谦，号睫暗。安徽霍邱县人。清晚期著名诗人、书法篆刻家、评论家。清光绪五年（1879）己卯科举人，十二年（1886）丙戌科进士，授户部主事。光绪十八年（1892）外放广东，历任陆丰、番禺、潮阳、南海诸知县。时人评价他政绩卓著，开放敏达且有智谋，但因官场派系倾轧而得罪两广总督岑春煊。光绪二十九年（1903）七月，岑春煊上疏弹劾，被发配新疆。至宣统元年（1909），始得申冤返乡。著有《河海昆仑录》四卷、《壮陶阁书画录》（上下）、《睫暗诗抄》十六卷。

舟次河田圩

花鸟开千嶂，文书塞雨舟。偷闲晨走笔，漫兴晚登楼。
沧海方多事，青春更远游。何其一樽酒，空阔对沙鸥。

陆丰

跨海千家邑，榕荫万瓦明。乱山开聚落，远水带孤城。
沙竹连空霭，鱼盐闹晚晴。怒潮何太逼，日作不平鸣。

金厢晚归

远海兼天尽，连峰障日昏。怪鱼喧晚市，饥鹘下荒村。
云罨乌津暗，烟笼淡水浑。龙山青断处，灯火到城门。

由水墘晚至后坎

群雀噪深竹，斜阳红半天。远峰沉暮霭，近浦明微澜。
曲径深涧底，孤塔丛林端。

宿河口

何事不成寐？山村迟五更。寒灯消夜雨，老树助秋声。
岭海三年客，幽燕九道兵。荒鸡殊太早，尽向隔墙鸣。

九月初五新月

把酒赏中秋，张灯上小楼。昔看光似镜，今讶月如钩。
晦极明须渐，圆从缺处求。重阳三日到，邀对菊花瓯。

袁蕴白种盆莲盛开不得共赏赋此调之

太华峰高玉井凉，移来七十二鸳鸯。开帘冉冉陂湖色，入幕微微月露香。
药里多情分翠盖，酒筒何事负红妆。似闻贮近黄金屋，未许随人唤六郎。

行河田山中

掣身且作看山行，抛却文书便出城①。八万坡坨争向背，重三天气拗阴晴。
悬崖老树排云立，贴地幽花逗日明。正是客心孤迥处，鸮音何事恼吟情②。

【自注】 ①过八万坡。②闻前村有斗者。

【按】 录自裴景福《睫暗诗抄》卷三《岭云集》。

登陆丰城南楼

可有神仙住十洲，卷帘海色碧油油。天风飒爽吹蓬鬓，夜雨分明滴枕头。
官阁草生公事懒，醉乡杯到咏怀遒。山城莫问人间世，日见云霞幻蜃楼。

金厢七夕（有序）

此乙未在金厢海岸途次作也。丙申五月内子遂不起，落笔后自恶其不详，竟成诗谶挽联之感。鹊桥吟七夕一诗，谁知碧海青天竟成恶谶，碎鸳奁过端阳四日，最是云鬟玉臂益助伤神，潘鬓将皤，全资椎髻贤劳，远谐薄宦，陶腰懒折，倘得巾车啸傲，谁伴赋归。好月难圆，迫予仓卒薄书。偏值盖棺悭一面。小星虽耀，抚此娇痴儿女，肯教衣芦负初心。

高楼明月夜吹箫，帘卷星河近可招。玉臂云鬟渺何处？碧天如水海生潮。出郭县官殊落寞，微兴向高原。放水过邻壑，分秧遍远村。鱼多供把酒，雀熟自投门。老圃不吾拒，相逢话石根。

祷雨龙山既雨作歌示同官

山苍苍，海泱泱，大河中贯如回肠。白坟沙腴壤中上，蹲鸱出釜蒸栗黄。二月清明麦在场，十日不雨将分秧。窟中老鳖鸣愈厉，海底伏龙睡欲僵。片云万里蔚蓝色，泰山远在天东方。碧翁荡荡呼不应，更谁法力驱阿香。中宵绕屋心彷徨，明星烂烂光照床。篝车奢愿何时尝。鸡鸣大雨如倒墙。朝闻田歌叱犊忙，登高望远青茫茫。衡岳云为退之藏，东坡海市云锦章。驱山走海岂易事，偶然碍之犹探囊。天视天听孰主张？风雷变色亦其常。薄俗求取惟餍意，欲以大力邀穹皇。百神奉职泽愈靳，旱固其罪雨岂臧。敬天勤民古所训，慎勿贪天之功为民殃。

乙未腊月由陆丰回广州，经埔心行万山中，忽见梅花成林，折数枝携至惠州东坡亭

叠嶂插空天柱拆，怒泷吼壑地肺裂。几间老屋山之坳，眼明忽见千株雪。玉笛吹回庾岭春，缟衣醉卧罗浮月。朱栏玉砌非繁华，苫雨蛮烟自幽逸。铁干生成耻屈盘，芒鞋踏破许熟识。鞭丝帽影殊匆匆，鹤冷童饥可郁郁。黄昏绕树总无言，翠羽临风亦惜别。太息冰霜冷艳姿，桄榔椰叶苦埋没。索笑翻能惹百忧，断魂无奈拼一折。姑射小谪堕尘寰，明月空林便疏阔。白云嶂里旧盟寒，白鹤峰头暗香溢。举酒问花花自知，出山曷似在山洁。铜瓶金屋费安排，无限幽情向谁说？

【注】 埔心，即海丰与归善县交界的布心墟（今属惠东县）。

【按】 以上录自裴景福《睫暗诗抄》。

翁天祐，海丰县金锡都（今属汕尾市城区）汕尾镇东社人。清光绪五年（1879）己卯科举人，光绪十二年（1886）丙戌科进士，授福建建宁府浦城县知县，调泉州府同安知县，官至泉州补用知府等。为官清廉，颇有名气。与翁昭泰等纂《续修浦城县志》（清光绪二十年）。

题画扇

骑牛踏浪花，惊动老人家。牛背吹玉笛，五六工上尺。

咏志

小小青松未出栏，枝枝叶叶耐霜寒。而今正可低头看，他日参天仰面难。

【按】 录自杨永可、叶良方主编《汕尾古今诗词选》（生活·读书·新知三联书店，1997 年）。

陈菊人，海丰县城东笏人。清光绪年间贡生。

惠州西湖远眺

沿堤寥落带荒村，画出西风淡有痕。人静忽闻秋叶下，一林晴雨乱黄昏。

【按】录自杨永可、叶良方主编《汕尾古今诗词选》（生活·读书·新知三联书店，1997 年）。

刘英，海丰县捷胜北村人。清末贡生，学官训导。

题黎明洞并序

明季刘总戎讳锷公，才侪管乐，智亚孙吴，而生不逢时。早知气运非人力可挽，舍轩冕之荣，作山林之想，避世于斯。迄今口碑载道，有首阳遗风焉。予生虽晚，闻风兴感，景仰弥殷，聊啜七绝一首，以志怀古云。

剑气龙藏夜罢吟，黎明洞口白云深。馋枪欲扫空遗恨，入眼河山变古今。

【按】录自杨永可、叶良方主编《汕尾古今诗词选》（生活·读书·新知三联书店，1997 年）。

林慎三，海丰县捷胜镇（今属汕尾市城区）人。清末有名文人。

幽愤（十二首）并序

光绪庚子年闻八国联军攻陷北京城，忧愤而作。

漫天风雨漫天愁，万甲齐飞入亚洲。睇彼山河非旧日，谁为砥柱挽中流。

积弱中原倒太阿，四夷蹂躏据山河。挑灯怒目诸条约，拍案长伤恨更多。

怅望中原势欲倾，诸夷割据逞强横。阿谁拨乱回天力，薄海同风颂太平。

蒿目时艰感慨多，南征北割恨如何？扶危自愧无权力，一度思量一度歌。

太息燕云十六州，欧风美雨漫天愁。黄人何日离羁绊，击剑狂歌独自由。

干戈盗贼满边隅，爱种保群竟不图。专事杂捐行弊政，民心一散赖谁扶？

张牙老虎入亚洲，击剑男儿切此仇。须振合群团体力，追南逐北扫寇酋。

庸臣误国罪非轻，割地输金饰太平。怜我亚洲黄种族，致教白种肆兼并。

四万万人刀炮中，中原遽变战场红。金州旅顺先俄惨，毕竟东亚处处同。

粉饰维新蔽圣聪，毫无长策逐诸戎。要瞻支那文明日，须征豪杰阵聭聋。

中原兴废一围棋，凭寄英豪为转移。支那漫言无佐命，求贤破格未曾施。

神州积弱古今无，势迫瓜分据野孤。热血满腔何处诉，遂同贾谊哭当途。

【按】录自杨永可、叶良方主编《汕尾古今诗词选》（生活·读书·新知三联书店，1997 年）。

张鹤，海丰县人。清末文人。其余不详。

庚子除夕作

爆竹声喧欲晓天，拥衾危坐不成眠。小环偷试迎春酒，侍妾私分压岁钱。

旧疾未痊如织贝，新欢难遇当逢年。何如卖尽痴呆去，略有聪明不羡仙。

【按】 录自吕钢编印的民国《吕展如诗集残编》（手抄稿，1996 年复印件）。

林大蔚（1855—1942），号翠东。海丰捷胜镇（今属汕尾市城区）人。清末秀才。擅书画，与许兆寅齐名，画竹刚劲清标，闻名粤东，有"林家竹、许家梅"之誉。且为一代名医，精通易学、堪舆、武术、音乐等。民国期间，国民党元老、国画家何香凝曾慕名登门拜访。

题画诗

人言竹如僧，我喜竹为朋。日日拗竹管，俗尘万斛倾。

【注】 林大蔚与画幅留题的许兆寅、何次韩、陈蔼如等，皆是清末民初海陆丰著名画家、书法家。

【按】 录自许兆寅赠何次韩梅花画题款。

江逢辰（1859—1900），字孝通、密庵，号雨人。晚清惠州著名诗人。幼年随祖父迁居惠阳，就学于丰湖书院、广雅书院。得张之洞赏识，入为幕僚，曾任教于湖北尊经书院。光绪十五年（1889）举人，十八年（1892）成进士，授户部主事。精于诗词，文辞瑰丽，并精经史金石。书学北魏，擅篆及行楷，亦能画山水墨竹。其篆印古茂挺劲。著有《孤桐词》《华鬘词》《江孝通遗集》。

海丰县

县势全趋海，人家半杂蛮。时平无莽伏，地僻想官闲。

烟陇收黄叶，盐田拥雪山。相资有农末，观政起颓颜。

莲花庵

翳竹连山栖碧烟，荒坟高下古苔缘。翠塘四角月初上，玉磬一声云外圆。

狮乳井香流夜夜，莲花峰好看年年。道人谙得煎茶诀，不惜来参饱水禅。

过金带街叶氏宗祠

明少宰杨文懿公起元、少保叶公梦熊、太常叶公高标、御史姚公祥、苑马李公学一皆郡中巨族，冠盖相望，今后微矣！过其祠宇感吊以诗云。

金带街前旧门第，百官池上古祠堂。颓垣雨暗缘青藓，坏屋烟寒长绿篁。

手泽鼎彝谁郑重，头衔碑版亦荒凉。层楼工尽无穷意，此是鸣珂冠玉乡。

樟树凹古桂

山行过十日，意态不足新。投寺眼忽明，桂树何轮囷。理直挺犀角，甲劲敲龙鳞。拂云散芳气，逆风扬妙尘。何年金石质，秘此岩穴身。百尺阶毫末，谁复知艰辛。旷地亦有才，弃用伤贱贫。野僧不爱惜，怪客看千巡。临行重题壁，慎勿摧作薪。

【按】录自《江孝通遗集》十九卷（民国十四年铅印本）。

梁鼎芬（1859—1919），字星海、心海，又字伯烈，号节庵，别号不回山民、藏山等。广东番禺人。18岁中举人，清光绪七年（1881）中进士，授翰林院编修。历任知府、按察使、布政使，曾因弹劾李鸿章而被罢官，名震朝野。南归后任广东丰湖、端溪书院院长。张之洞督粤，聘主广雅、两湖、钟山书院。清帝逊位后，与陈宝琛同为末代帝师。又以遗老自居，参与张勋复辟。辛亥革命前有反帝主战思想。后任溥仪的毓庆宫行走。诗词多慷慨愤世之作，与罗惇曧等人并称"岭南近代四家"。著有《节庵先生遗诗》。

赠徐赓陛

足茧风尘鬓有丝，政行井邑口成碑。众人欲杀我何忍，作吏能狂斯已奇。

枉使郜都称酷吏，愧推王弼作经师。驱谗雪谤终何补，不待他年负子期。

【注】徐赓陛，浙江省乌程县人。清光绪四年（1878）九月，授陆丰知县，光绪七年（1881）四月离任。徐赓陛喜欢上龙山饮酒吟诗，诗作颇多，但大都遗失。仅存"天下宰官知几许，百年思往孰知名"句，令人扼腕叹息。著有《不谦斋漫存》，选入其在陆丰县的公文案牍67篇。

【按】录自《节庵先生遗诗》（华东师范大学出版社，2012年）。

卷四 民国诗词选征

吕铁槎（1852—1938），号则友，字月槎、秋舫、珊舟。海丰县附城鹿境人。清光绪十八年（1892）廪贡生。民国肇造，被选为海丰县首届议会会长。曾任梅陇东港垦督办、海惠公路局长及海丰中学校长等职。民国十二年（1923）任海丰县长。著有《秋晚剩草》。

咏七夕

车轨纵横万国交，黄河欲渡不须桡。晴天若与侬为主，硬把银河架铁桥。

【按】录自吕钢《海丰鹿山吕氏文化》（2009 年，内部印刷）。

陈佩琨，字月樵，号适生，晚号适园居士、适园野叟。陆丰县城东海人。生而聪颖，髫年即能诗文。诗文书画，皆超尘绝俗。县试、府试第一，光绪年间考廪生亦获第一，遂有"小三元"之称。清龙山书院山长。光绪三十二年（1906），废科举，创新学，书院改为"龙山高等小学堂"，续任校长兼陆丰督学等职。1927 年，被聘为汕头回澜中学教师。诗文书画，皆超尘绝俗。书法草篆隶兼擅，各尽其妙。其画专于花卉竹石，兰竹二者，尤为出拔。著有《适园诗文集》等。

题画诗

古磁瓷里插黄花，一段寒香透碧纱。写入丹青终不落，好留秋后伴陶家。

春寒（两首）

细雨蒙蒙二月时，春寒料峭砭人肌。檐前凡雀休巢静，架上盆花破蕊迟。
煮茗只因贪附热，评文每觉怕临池。拥衾高卧殊多趣，且向梦中觅小诗。

枕衾寒冷费安排，睡眼朦胧闭复开。蚊不入帷因冻少，鼠还翻罋为饥来。
檐声滴滴溜仍续，灯火荧荧烬欲摧。夜半闻鸡慵起舞，年来得失渐忘怀。

久别赠黄墨园（两首）

鳣堂往事渺如烟，重聚刚逢九月天。共羡黄花多晚节，相看白发忆当年。
林泉可隐欣还健，裘苨未营只自怜。风雨鸡鸣应不已，邮筒漫惜费吟笺。

年来名宿叹稀存，何幸高轩快论文。挥麈清谈原有物，犹龙气概健无论。
余闲频剪西窗烛，薄茗聊当北海樽。还冀高人多寿考，德星常聚丽天云。

【按】录自陈佩琨《适园诗文集》。

黄翰藻，字墨园。清光绪年间庠生。陆丰县城文化名士，擅长易学。主编《陆丰县乡土志》。

游碣石步李察院答友人过访原韵

学士当年爱淡交，伊谁青眼到蓬茅。我来亦把青苔踏，人去何从白板敲。
蠔贝周围随水长，龙津结队逐潮高。日斜渔归摇桨橹，观海楼中醉一遭。

陆丰竹枝词（十八首）

独上龙山最高峰，海天一色现葱昽。渔舟蜑艇纷无数，都在山南夕照中。

龙山胜会夏时开，消夏争看大舞台。侬自寻凉人寻热，许多人自热中来。

长日寻芳到洛洲，平芜绿接古津头。停鞭笑指留蜂处，云去云来几度秋。

名僧当日旧居游，僧去长存此法留。欲觅大颠遗迹处，落花流水两悠悠。

法留人去剩残灯，灯火光中现七星。长夏消闲时过此，寺前水映佛头青。

洛洲胜迹接河图，可有龟龙负出无。佳气葱昽开大地，直从岭峤握灵枢。

图岭巍峨尽大观，荒碑苔蚀未全漫。海天一色苍茫处，都付斜阳卧里看。

待渡山前仰大风，谁知渔父即英雄。当年义烈同文烈，千载何人吊复翁。

夏日登临宋帝亭，空江日落怒潮生。可怜航海无宁土，不问山程问水程。

宋家土宇未全空，剩有荒亭海甲东。石上君臣遗迹在，犒军千载仰孤忠。

宋家已灭剩孤亭，海上当年杀气腥。世代兴亡何处间，举头唯见怒涛青。

碣台高处一登临，金屿苍茫日耀金。海上蜃楼成五色，沧桑条忽悟升沉。

楼高昼永海风清，潮水来时两岸平。最好月斜潮去后，蟹灯渔火闹三更。

金厢石外水拖蓝，一叶渔舟坐两三。最是今年风信好，每逢早北昼东南。

侬家生少自渔家，五月新鱿六月鲨。瞥见天南红一色，明朝又约打梅虾。

淳风最好是山居，松作城垣竹作篱。投市许多山里客，出担柴炭入担鱼。

碣城六月闹笙歌，竟杀猪羊百数多。自诩酬神诚敬处，漫将迷信笑阿婆。

娇痴女子学新装，纲髻花簪七里香。笑煞改新仍习旧，犹缠纤足步踉跄。

【按】 以上录自民国二十年（1931）黄墨园主编《陆丰县乡土志》。

陆邑消夏竹枝词（二十一首）

龙山隐约浸霞溪，风入城南柳偃堤。放艇顺流波如练，一湾斜月挂桥西。

仙桥夜热艇如梭，水榭开门月碎波。上下清澄凉世界，转疑身是住天河。

相随琴鹤碧溪头，放鹤弹琴趣自幽。一片冰心无苦热，亦摇官艇憩中流。

村落墙阴绿树遮，科头箕坐夕阳斜。何如斗室临溪岸，竹里蕉青日传茶。

君去锄禾妾拜香，桥东水镜是禅堂。愿求滴下杨枝雨，洒我农夫曝背凉。

大安艇放趁溪流，暑热炎炎薄暮收。南北市城中是水，半船明月一船秋。

山内乘凉楼上楼，海滨避暑舟复舟。两墟人家夹溪岸，一般风月几般收。

移家水凿逐清波，入夜江风发睡魔。郎住船头妾船尾，谁云牛女隔银河。

涤虑澄怀暑自消，灵台一点本逍遥。任他酷热侵冰簟，云在青山月在霄。

深巷频闻布谷声，农夫课雨又祈晴。阴晴不定增愁思，多得老荆慰籍情。

端阳竞渡鼓频频，粉黛裙钗灿水滨。侬是春初新媳妇，敢将媚眼数游人。

六六良辰敢惮烦，残篇古本晒晴喧。虽除潮湿仍防燥，吩咐风前子细翻。

学堂暑假少勾留，同入龙山快一游。廓峻南熏吹不到，相携更上读书楼。

观剧龙山结伴来，酒楼菜馆启林隈。休嫌烦热无清趣，云树风篁对举杯。

郎着通纱妾着罗，相看牛女隔银河。人间团聚无虚夕，转笑天孙别恨多。

赤帝司权不可当，流金铄石苦炎阳。任君借得龙皮扇，不及仙桥夜月凉。

油麻茶熟太张皇，竹坞松阴纳午凉。吸尽鲤潭多少水，卢全七碗当寻常。

大水汪洋万马奔，连宵知是雨倾盆。仙桥不见疑蛟窟，溪畔人家尽闭门。

妾住村庄君住城，妾容不及君容清。郎愁暑热妾耕织，转笑侬郎太瘦生。

李公堤上柳丝丝，柳绿柳黄柳映堤。今日李公何处去，柳风吹暑过前溪。

万亿百千佛化身，灯光寺里证缘因。莲花开遍池塘上，尽是慈悲救苦人。

【按】录自民国二十年（1931）黄墨园主编《陆丰县乡土志》，原辑 22 首。本编将罗公度一首辑在其名下外，如上录 21 首。

罗公度（1864—1944），又名仪，字无量，号叠石。陆丰县吉康都（今属陆河县）螺溪人。清光绪二十三年（1897）丁酉科第一名秀才。在乡梓创办私塾"憨寮"，以教职终其生。后人罗铁牛缉有《叠石文集》。除联文外，诗词存 84 首。

答和五华县温瑞平先生

分三犹未定，得一岂能安？梦怪南阳短，心怜西蜀寒。
从龙寻主易，骑虎上山难。所爱知音者，操琴莫乱弹。

吟女

柳絮随风入户斜，伤春心事一时加。故人十载无消息，望断天涯眼欲花。

题纸扇

莫把人情似纸推，袖中出入不相违。近来舒卷皆如意，且待南阳羽扇挥。

葵头嶂竹枝词

旗头嶂上路迢迢，挑担人家做早朝。闹得奴奴眠不得，我郎何苦学肩挑？

石禾町天旱求雨

人嫌生饭为柴生，骂得奴奴不敢声。暗祝天神须保佑，人人求雨妾求晴。

登高

孤鹜齐飞一色秋，黄花满径最堪游。莫教佳节空闲过，纵不登高且牧牛。

题木兰从军图

花家有女貌如花，换着征袍志可夸。挽上长弓射狂寇，昭君何事学琵琶。

【按】以上俱录自罗铁牛所辑《叠石文集》。

再上龙山（两首）

巍然独秀认龙山，谁信丁公鹤一斑。城郭已非民物变，况当千岁再飞还。

遥瞻烟树旧盘桓，登览谁言比昔难。莫笑老夫无脚力，振衣千仞有风抟。

陆丰消夏（两首）

手挥粉汗上龙山，观剧松阴暑气残。细语小姑须解事，无移高处惹人看。

姐妹携游碧池中，莲花不比妾颜红。几回避客朝西立，妾自看人面又东。

陆丰竹枝词（两首）

奴居相对鲤鱼潭，新嫁郎君客海南。日觅鲤鱼亲手剖，恐郎藏有寄奴函。

隔岸垂杨是妾家，日长无事弄琵琶。夜来犹自嫌灯热，六板桥头踏月华。

【按】以上录自民国二十年（1931）黄墨园主编《陆丰县乡土志》。

感吟（两首）

耕读传家是固穷，不争名利走西东。天留老景吟花下，地辟新居隐此中。

平生有癖嗜烟霞，泉石搜寻自一家。满贮月归瓶汲水，闲邀蝶逐袖笼花。

耕读（两首）

耕读传家是固穷，不争名利走西东。天留老景吟花下，地辟新居隐此中。

老夫非佛也非仙，耕读传家听自然，坐对门前何所有，两边修竹一池莲。

无题（三首）

往事如烟梦里寻，茫茫人海孰知音。那堪岁暮重伤我，凄绝弦琴泪不禁。

五羊城下认萍踪，细数寒山几万重。书剑飘零依旧是，深冬日色冷青松。

元龙壮气自雄豪，东海我来磨金刀。金石一言知道了，男儿红粉是同袍。

感怀

谁信当年一笑来，因风吹送下天台。世无知我方为贵，贫不如人始见才。

书画琴棋常往复，渔樵耕读尽兼偕。浮名那当三杯酒，尽日呼童醉几回。

戒鸦片烟歌

戒烟歌，戒烟歌，为君唱出泪滂沱。初食时，气调和，横床高枕安乐多。食久手头渐疏索，半吞半吐受崩波。衣服典当尽，着把烂衫拖。猴形鬼态可奈何，猴形鬼态可奈何！

戒赌歌

戒赌歌，戒赌歌，为君唱出泪滂沱。赢钱时，笑呵呵，街头巷尾亲朋多。一朝输了暗伤切，冷水淋来可奈何，冷水淋来可奈何！

【按】以上均录自罗铁牛辑录《叠石文集》（1996 年）。

赖仲康（1869—1953），海丰县城参将里人，出身于医学世家。清末监生、民国海丰著名中医。有《赖仲康诗词手稿》。

题德元堂大门

人无喻利身多贵，术不宜人名不高。祖上传来经数世，奇方妙诀教儿曹。

忆陈小岳君幼时索题《三杰图》

途中送别各从容，馈物无多酒一钟。见解李郎终得力，虬髯遂去不争锋。
【注】陈小岳，海丰县城人，民国初期粤军师长。

赠笔与林芾南翁所附俚句

制就狸毛也足夸，知君挥处走龙蛇。来朝画透三层浪，从此先开五色花。
【注】林芾南，民国海丰县著名书画家，今海陆丰各地庙宇墙壁多留有其书画。

赠剑与芷湾翁

昆吾名剑至今闻，偶尔传来喜送君。色透斗牛连碧水，光凝日月映青云。
断蛇始觉威何重，弹铗方知志不群。好为检书画烛朗，遂看背上起龙文。

无题诗

半生愁恨付波流，万里河山数月收。几岁孩童俱雀跃，三千子弟尽貔貅。
满奴到底何能力，中国于今有势头。暗嘱同心诸志士，更将声价振全球。

寄友

援南伐北尽豪雄，灭虏全凭敢死功。汉室被欺三百载，清廷谁料一时空。
乾坤此日随更泰，世事来春定转隆。军伴鸿飞天际外，井蛙笑我与偕同。

【按】 以上录自民国十年（1921）《赖仲康诗词手稿》。

吕心焯（1871—1923），字默庵。海丰县附城鹿境新南村人。清光绪拔贡生。

咏梅

暗香脉脉笔端生，点缀花枝尚有情。寄语孤山林处士，昏黄月色认分明。

咏竹

我道东坡工画竹，世间偏爱管弦人。雅园但种萧骚意，那许蛾眉画得真？

【按】 以上均录自吕心焯题于家中书橱上的墨迹。落款俱为 1915 年。

林鸣銮（1872—1946），字少锵，号守雍。陆丰县博美人。广东同盟会员。清光绪三十年（1904）甲辰科庠生。进学后开设中医药业，传之后代。曾与陆丰同盟会首领曾享平一起领导陆丰博美墟起义，占据了博美千总讯房及粮站。推翻清陆丰地方政府之后，长期在家乡从事中医事业。

留春

一岁清和在此时，赏心乐事最相宜。每当别处都难别，待到离时未忍离。
花梦常惊酴架乱，鸟音忍听鹧声啼。天如有意堪相挽，莫使良辰去后思。

【注】 林鸣銮之孙林吉祥注曰："第五句暗用'开到荼蘼花事了'语。"

圣潭

僻属南荒寄赏心，犀头山下水深沉。愚看志谷知多少，圣爱名潭乘兴临。
迹与仙桥同互古，胜偕佛穴拟追寻。离方自是文明处，夷惠清和尹自任。

剪茎作种

百谷经吾择，能生莫若薯。剪茎头异雉，作种梦同鱼。
叶至根随至，藤余实亦余。性还山药近，名合地瓜呼。
现岁三栽播，明年数廪储。人人歌大有，鼓腹喜何如？

松菊犹存

启忍忘归去，归来访我园。手栽松尚在，目睹菊犹存。
密密同前度，重重又者番。烟云迷径迹，雨露润苔痕。
鳞看他时老，香寻别后魂。渊明栖隐处，千古仰高骞。

深山何处钟

缥缈深山际，游人独听钟。清音何处起？妙韵此间从。
踏上皆青嶂，面前尽碧峰。问谁传逸响，使我溯来踪。
叠叠崔嵬石，苍苍古茂松。欲逾香积寺，佳兴偶相逢。

【按】以上录自陆丰诗词社顾问林吉祥先生提供的《林鸣銮诗稿》。

周六平（约 1873—?），晚清江西举人、同盟会员。民国初期海丰县立中学及陆安师范学校校长，钟敬文之老师。

题凿石亭

依傍皆空若建瓴，云屏遥望一痕青。苍茫我亦伤独立，秃树寒鸦凿石亭。
【按】录自钟敬文《天风海涛室随笔》（上海人民出版社，2000 年）。

林树声（1873—1941），字晋亭。海丰县城鲤趋埔人。清举人林云鹤曾孙，贡生林梦星之子。出身于书香门第。清光绪二十四年（1898），与陈炯明、马育航同榜考中戊戌科秀才。宣统末年追随陈炯明参与同盟会反清活动。民国广东政府成立后，任陈炯明秘书、审计处长等。龙济光督粤时避居香港，主办《香江杂志》。1916 年被港方逮捕，有《香狱吟》，诗作九十多首。抗战时期，避居澳门，1941 年在澳门病逝。

书怀（三首）

甫入牢笼内，咸惊狱吏纷。老僧同入定，无见亦无闻。

室小才如斗，容身觉尚宽。游神万里外，天地足盘桓。

一枕虽盈尺，梦游宇界宽。黄粱蒸熟未？监狱小长安。

劝慰诸友

寒暑暮朝迫，何堪感七情。一身山斗重，万事羽毛轻。
入狱原真佛，望云有众生。精神纯活泼，物扰只浮萍。

闻琴

何处鼓瑶琴，泠泠自远音。随风凉客思，和月托乡心。
韵逐飞鸿杳，情驰碧海深。南操尤凄绝，隐隐度遥岑。

有怀六妄

沦落思知己，晨星已寂寥。君怀高氏筑，我作伍员箫。
芳蕙怜孤秀，寒松许后凋。凉风起天末，云水又迢迢。

闻龙济光离粤

自欲王南粤，称藩作帝臣。毁章能助桀，窃据只残民。
五岭风云变，三江日月新。毒氛今扫尽，寰海净无尘。

忆潮汕之败

运筹逾百日，破衄只旬时。心力惟知尽，败成匪所期。
鳄溪弹雨冷，驼岭角风悲。惆怅中原局，繁霜两鬓丝。

忆惠阳之败

风雨夜悠悠，阵云惨淡愁。师从南坳溃，尸逐东江流。
报国惟肝胆，无民不虏囚。此心存一息，宁忍弃戈矛。

咏葡萄蝉图

西风满架曳残蝉，荒驿悲凉出塞天。万石和霜应酿酒，沙场尽醉莫言还。

纪事五

初入狱必令脱去衣服看验全身。

圭璧分明不染尘，犹将色相验全身。渔阳挝鼓同仙吏，清白何妨一示人。

有感（四首选二）

平生倔强不嫌贫，岂料蹉跎负此身。悔怪腐迁成谤史，至今货殖传生尘。

任侠成书剧可哀，占今谁是解怜才。子长囚去无人问，风雨龙门感泣来。

闻雁

一声啼彻海天秋，落叶萧萧人褴褛。征阵应排珠海去，云笺难写楚冠愁。
霜钟杂响惊残梦，月杵敲音感客游。闹煞西风太多事，送将残韵滥横流。

感怀

国事风萍几簸颠，入胎嗟坠有情天。飓波同济背危局，狼野殊心感套圈。
外城寄居仍虎口，中原何日起龙潜。艰难荆棘弥天地，为想同胞泪黯然。

闻大军克复博罗城

大军一鼓下罗城，倒海排山万马惊。鹅岭旌旗齐变色，羊城风鹤已皆兵。
驱除帝匪严天讨，恢复民权作砥平。浆食有迎惭父老，关怀我亦是苍生。

【按】以上均录自林树声《香狱吟》，载《海丰文史》第三辑。

周卜西（1875—1952），字显歧。海丰县城名园人。清光绪二十八年（1902）壬寅科庠生。设私塾于县城菜墟埔，宣传西方教育理念。民国初，任海丰教育局长。民国七年（1918），任海丰师范教师，后又任海丰中学校长。擅书法、经史、诗联。

咏葡萄蝉图

葡萄醉后兴犹浓，忘却胡氛炽亚东。人血不如蝉血热，啼声胜过五更钟。

题《松下童子洗耳图》

神仙骨相老人心，无复铅华半点侵。呼尔许由来洗耳，莽苍苍里听松音。

【按】 录自杨永可、叶良方主编《汕尾古今诗词选》（生活·读书·新知三联书店，1997 年）。

陈觉民（1876—1945），广东海丰人。广东法政学堂、日本东京法政学堂毕业。1910 年加入同盟会。1912 年任陈炯明循军司令部外交事务代表。1917 年任援闽粤军司令部少将参谋。入福建后任漳州绥署咨议。1920 年后任粤军第七路司令、第三路司令兼两阳警备司令，授衔中将。1922 年任广东省议会秘书长，8 月任省长主任秘书。1923 年陈炯明兵败，陈觉民赴香港定居。

纯如先生法家两政（两首）

小诗二章，壬申中秋书于鼓屿乾楼。

归来已是十年身，城郭犹非况论人。为怕山灵翻笑我，沧桑岂问几风尘。

物极犹疑仍不延，乾坤未是有循环。苍生如此膺多难，何处东山起谢安？

【注】 题识为"壬申仲冬，为纯如先生雅属即希正之"。壬申冬，即 1932 年 12 月。宋启秀（1881—1954），字纯如。民国山西省商联会长。

【按】 录自陈觉民扇面画《荷塘春色》题诗。

游克桢（1876—1953），字子干。海丰县（今红海湾区）田墘墟人。同盟会员。出身盐商家庭，自小喜欢读书，广交朋友。1906 年，负笈于广东法政学堂，与陈炯明是同学，在老师朱执信的介绍下加入同盟会。1911 年 11 月，与赖仲壁、周锋等同盟会员受陈炯明的派遣，参加东江起义，并与周锋等带领第九军一千名革命军光复永安县城（今紫金县）。1912 年 1 月，出任永安县首任县长。回乡后，大力兴办新兴学堂，相继开设田墘区第一高等小学、田墘区中心小学、田墘女子学校等。1942 年秋，创办白沙中学，成为当时海丰县五所初级中学之一。特聘任留法学生马介子及曾元儒、刘锦汉等优秀教员任教，先后培养了中共广东省委军委委员、红军四十九团政委黄强，全国侨联副主席苏惠（庄启芳）、中国工程学院院士黄旭华等。

送远征军

抗战声中报远征，满城士女送行旌。扬巾揭帽人归去，额手安排庆太平。

【按】 摘录于翁深在《游克桢诗赠抗日远征军》一文，原载于抗战时期白沙中学校刊《镇风》。

张友仁（1877—1974），原名胜初。惠州市惠城区桥西人。祖籍博罗县。清光绪二十年（1894），考取一等补廪拔贡。1905 年毕业于两广简易师范。1910 年，结识在省法政学堂读书的陈炯明，联名向省督控告惠州知府草菅人命。从此两人密谋革命。1905 年毕业于两广师范。1911 年任惠州中学教员，由马育航介绍加入同盟会。历任海丰县长、龙溪县长、东江财政局长、惠樟公路局长、广东公路处长、福建福泉公路局长兼十九路军工程处副处长等职。中华人民共和国成立后，任广东省文史馆副馆长，致公党第四、五届中央委员等。著有《荔园诗存》《扶藜集》《博罗县志》《惠阳县志》《惠州西湖志》等。

赠许家梅

是梅是画还是诗，铁骨寒香瘦益奇。官阁自嫌无雅趣，要从公乞两三枝。

岩公亭

宋室山河遭虏崩，永埋白骨在零丁。忠臣长逝隐名姓，月照英魂水映亭。

【按】摘自叶良方《〈题汉光武〉诗作者是谁？——兼谈张友仁在海丰推行的诗文竞赛》（岭南文史，2014 年第 A1 期）。

丁丑六一自寿（八首选二）

感恩知己岂能忘，人道将军揖客狂。倚马无才还作记，屠龙有技欲擒王。

县多桃李春重展，茶有莲花水尽香。铲削巉岩平作路，最怜奢愿未能偿。

【自注】余以空拳筑平樟公路，及劝陈竞存（炯明）出洋，两事均被人笑为狂。

【按】1937 年作品。录自《惠州志·艺文卷》（中华书局，2004 年）。

陈炯明（1878—1933），字竞存。海丰县联安镇人，后迁县城高田。清光绪二十四年（1898）戊戌科秀才。毕业于广东省法政学堂。中国同盟会员。辛亥革命时期，发动惠州武装起义，推翻清朝统治。主办《闽星》，发表新体自由诗。先后出任广东省省长、粤军总司令、中国致公党总理等。擅长政论文章、诗词等，著有《重光楼诗稿》。

纪梦诗

孤桨彻夜对愁眠，梦境迷离别一天。百世勋名难定论，千秋功业有前缘。
江山摇落增顽感，日月抱持负少年。漫道澄清成绝望，中原待着祖生鞭。

漳州遇友

风尘满目闽江头，樽酒相看话客愁。庾信有书谈北土，杜陵无恙问西州。
恩深故国频回首，诏到中原尽涕流。江左即今歌舞盛，寝门萧瑟蓟门秋。

题赠日本邮船船长

九月波平印度洋，凭君作楫渡西方。天将启汉资多难，我为椎秦正出亡。
未伏康娱酬素志，那堪吟咏对苍茫。昔人横槊空豪壮，愿为民生一较量。

【注】此诗发表于 1913 年。"资"一作"滋"。

【按】录自《海丰文史》第一辑（1985 年 8 月）。

入桂有感

已闻羽檄移青海，是处山川困白登。征北功惟修坞壁，防秋策在打河冰。
风沙刁斗三千帐，雨雪荆榛十四陵。回首神州漫流涕，酹杯江水话中兴。

迁居

卫荆善居室，三苟依其次。扬子有一区，亦足问奇字。嗟君不自谋，栖栖何所寄。故乡惊桥压，乃作江湖避。香岛涨海旁，旧是百粤地。万派吸珠江，华洋交市利。环山多佳境，天外留衡泌。去国何忍遥，眷口权安置。层楼起连云，身贫宁敢议。一枝无危巢，已满鹪鹩志。始住西摩道，幸育麟儿瑞。继迁黄泥涌，添丁复及季①。中间罗便臣，两度曾投庇。终焉居干读，高挹群山翠。有园堪种蔬，有轩酣春睡。胡为处不宁，今将中道弃。栽树未及花，编篱未完治。比邻刚识面，居停名复异。岂为择里仁，学彼孟母智。更非盗跖徒，肱箧来窥伺。逐客宁有令，频频迁何为？扰我者谁软，毋乃贫为累。侨居须计租，租短心惴惴。平生厌孔方，孔方绝交至。所以去幽栖，别我山水媚。瞻彼好庭园，闲扫红紫坠。姥姥苦邑人，狄隘万头萃。有钱足仙居，无钱丧狗类。孔方汝为政，此非吾所识。吾道有安宅，方寸饶寝馈。身外何所营，顾我万物备。俯仰岂不宽，俟命恒居易。穷通一布衣，宝贵双敝屣。孔方我为政，此非汝能祟。天地一大庐，物我同广被。人事别荣枯，世道真儿戏。安得劫灰尽，假我太平致。四海撤藩篱，万邦泯夷陂。农者名其田，工者名其肆。人人乐春台，家家喧鼓吹。老夫独厄穷，易此群生遂。斯愿了何时，茫茫问天意！

【自注】①余年四十一，始有男儿，今三子，皆在港地出生，亦一奇缘。

【按】录自《迁居庚午正月作》［载于林忠佳《有关陈炯明资料》第 7 辑（1996年）］，以及《迁居》［载于段云章、倪俊明《陈炯明集》（中山大学出版社，1998 年）］。

五古一百韵

民国年廿二，近日正首岁。天地气沉沉，难语吉祥瑞。柏酒聊自斟，一腔余热泪。且漫颂椒花，为君述国事。自从九一八，东北起烽燧。胡马自东来，满洲任骋驰。惜哉崇祯亡，阃寄于三桂。城守笑张巡，棘门袭徐厉。万里辽吉黑，崇朝拔汉帜。晋岂有遗言，君何三舍避。从兹生戎心，烟海频窥伺。觊觎我山东，蹂躏我直隶。闽广胁楼船，吴淞践铁骑。投鞭夸断流，超乘慢过阓。气焰臭熏天，址距高迫世。天诞蔡将军，是我神明裔。百战转山河，千军挽强臂。两粤多健儿，三军尽鹰鸷。敌忾赋同仇，国人争奋袂。弦高犒以牛，卜式输以币。子文毁其家，木兰展其骥。一战盐泽逃，再战野村溃。万人歼庙行，泽田遭惨败。骨暴砂砾中，指掬舳舻内。遁逃草木惊，甲弃而兵曳。捷报羽书传，举国人仰企。自此一役后，声威播海外。鼓声乘衰竭，何难返侵地。岂意当国者，西蜀如虎畏。纳币请求和，徒奖他人志。禁示事苟安，强抑吾民气。少保能克金，金牌取而代。信陵谋救赵，兵符窃不遂。及闻枪炮声，胆落心惊悸。卷甲走洛阳，金陵急弃置。请援援不来，呼救救不至。浏河势所争，要塞无兵备。长江本天堑，铁锁久弛废。三军无奈何，退守谋自卫。退守岂堪言，非关战之罪。吴淞地平衍，无险可藉庇。朣朦江上来，东风天不赐。战久筋力疲，摧坚无利器。众寡势悬殊，攻守判难易。凭吾血肉躯，当彼新式械。两手握拳空，一身生胆大。所持气镇静，全凭心激励。坚守两月余，曾无一步退。休哉此战勋，精神万古寄。北望长春城，溥仪复称帝。窃号号满洲，重创君主制。龙旗翻五色，夺我共和旆。神州叹陆沉，东北先失坠。南望越王乡，又自成一系。西南设政府，山河甘破碎。拒秦作壁观，拥兵争翼戴。釜煎急豆萁，墙阋自兄弟。西望日内瓦，国联频开会。条款议纷纷，空谈事何济。弱国无外交，千古同一例。岂有乞人怜，不为人睥睨。东望日扶桑，谋我心一致。劣货拼倾销，百出其诡计。威迫我义军，利诱我败类。弱兼而昧攻，宰割同高丽。中望鄂湘赣，赤焰火云炽。流毒遍四海，万人被蜂虿。鼙鼓动地来，中原常鼎沸。黄巾生汉末，流寇乱明季。外患又如此，内忧复丛荟。倘能事刷新，乱丝犹可治。岂知执政者，瓜稀再摘蒂。内政竟如何，欲语先流涕。以言我党政，蛇鼠相朋比。又复门户分，东林与牛李。倾轧日纷纷，党同而伐异。问谁是公忠，左右为私利。以言我民政，猛虎苛难譬。法密网愚民，赋重征酷吏。渤海遍萑苻，河阳无花卉。哀哉此茕独，俎上肉有几。以言我军政，上下心猜忌。捭阖说纵横，兼并角愚智。杯酒难释兵，郡县割成裁。周复以诸侯，唐乱于镇使。以言我财政，府库叹穷匮。三军无见粮，五马无糇糒。仰屋徒兴嗟，取给于租税。征敛重复重，不顾民凋瘵。中华看如此，安得不轮替。吁嗟我国民，何事敛手毙。当此气象新，万物转焕蔚。河畔柳铺金，阶除薜草翠。惠我新青年，乘时涤垢秽。青葱发陇头，垂垂花结穗。醒起雄狮梦，展拓大鹏翅。使我中华国，山河长带砺。老夫虽厄穷，于心亦少慰。斯愿何时偿？茫茫问天意。

【按】录自《廿二年元日作五古一百韵》［载于林忠佳《有关陈炯明资料》第 7 辑 (1996 年)］以及《五古一百韵》［载于段云章、倪俊明《陈炯明集》（中山大学出版社，1998 年）］。

冬寒偶感七古一章

雨雪霏霏风箭镞，冻合玉楼寒起栗。宴醉王孙拥被眠，炉香暖麝鸳鸯褥。可怜长安乞食儿，瑟缩街头百结衣。朱门托钵乞余沈，向阳扪虱坐檐楣。夏日炎炎冬日雪，天教寒暑穷人设。涤暑清风不值钱，消寒无计冲凝冽。誓将缝纫洛阳裘，幂尽东西南北州。使天日日春和煦，卒岁曾无衣褐忧。

【按】载于林忠佳《有关陈炯明资料》第7辑（1996年）以及段云章、倪俊明《陈炯明集》（中山大学出版社，1998年）。

赋祝叶举健康兼简仲伟并序

庚午元日仲伟过道，若卿致候出示近稿，比物赋志，别具机杼，既喜其霍然，为赋长句一章，申祝健康，兼简仲伟。

民国庚年年十九，民俗犹循寅岁首。爆竹迎新万户喧，我亦随俗斟柏酒。故人纷纷贺岁来，须臾座客满庭牖。中有曾子字狷公，腹笥便便容二酉。冲寒渡海走相谒，贫不能车山又陡。体胖足重行路难，未免蹒跚如鳖走。入门喘息气如虹，不辞跋涉意良厚。为问叶君近若何，龙马精神回复否？曾子闻言座中起，云是达人能消受。收拾忧患入禅心，排遣病魔开吟口。今晨珍重托寄声，祝公幸福高冈阜。陈词未毕向怀探，一纸新诗持在手。我生草草作劳人，悔与风雅暌违久。元日忽睹己巳作，字落尺素皆琼玖。啼血谁怜子规悲，声嘶竟与驽骀偶①。蚤知天公无治意，曷不归去啸林薮。天寒岁晚荒城下，太息肝胆向谁剖？忆昔幕府多才将，唯君缓带殊趄趔。能读父书露头角，远承家训矜操守。况兼公望与公才，早识功人非功狗。廿年倚畀比长城，付以专阃无掣肘。一战而伯百粤安，拾桂如遗谁出右。功成不肯居人先，身退恒恐落人后。自从解甲息海隅，风骨棱棱益不苟。卫青客散人安在，节序来省山中叟。亲不失亲世所难，故不忘故今安在。我闻昔贤有诗名，工力不关才几斗。清风亮节为之根，行谊直与古人有。吐作光艳万丈长，俯视六朝同瓦缶。君今晚作更老成，风格与俗同科臼。玉树归风有逸姿，新荷出水无尘垢。固知好修以为常，岂事雕虫寻腐朽。去年造化好嘲弄，故遣小儿来缠纠。今年刀圭乞得灵，百珍潜藏不敢蹂。养生只合向庖丁，服饵何须求菊杞。孰道芙蓉可驻颜，怕汝何郎不深黝②。宁学弹琴慰消渴，春风□影看佳妇。君不见昨夜东风春已回，宋王台畔青归柳。着意吹枯枯欲生，物我一理同仁寿。好趁晴和风日美，藻饰乾坤休负负。偶然得句取自娱，遄向伧夫论妍丑。江湖避地相濡沫，忽忽六稔数乙丑。感君意气何所赠，剩有一言难记取。不妨随兴赋□公，但毋呕心忧李母。愿君食熊日日肥，健如耕牛胜百亩。龙蛇起陆赤手搏，好把精神重抖擞。

【自注】①君病血失声，原作有鹃啼马嘶之句。②君作有芙蓉膏之劝，诚是。

【注】1930年春节，叶举因病不能到陈炯明处拜年，作诗一首托人呈送陈炯明。1月30日，陈炯明阅后作此诗回复。

【按】载于林忠佳《有关陈炯明资料》（1996年）以及段云章、倪俊明《陈炯明集》（中山大学出版社，1998年）。

答周善培诗

玄黄血战乾坤里，诸暨先生高卧矣。达尊三分有其二，老向林泉娱德齿。独抱遗经忧晦荒，手演象学无诸子。摩天意气自昔雄，思易滔滔廿世纪。即今天下犹待援，来餐周粟何足耻。世儒说义误君臣，遂使湘乡延清祀。我闻盛世无遗老，东海北海盖归耳。大老不归天地屯，枉教真人思猛士。潜龙勿用会有时，老骥岂忘志千里。平原草绿春正回，莫恋沧江呼不起。海内英雄属使君，大儿小儿供驱使。吾学归根本一仁，贵将立达推自己。洁身乱伦圣所讥，请辞梅鹤从君始。我来高丘寻淑女，上下求索情非已。前有太行后巨川，谁把先路开骝骃。彗星拂地光熊熊，鳌绝间间农辍耔。青天白日鬼叫号，安得净土谋良耜。忍看小民赋偕亡，岂惟无义恶不仕。金陵皋窃方争牙，投以巨石不足恃。穿墉毁屋意中事，须有良谋固基址。中原才俊半老成，借箸前筹多近似。龙蛇起陆赤手搏，全凭正气充顶趾。劝君为国毕忧虞，毋须戒途畏行止。三月好风吹自南，引我故人来有以。岭表风气要人开，天若有情天亦俟。玉川破屋虽乌有，杜陵盘餐幸近市。满作平原十日游，亦令程门多狂喜。同人于野拜嘉言，勉荷天衢饶至理。元气淋漓笔底收，愧我望洋迷涯涘。卅年草草作劳人，晚晦余事荒文史。罗浮梅讯趣归装，行当拔棘艺桃李。相期忠信济风波，别后毋忘寄双鲤。

【按】 录自《孝怀先生倚声赠别戏答古体用昌黎寄卢同韵》，作于 1930 年 3 月。载于林忠佳《有关陈炯明料》第 7 辑（1996 年）以及段云章、倪俊明《陈炯明集》（中山大学出版社，1998 年）。

释圆瑛（1878—1953），法号宏悟，别号韬光，又号一吼堂主人。俗姓吴，名亨春。福建古田县人。自幼聪颖，诗文过目成诵，乡人目为神童。十八岁考中秀才，萌生出家之念。翌年，决意皈依佛门，遂至福州鼓山涌泉寺出家，后转至雪峰寺为僧。宣统元年（1909），接任浙江鄞县接待寺住持，曾返涌泉寺开讲《护法论》，在禅林中崭露头角。民国十七年，被推为刚成立的中国佛教会主席。民国三十四年（1945），在上海创立圆明楞严专宗学院，自任院长，培养大批高级佛学人才。1953 年 6 月中国佛教协会成立，被推选为第一届会长。其作品见《圆瑛大师文集·诗存》。

咏春诗

三月风光法界新，桃红柳绿斗芳辰。千花万卉同生意，大小根茎一样春。

海丰龙山准提阁石刻诗（两首）

人间何处清凉境，大白巍然海上山。万丈红尘飞不到，峰峦密密护禅关。

秋月圆明挂碧空，清光一段古今同。十分高洁浮云净，万象都归朗照中。

【按】 录自洪启嵩、黄启霖主编《圆瑛大师文集·诗存》。

黄立庭（1878—1961），字学礼。海丰县城和荣人。清光绪十八年（1892）壬寅科贡生。笃研经史，擅诗联。

感怀

我欲呼号问彼天，登城谁使敌人先？东夷满地传金鼓，南国千家断火烟。
奋勇未闻将寇退，求荣反说是横连。春秋论罪严巨首，须斩蒋汪岂不然！

【按】录自《汕尾古今诗词选》（生活·读书·新知三联书店，1997年）。

何香凝（1878—1972），原名瑞谏，号双清楼主。南海人。为同盟会第一位女会员，廖仲恺夫人。近代杰出画家。著有《双清文集》。

香港沦陷回粤东途中感怀（两首）

水尽粮空渡海丰，敢将勇气抗时穷。时穷见节吾侪责，即死还留后世风。

万里飘零意志坚，怕为俘虏辱当年。河山不复头宁断，逆水行舟勇向前。

【按】摘录自笔者《何香凝汕尾脱险记》，载于《山海乡魂》（中国文联出版社，2003年）。

马育航（1880—1939），字用行，号继猷。海丰县城人。清光绪二十四年（1898）戊戌科秀才。海丰速成师范学堂毕业。1910年加入同盟会，与陈炯明等创办《海丰自治报》，宣传反清革命。武昌起义爆发后，参加光复惠州之役。1922年，任粤军司令部中将总参议、广东省财政厅长等职。1925年粤军被国民革命军东征军击败，随陈炯明隐居香港。有《用行诗稿》。

二十一年秋夜莫君纪彭新迁小屋招余及吴君涵真拥月互谈五律六首纪之

苍天不可问，只合眼前嬉。明月知人意，新乔备燕私。
论时虽痛切，解甲早委蛇。莫放秋风过，秋风能展眉。

【自注】吴君前系军官，解职多年，对国事备极留心。座中所谈，大都为国家大计，故曰论时痛切，解甲委蛇也。

清兴消磨尽，劳人不识秋。百年赢此夜，一阵逐残愁。
籁静余风露，天高失斗牛。罢谈频起视，明月总当头。

室雅何须大，月明不厌多。光华被表里，亲切看嵯峨。
院草荣还绿，篱风爽亦和。茶余尚满兴，休问夜如何？

【自注】莫寓在九龙塘，四围均有石山，故夜中月明，看山亦亲切。

唤起嫦娥兴，来参今古谈。释迦低首退，罗素悉心湛。

精理通言笑，生民论苦甘。万方同一听，狮梦莫沉酣。

【自注】莫君谈锋甚健，对佛教大加抨击，以为国势如此，提倡佛教转速危亡，较吴稚晖排泰戈尔尤为透辟。

八表共天地，今宵气概同。迷蒙望口北，昏晦认江东。

身寄殊方外，秋居半岛中。乾坤何日净，到处桂花风。

万斛伤时泪，收干看月明。吾徒自漂泊，秋色倍峥嵘。

洒脱人间世，殷勤天地情。平生笑屈贾，努力向前征。

【自注】屈原贾谊，遭时不遇，未能突破环境，满腹尤怨，殆非青年模范。人类之可贵者，在能战胜环境，努力向前也。

【按】以上均录自马育航《用行诗稿》残篇。

西湖（两首）

无端又到湖心亭，湖水湖光倍有情。人物山川多厚福，勿劳费力苦经营。

将军罢后便无忧，何各重来苦追留。军政工商相接踵，可怜忙煞百花洲。

【按】摘录自《百花洲之一夕谈》（1922 年），载于《汕尾市人物研究资料》（陈炯明与粤军研究史料）。

为陈竞存先生五十四诞辰爰赋六十四韵以寿之

当代犹多乱，匡时应有人。将军自矫矫，天与必谆谆。

声誉威鸣凤，图书壁杂鹑。生涯原克苦，头角早嶙峋。

旭日当心誓，秋兰刻志纫。议场新脱颖，初羽正扶轮。

可否争忘祸，安危视等尘。两肩挑重任，一士压群绅。

力战降三镇，收功及二旬。九霄排直上，万里破无垠。

猛虎威加粤，雄鸡鸣唱晨。八方开泰运，一气转洪钧。

政体空前革，皇权向后逡。当时局破碎，众绪乱纷纶。

入市行衷甲，司农食计寅。义师拯水火，阔斧斩荆榛。

喘息初休止，氛祲又荐臻。奸雄窃大器，洪宪劫王臣。

窗北筹筹定，天南车马辚。分符剿雄尾，归国削龙鳞。

历气闻风灭，忠心护法纯。督军恶共济，应瑞海同遵。

孤诣身撄敌，轻师夜入闽。有疆四野治，开府万民亲。

珍重韬藏豹，讴歌趾是麟。前驱任建设，下马益忧勤。

遗爱恩留树，余辉德照邻。姜齐方妒鲁，獯鬻竞图幽。

垂泪重投袂，横戈起卧薪。果然一服八，恰是主挥宾。

呼獝误同泽，迎枭踞要津。虎威余悉假，鱼目乱能真。

大法自埋揜，伤痍失抙循。儿皇甘没辱，国步更遭迍。
哀漏铜壶滴，惊心赤字沦。乱华谁负责，杀岳岂无因。
舆论秦方楚，盗窝跖当神。屈骚身察察，桀犬声狺狺。
直道埋君子，多才遭不辰。涂肝人困苦，呕血事酸辛。
展足前途棘，焦思满颔银。如公宁馁气，造物总归仁。
那有书生蠹，何曾首要蟒。风应重卷土，天使觉斯民。
知命才过世，腾身莫怨频。提纲莫琐琐，接士必訚訚。
周旦发长握，信陵酒弗醇。赴机惟勇决，分肉悉平均。
岂是池中物，原来席上珍。望云都护汉，维岳是生申。
知管非经渎，助瑜应指困。今朝为国寿，互庆八千椿。

【按】 录自《用行书稿》残篇。

黄秋波（1880—1950），海丰县公平墟人。广东南拳大师刘梅徒弟。善武能文，乐善好施。笃信佛教，建有万佛楼，内种数十盆菊花，经常在此宴请县内文人墨客，吟诗作对。

爱菊

万佛楼上百花馨，唯有傲霜最贴心。莫怪秋波爱钟菊，陶公笑我是知音。

【按】 录自杨永可、叶良方主编《汕尾古今诗词选》（生活·读书·新知三联书店，1997年）。

林剑虹（1880—1950），原名国琛。海丰县梅陇人。清光绪二十六年（1900）庚子科秀才。后于番禺师范学校、广东省高等警备学校毕业。同盟会员。曾佐陈炯明戎幕，参加过黄花岗之役和惠州战役，功勋卓著。1925年9月，任海丰县长。后任碧甲盐场场长。1942年，创立梅陇私立梅峰初级中学，常与诗友吟咏自乐。1950年下世，享年65岁。著有《林剑虹诗稿》。

江楼迎月

玉壶澄澈地天宽，迎风江楼共尽欢。万顷晴光浮海上，九分秋色落毫端。
当筵赌酒情弥畅，斗韵联吟兴未阑。乐事尚容寻劫罅，漫嗟水剩与山残。

【按】 录自《林剑虹诗稿》。

黄琴轩，海丰县城人。海丰县议会议长，黄杰群之兄。广东海丰县同盟会主要骨干黄杰群之兄，1921年任县参议会议长。

与友弟杨品三题登凤山有感

凤山携手快登临，触我悲秋吉士心。大海回澜生紫气，浮云蔽日送清阴。

酒逢知己休嫌醉，句不惊人易赏音。好趁天高鹏翻健，风流文采莫消沉。

【注】原编者按："作于1921年。"

【按】以上录自吕钢编印的《吕展如诗集残编》（手抄稿，1996年复印件）。

黄杰群（1881—1971），名鹤鸣。海丰县城人。同盟会员。早年任《陆安日报》主编，后执教陆安师范。为海丰文坛耆宿。

除夕感怀

深悔从前汗漫游，于今春梦醒扬州。一生多累如斋赘，百感交乘类楚囚。

爱士陈蕃频下榻，思家王粲怕登楼。惊心腊鼓咚咚报，无限风光在后头。

感怀柬马芷湾兄

十年奔走笑徒劳，浮海南来重缔袍。嚼味甘同餐果荔，论交醉欲近醇醪。

湖心对镜评真璧，月下磨锋试宝刀。我是燕京屠狗辈，轻歌声透碧云高。

【按】以上录自民国十年《赖仲康诗词手稿》。

马芷湾（？—1939），名湘魂，字柱屏。海丰县城人。清末拔贡生，毕生任教，诗名夙著。中青年时期出外到南洋诸国游历。晚年在海陆丰各名校任教，或在家开私塾，培养不少青年翘楚。1939年，在海丰县城关帝庙前被日本侵华飞机炸死。著有《古竹居诗》。

评韩信

不管弓藏与犬烹，一生都是恋功名。笑他云梦归来日，犹向君王论将兵。

咏六夕

盈盈一水绿微波，鹊未填桥奈渡何？为问牛郎今夜意，有无遗恨怨天河！

和赖君（赠笔与林苇南翁所附俚句）

挥尽千军得管城，指挥从此任纵横。投之所向均如意，直许文坛作主盟。

田家竹枝词

锄雨犁云活水滨，一生消受是芳春。时人不识田家乐，翻得陌头慰苦辛。

题梅（三首）

江郎彩笔善传神，聊为梅花一写真。吟到罗浮林下事，师雄知否是前身。

门外森森百尺松，最嫌山上杂芙蓉。芙蓉不是神仙品，只有梅花始静容。

一年一度一番新，带雪丰姿倍有神。遣个黄蜂篱外去，归来报道探花人。

和吕展如《古竹居》

休嫌托迹近尘寰，晴雨无心总不关。古竹名居缘避俗，长松绕砌可经寒。

养鱼多半贪娱水，排石都因好乐山。更比诗人尤自得，不须十亩也闲闲。

【按】摘自民国初期《赖仲康诗词手稿》以及吕钢编印的《吕展如诗集残编》（手抄稿，1996 年复印件）。

和韵答黄杰群贤弟

莫涉风波便厌劳，今朝正喜咏同袍。破颅不惜流鲜血，壮胆何须醉酒醪。

若辈登场空傀儡，几人成事下屠刀。闲常试与婆娑剑，剑气争干日月高。

【按】摘自民国初期《赖仲康诗词手稿》。

陈显周（约 1881—1946），海丰县捷胜镇（今属汕尾城区）郭厝寮人。清同治年间贡生。

题汉光武

十二帝西十二东，天留半截待英雄。骑牛逐得中原鹿，莫怪冯侯不论功。

韩世忠游西湖

谗言时出佞臣口，解甲归来唯纵酒。驴首冲开湖上云，免教重听莫须有。

范蠡泛舟五湖

只图远害不争名，逐浪随波自在行。万顷茫然谁伴侣，白蘋红蓼订鸥盟。

【按】摘自叶良方《〈题汉光武〉诗作者是谁？——兼谈张友仁在海丰推行的诗文竞赛》，《汕尾日报》。

许兆寅，号斗初。海丰县捷胜镇（今属汕尾市城区）北门人。清光绪年间岁贡生。少年即以工诗著名，于三十多岁考中秀才后，赴惠州丰湖书院攻读，师从广州翰林何其敬，至四十多岁始中岁贡。他是粤东著名画家，书法尤专魏碑和隶书。擅画梅花，尤擅长墨梅。与同乡林大蔚齐名，并称"林家竹、许家梅"。晚年在捷胜设尊经书室，以教终生。诗书画俱精，时人号称三绝。有手书《浣雪斋诗草》，现存残篇。

自题梅花图

铁笔写瑶枝，别饶冰雪姿。春风消息好，数点见神奇。

墨梅风

我爱梅花风，吹送入帘栊。芳魂不可捉，落瓣认遗踪。
洒向冰瓯畔，飞来墨沼东。一般清气味，妙在不闻中。

墨梅

百花头上品，落纸幻云烟。冰雪浑真相，胭脂谢俗缘。
寒疑栖老鹤，瘦恰认癯仙。笔墨前身契，精神付尺笺。

题汉光武

解纽皇纲十八秋，江山管治已非刘。真人果是中兴主，汉水东连洛水流。

梅花诗

索画虽成又索诗，枯肠搜尽两无奇。半生画债兼诗债，墨汁淋漓春一枝。

题梅花图

雪如银兮梅如银，群花不敢展精神。梅兮信具神仙骨，却自昂头破早春。

题画

此君仰是调羹种，未论调羹品已高。我为爱君成画债，岂知诗债又难逃。

题菊

不索胭脂不索梳，依然蓬鬓倚东篱。花兮何事梳妆懒，岂为怀秋别有思？

墨竹

傍石穿岩竹数丛，拈毫描写淡兼浓。墨波洒到烟浓处，疑是云深欲化龙。

梅鹤图（三首选一）

梅花清瘦鹤清奇，逋老家风品格题。夜静一床清入梦，神仙雅况孰之知。

墨梅（五首）

曾到罗浮访美人，美人对我说前因。师雄去后无知己，频嘱阿侬为写真。

可人不事写胭脂，淡墨轻描便合宜。品到极高谁解识？北窗只有月相知。

廿载拈毫遽返真，癯仙与我结前因。一杯醉墨浓和淡，铸出江南大小春。

百花如梦此先胎，玉蕊今从笔蕊开。满幅春痕天地气，毫端挟得一阳来。

三昧悟来墨迹奇，毫痕写出淡烟枝。君家若问江南信，一幅春魂见旧知。

正月拟欲画梅有感不果

安排笔墨写新梅，时事关怀蕊懒开。梅道先生何必尔，窝中安乐即瑶台。

戏赠谢铁芗先生嘱画墨梅，先生年六十五，而继室才三十余，因题

嘱写梅花春正新，先生信是惜春人。虬枝虽老花偏嫩，笔底春风别有神。

予性喜吃茶，借画梅写意耳

画梅甫就强吟诗，莫润枯肠苦索思。呼仆烹茶茶告罄，拈毫空捻数茎须。

步韵答张友仁县长（二首）

清新俊逸庾鲍诗，敏捷才犹子建奇。独怪乾坤春一体，如何分作北南枝。

为君索画苦无诗，有画无诗未见奇。江南寄赠梅花句，尺幅春痕访一枝。

【按】以上均录自作者手稿《浣雪斋诗草》等。

赠何次韩的梅花图

戊午春画于遵经书轩，并题次韩大兄先生嘱画并政。

画梅说要老，写花须少好。老少两相宜，休分春迟早。早好迟更好，笔墨寄怀抱。迟早总算春，老少皆天造。识破造化机，于予何烦恼？

【自注】翁年老而健，心旷而慈，投契忘年，肆情诗酒，晚景一快事也，爰乐为之赋云。

【按】戊午春，即民国七年（1918）春，录自许兆寅画赠何次韩梅花图。

画梅叹

画梅人说老，梅老花还好。人岂不如梅，春风有迟早。笔墨结姻缘，个中参妙道。管城别有春，时时供挥扫。落纸散琼瑶，和羹拟国宝。只为托孤山，不得摘怀抱。熬雪兼炼霜，精神本天造。置身极峰巅，与世无烦恼。吁嗟乎！安得与世无烦恼？

【按】录自许兆寅梅花图题款等。

何次韩，海丰县捷胜镇（今属汕尾市城区）西门人。清光绪年间贡生。擅书工诗，颇自负，性诙谐。

题斗翁画梅图有序

昨乞斗翁画梅墨宝，蒙赠赋诗，回环朗诵，觉神游象外，而意恰在个中。可知南北枝头，暗香浮动，先后已见春浓。余喜逋仙雅兴不歉，阿侬遂呵冻笔，聊搜俚句以解嘲。

先生画梅兼画骨，一株两株神出没。濡染大笔似淋漓，暗香浮动黄昏月。

【自注】何次韩氏题于湄园西窗。

【按】录自许兆寅画赠何次韩梅花图题款，载于赖杉昌《一幅珍贵之画　三首隽永的诗》。题目为编者据上述序言而拟。

吕展如（1881—1951），幼名鸥。海丰县附城鹿境乡绅，后移居汕尾港教书为生。善诗词，工书法。有《吕展如诗集残编》（手抄稿，1996年复印件）。

丁亥除夕感怀（十首选四）

三百六旬同逝水，大千世界寄蜉蝣。英雄名士空今古，只算轮回又一周。

地老天荒剩此身，茫茫人海尚风尘。休嗟逝水流如许，来日艰难又一旬。

万户无衣忍岁寒，几家无米叹更难。灶觚软语呼儿慰，煨芋元朝饱一餐。

儿时滋味最难忘，不睡欢呼母在旁。五十年来沧海变，卅年除夕未还乡。

秋兴（八首选三）

瑟瑟西风动远林，无边落叶景萧森。苔阶碧晕连朝雨，梧院青敷数尺阴。
灯火满地沉夜色，鼓鼙四野动秋心。新霜侵鬓罗衣薄，几处人家急暮砧。

尘埋芳草玉钩斜，回首前游感岁华。捷径南山虞复辙，横流沧海漫副槎。
囊空尚载残年稿，灯炧微闻远堡笳。凉雨空阶鸣蟋蟀，又看篱豆着疏花。

荒台独立对斜晖，数点青山入望微。在谷幽芳惟自赏，出笼樊羽已高飞。
学诗倘许余年假，投笔从知宿愿违。多少饿鸿方待哺，何堪裘马决轻肥。

游坎白城有感

坎白城高气势雄，登临遥望海天空。百年棋局颓垣里，万顷波涛返照中。
关帝有灵存古庙，公园无主剩芳丛。伤今吊古缘何以，且向渔矶问钓翁。

题古竹居

遥遥想望得来真，书是传诗信有神。万里思归兼送客，十年为别又怀人。
黄花过日难回首，丝柳随风叹此身。怕误杜陵怀白也，如君高调更清新。

【按】以上录自《吕展如诗集残编》（手抄稿，1996 年复印件）。

　　陈蔼如（1882—1950），字春熙。海丰县捷胜镇（今属汕尾市城区）西门人。清宣统元年（1909 年）己酉科第二十三名贡生。先学武，中武秀才后弃武从文，时称"武秀文举"，终生设馆执教。擅书工诗，有诗作多首传世，是一位富有传奇色彩的文人。

题韩世忠游西湖

渺渺烟波酒一壶，西湖驴背宋臣孤。英雄洒尽穷途路，可有人知曲意无？

申包胥哭秦廷

纪良妻哭感城崩，复楚包胥泪洒庭。嫠妇孤臣同一哭，千秋忠烈炳麟京。

咏花木兰从军

辞亲万里控征骓，十二年来奏凯归。到底天心怜孝女，不教青冢泣明妃。

题许兆寅梅花图并序

斗翁借梅以写意，韩翁得画而传情，彼此唱酬，已见意在笔先、神流墨外矣！然燕许手笔，何等淋漓；官阁吟香，依然韵事。其为目中之梅耶、心中之梅耶？余不能知其真相也。逋仙耶、赵老耶，又安能知其奚若耶？漫成俚言以博一粲。

南枝先放北枝迟，心事分明画与诗。笑问先生修福处，几生修得美人知？

【自注】时戊午花月培兰馆主陈蔼如题。

【注】题目为编者据序言之意所拟。

和友人《梅蝉图》原韵

四百梅花访碧峰，罗浮路远白云封。月明林下非前梦，图索蝉头若旧逢。
鬓影难消高士气，钗痕剩得美人踪。怜寒孤鹤今何在，地老天荒独懊侬。

悼友

少微星陨海南昏，笛咽山阳涕泪吞。月忍北窗留小影，梅凋东阁吊残痕。
骑鲸此日游仙岛，化鹤何年返故村。风雨潇潇宵寂寞，几般剪纸为招魂。

咏故乡

一城如斗傍山丘，岭表钟灵此地收。龟海碧波盈万顷，羊峰翠黛壮千秋。
夕阳西照禅宫古，风景南来隐洞幽。最喜娄湖漂胜溉，昂然石狗镇中流。

怀旧

酒绿灯红忆去年，桂香蝉鬓女如仙。传杯竹叶莺声媚，摇艇瓜皮蝶梦联。
风月何人翻欲海，雨云愧我补情天。何时垂泛珠江棹，一刻千金醉绮筵。

【按】录自何秀锄主编的《捷胜诗词选》（作家出版社，2008 年）。

刘吉如，海丰县捷胜镇（今属汕尾市城区）西门人。清光绪年间庠生。（具体参见《汕尾古今诗词选》）

红莲

六月西湖浴暑天，碧波纹里采新莲。小娃抹得胭脂脸，偷对莲花暗比妍。

【按】录自杨永可、叶良方主编《汕尾古今诗词选》（生活·读书·新知三联书店，1977 年）。

彭寄渔，生卒年不详。海丰县捷胜镇（今属汕尾城区），清末秀才。（具体参见《汕尾古今诗词选》）

评韩信

汉家拜将枉登台，一世功名安在哉？谁道英雄成局好，怜伊烹狗不归回。

【按】录自杨永可、叶良方主编《汕尾古今诗词选》（生活·读书·新知三联书店，1977 年）。

林晦庵，字竟生。海丰县捷胜镇（今属汕尾城区）人。清末贡生。（具体参见《汕尾古今诗词选》）

无题

坠地今将七十秋，如斯逝者叹川流。孟门齿德三尊贵，阙里儿童五伯羞。
让我逍遥双蜡屐，凭谁笑骂遍同舟。人生但恐惭衾影，此外荣枯那足忧。

遣怀

独坐楼中思悄然，儒冠误我不名钱。家贫莫展新生计，履厚方堪慰暮年。
蕉鹿明知身是梦，醉醒却觉境飞仙。只今岁月消磨尽，特地扬州在眼前。

读《陆放翁诗集》感赞（二首）

一斑金豹管中窥，宋代名家陆子诗。天地长留公不朽，宫墙外望我无疑。
千秋北面称私淑，只字南窗爱护持。但愧便便少腹笥，屠门大嚼空襟期。

浪迹尘寰类转蓬，桥霜店月学吟风。惊人句语传工部，热我心香是放翁。

大笔淋漓涵雅度，满腔怨愤表孤忠。窗前展读如亲炙，三沐三薰味不穷。

【按】录自杨永可、叶良方主编《汕尾古今诗词选》（生活·读书·新知三联书店，1977 年）。

林荫庭，海丰县捷胜镇（今属汕尾市城区）人。清末贡生。（具体参见《汕尾古今诗词选》）

题岳飞奉诏班师（二首）

誓捣黄龙志未伸，金牌十二诏归频。郾城胜战功谁毁，带恨班师取义仁。

贼桧甘心主议和，访公误国起风波。十二金牌诏归旅，忠心怎奈贼心何。

【按】录自杨永可、叶良方主编《汕尾古今诗词选》（生活·读书·新知三联书店，1997 年）。

比丘根慧，民国初年捷胜西山得道庵和尚。相传出家前为北方军阀一位师长，因看破红尘而剃发。

挂锡西山乐有余，到头名利总空虚。山僧自愧根底浅，六贼纠缠费扫除。

【按】录自捷胜镇得道庵摩崖石刻。

林襄侯，民国初期海丰县捷胜镇（今属汕尾市城区）文人。

经从古佛撰，妙法石能转。这里探禅机，恍然头一点。

【按】录自捷胜镇得道庵摩崖石刻。

姚雨平（1882—1974），原名士云，字宇龙，号立人。广东平远人。南社诗人。清光绪二十九年（1903）秀才。1905 年考入岭东同文学校。同年入广州黄埔陆军中学。1907年加入同盟会。1911 年筹划辛亥广州起义（黄花岗之役）时任调度课长。广东光复后任广东北伐军司令、第四军军长。授陆军中将，加上将衔。二次革命时在上海参加讨袁。1931 年后任国民党中央执行委员会训练部党员训练科长、国民党政府监察委员。1944 年后任国民党政府顾问。中华人民共和国成立后，担任广东省人民政府参事室主任，在广州文史馆任职。民国廿五年（1936）春，重游坎白公园。

寄陈公炯明

百花洲上影模糊，不听莺声听鹧鸪。铁像何如铜像好，凭君点缀此西湖。

【注】1922 年，陈炯明避居惠州西湖百花洲，姚雨平奉孙中山之命赴惠州晤陈。陈知姚来意，默然良久，共泛舟西湖。姚书赠一联云："征西奔走劳鞍马，扫北归来理钓丝。"陈炯明亦书一联表明心迹："卖剑买牛，耕凿遥承庇荫；放刀成佛，菩提不及尘埃。"姚雨平见难以说和，遂悻悻而归。作了此诗寄给陈炯明。

【注】录自苏乾主编《粤海挥麈录》（上海书店，1992 年）。

题坎白公园石刻诗（三首）

坎白城空瘴海天，荒园木石尚依然。昔时弹厂今何在？此地销沉已十年。

□□变化扫残灰，此地曾经□□来。留得公园非私有，大家相与上春台。

陆沉岌岌悯神州，谁遣江山抱杞忧。国难未纾游兴浅，诗人也要赋同仇。

【按】录自汕尾市区坎下城摩崖石刻。

柳亚子（1887—1958），名慰高，字稼轩，号弃疾、安如子等。江苏省吴江人。清末秀才。同盟会员。创办并主持南社。主张革命，是现代著名诗人。曾任中国国民党革命委员会中央常委，全国人大常委、中央文史研究馆副馆长等职。著有《磨剑室诗词集》《磨剑室文集》等。

挽彭翊寰先生

矫矫彭夫子，丰裁迥不群。鸾翎怜易锻，龙性故难驯。
本具荃兰德，翻遭萧艾焚。珠江呜咽水，休更怨红军。

【自注】一九二七年红军破陆丰县城，先生走避河婆。复为剿共军队所害。故结联云云。亚子。

【按】录自《陆河文史》第三辑第 64 页附图柳亚子挽联书法。

流亡杂诗（六首选二）

一姥南天顾命身，千魔万怪敢相撄。劫余仍遗同舟济，揽辔中原共死生。

无粮无水百惊忧，中道逢迎蚱蜢舟。稍惜江湖游侠子，只知何逊是名流。

依韵奉和何夫人《香港沦陷回粤东途中感怀》

亡命难忘海陆丰，猖狂阮籍哭途穷。南天浪迹经年惯，醇酒清游醉乃公。

别谢一超、蓝奋才、袁嘉猷、连贯

复壁殷勤藏老拙，柳车辛苦送长征。须髯如戟头颅贱，涉水登山愧友生。

敬文曾见示旧作二绝句，此为余倾倒敬文之始，步韵成此奉寄

品题诗滑数钟嵘，抵掌能令万感生。数亿劳民争奋斗，吾曹不幸以诗鸣。
鼎堂椽笔传瞿德，子谷清才译拜伦。继往开来应自任，潮流前进似车轮。

新村题壁

桃源凭仗好风吹，一任仙柯烂局棋。万里鸿嗷此安宅，几家鸾侣惜分离。
时危真似枯枰劫，世乱还须国手医。倘作陈抟驴背笑，海东妖孛渐沉西。

一月十八日海丰旧友袁嘉猷①过访有作并序（两首）

海丰为彭湃先烈圣地，颇多慷慨慕义之士，太平洋战争起，余自香港避险来其地，谢一超兄实芦中人，顷已瘟逝，闻于孤寡无依，怅甚！丕猷为护送余由海丰达兴宁三人之一，钟娘永则日中墟之东道主也，亚子并记。

将迎难忘日中墟，直到兴宁分手初。况瘁钟郎情谊重，飘萧谢嫂讯音虚。
沧桑历劫还逢汝，恩怨填胸孰起余。安得梓乡成解放，彭生墓上见旌旃。

三十一年四月余自海丰赴兴宁石马乡，丕猷兄躬亲护送。三七年一月重晤香江赠此。亚子。

赠我延年之大药②，感君援手在穷途。当时行役舟车瘁，此日重逢肝胆粗。
各有相思动廖廓，可无魂梦落江湖。谢生长逝蓝生远③，说到酬恩泪眼枯。

【自注】 ①丕猷，即袁复。②大药，指洋参。③谢生，指谢一超；蓝生，指蓝训材。
【按】 以上录自叶良方《海陆丰诗词史话》（香港成达出版社，2011 年）。

赠钟敬文教授

廿载知名钟敬文，采风问俗喜翻身。何期海上成倾盖，便诵诗篇以轶群。
催死扶生心太苦，识荆说项意能真。故人地下林庚白，身后桓谭合让君。

【自注】 君有评介《丽白楼自选诗》之意，诗以促之。
【按】 上述三首作于1947 年香港。录自柳亚子《磨剑室诗词集》。

马柳庭（约1887—1976），原名马文英，字桐轩。陆丰县城人。广州教忠初级师范学校学生，同盟会员。1911年，受邓铿、钟秀南委派，潜回陆丰组织民军，任司令。与罗应平等率军逐走碣石总兵李梦说和陆丰知县沈秉洪，光复碣石和陆丰县城。胜利后获粤军司令部颁发的银质功勋章，被省政府保送到日本明治大学留学深造，攻读政治经济学。1914年回国，执教于陆丰县龙山高等小学，嗣奉当局选派，整理关税，历任潮海关甲子口、乌坎口委员、陆惠公路管理处主任。1934年，为陆丰县参议会副议长兼县救济院长。马柳庭治学严谨，培育英才，桃李满门。晚岁寄意花鸟，陶情冶性，自得其乐，且钟情于收藏鉴赏，其居屋号适庐。1948年秋移居香港。1976年病逝，终年90岁。

辛亥革命光复碣石卫

革命同盟志不移，姓名镌上党人碑。武昌霹雳风雷激，碣海波澜鼓角吹。
鹅岭漫夸天下险，清军忽似瓮中螭。山河大好终光复，易帜飘扬五色旗。

【按】录自马柳庭《辛亥革命回忆》附诗，载于《汕尾文史》第一辑（1990年）。

钟瑞生（约1892—1947），陆丰碣石镇文化名人。清末民初，到海丰鲘门游览南山名胜宋存庵，经乡人指点又至岩公祠凭吊南宋忠烈，留下绝句一首。

吊岩公祠

苍天何事纵强胡，宋室遭凌势已孤。幼子蒙尘蹈海面，忠臣殉节殡沙丘。

【注】第一句"苍天"或作"天公"；第二句或作"宋室遭凌势已枯"；带三句"幼子"或作"幼主"。

【按】录自杨永可、叶良方主编《汕尾古今诗词选》（生活·读书·新知三联书店，1997年）。

吕星魂（1892—1966），原名吕汉槎。1912年考入广东优级师范学堂（中大前身）。19岁时加入同盟会，改名吕醒云，参加广州起义。后任教于岭南大学文学院。

答小枚弟龙州寄诗原韵

苦杯相劝味自知，结习于今两未移。夜夜雁声撩旅梦，年年花信动乡思。
江郎垂老才应尽，臣朔长身腹也饥。翘首天南归鸟过，夕阳桥上立多时。

【按】录自杨永可、叶良方主编《汕尾古今诗词选》（生活·读书·新知三联书店，1997年）。

钟基霖（1893—1965），海丰县公平墟人。民国时期公平小学校长。

步和钟敬文《赠蔡举恭》诗原韵

才华自古出诗囚，慧业名成赖出游。倚马文章存大望，何伺一识韩荆州。

【按】录自杨永可、叶良方主编《汕尾古今诗词选》（生活·读书·新知三联书店，1997 年）。

林甦（1894—1933），海城桥东社人。海丰中学毕业后考入厦门集美水产学校，因领导同学罢课被开除学籍。1922 年，参与彭湃领导的农民运动。1924 年，任省农协会秘书长。翌年随彭湃到广州农讲所工作。后来率领农讲所武装考察团回海丰，留县任农民自卫军大队长。彭湃牺牲后，他发表《哭彭湃同志》一文。1930 年，任红十二军四师前委常委。1932 年冬，奉调往中原苏区工作。临走扮成番客至潮州金砂乡携带彭湃之子彭士禄同往苏区，途中被捕。1933 年春被国民党杀害。

游壮帝居

忽忆南山壮帝居，登临满目萧条时。宋存庵里今何在，六百年来感此悲。

【按】录自叶良方《海陆丰诗词史话》（香港成达出版社，2011 年）。

刘克明（1895—1980），海丰县捷胜镇（今属汕尾市城区）人。生于书香门第，一生习儒。

黄昏

奇峰万态幻晴云，远近炊烟罩晚村。夕照半边霞散彩，尽多好景在黄昏。

题返魂草（三首）

西风落叶苦纷争，难比灵根着土生。魂岂待招原自返，堪嗟人世便枯荣。

说与狂风骤雨知，莫觑病叶便相欺。返魂别有重生诀，不似纷纷化作泥。

不因代谢别新陈，落叶能开底下根。转眼芳魂成灿烂，一年风景占多春。

雨夜读三陈唱和诗有感于怀追念亡弟率成长句

青春难得梦中追，跌宕词场鬓已丝。每念雁行先折序，岂关鹏赋促分离？
遗篇遭耗宁堪忆？断句犹存只益悲。遥想联床与共谈，况逢风雨夜凄其！

贺陈垣氏新得园居

蹉政从游二十春，归来卜筑鲤湖滨。潮声入户听消长，月色临轩当比邻。
园圃有收惟自力，鹭鸥无碍渐相亲。莫耽泉石倚终隐，绌献犹须佐有民。

【按】以上均录自杨永可、叶良方主编《汕尾古今诗词选》（生活·读书·新知三联
书店，1997 年）。

彭蔚之（1896—1952），原名承祚、助。海丰桥东人。擅长诗词，尤擅书法。曾任粤
军总司令部机要课员、海丰县临时人民政府秘书长、海陆丰盐站站长，抗战后经商。

题画像诗

似我还非我，无忧却有忧。孤鸿声里泪，点点到心头。

【按】录自彭年《彭蔚之先生传略》，载于《海丰文史》第十二辑（1995 年 3 月）。

郁达夫（1896—1945），字达夫。浙江富阳人，中国现代著名小说家、散文家、诗人。
代表作有短篇小说集《沉沦》等。二十世纪三十年代与鲁迅、柳亚子、钟敬文等来往
密切。

集龚定庵句题钟敬文《城东吟草》

秀出天南笔一支，少年哀艳杂雄奇。六朝文体闲征遍，欲订源流愧未知。

【按】录自山曼《驿路万里·钟敬文》。

周维邦，生卒年不详。民国海丰捷胜（今属汕尾市城区）人。

咏严子陵钓台

遁迹富春且避名，一竿风月一台清。江潮别有升沉意，不是严公不解情。

温瑞平，广东五华县人。民国二十三年（1934）陆丰县第二中学教师。

赠罗夫子

吾爱罗夫子，丰姿迥不群。文章齐北海，气骨冠南州。

世事沧桑改，风云粤峤愁。盍收残破局，出作武乡侯。

【按】 录自罗铁牛辑录《叠石文集》。

周奇湘，广宁人。民国十二年（1923）到汕尾坎下城兵工厂及公园。

题坎白公园石刻诗

难兮人事与天工，奇石嶙峋树色葱。海甸全销秦霸气，庙堂犹拜汉英雄。

十年冠剑怜奔马，一殿沧溟看跃龙。最是池莲香过处，草亭遥忆旧家风。

何笃生，东莞人。民国十三年（1924）参观汕尾坎下城兵工厂及公园。

题坎白公园石刻诗

奇石嵯峨古木青，公园芳郁点边城。天空海阔龙腾甲，浏览飘然块垒平。

黄伯龙，雷州市春州（今阳江市阳春县）人。

山静榕成阴，园公所憩繁。具瞻希炼尔，能否补青天？

【按】 录自坎白公园石刻。

杨爱周，茂名县诗人。民国廿四年（1935）十月，参观汕尾坎下城兵工厂及公园。

题坎白公园石刻诗

依山辟地构园林，好景天然喜共临。怪石屹如奇虎搏，古松竟作老龙吟。

惟伤劫后成残迹，遥想当时费匠心。借问昔年人在否？空余破垒傍荒岑。

【按】 录自汕尾市区坎下城摩崖石刻。

彭湃（1896—1929），原名汉毓，小字天泉。读中学后自己改名为湃。海丰县城桥东人。排行第四。自小天资聪慧，7 岁能熟背古诗，9 岁时能挥笔作联对，长大后擅诗词书画。1921 年毕业于日本早稻田大学政治经济专科。归国后任海丰县教育局长。1924 年发动农民运动成立海丰县总农会，担任会长。1927 年 12 月发动海陆丰工农武装起义，创建海陆丰苏维埃红色政权。先后担任东特委书记、中共临时中央政治局委员。1929 年，被国民党逮捕，在上海龙华被杀害。

咏志诗（三首）

急雨下江东，狂风逾大海。生死总为君，可怜君不解。

雄才怒展傲中华，天下功名未足夸。蔓草他年收拾净，江山栽遍自由花。

磊落奇才唱大同，龙津水浅借潜龙。愿消天下苍生苦，尽入尧云舜日中。

【按】录自《彭湃烈士诗作拾遗》，载于《海丰文史》第一辑（1985 年）。

彭凤轩（1899—1941），陆丰县（今属陆河县）水唇镇河西洋村人。广州法政学堂毕业。早年到南洋谋生，后返梓任吉溪学校校长。

题扇诗

逝水韶华年又年，英风长此伴高贤。寄言用舍须珍重，莫待秋来便见捐。

警劝歌（二首）

不经磨练不成才，姑息从来是祸胎。好把童蒙先养正，义方垂训莫疑猜。

鸦片真如一把枪，拿来自杀尚称香。问他祸害将谁抵，马到悬崖勒转缰。

【按】录自杨永可、叶良方主编《汕尾古今诗词选》（读书·生活·新知三联书店，1997 年）。

张肇志（1900—1928），海丰县青草镇（今属汕尾市城区）人。少年时代在陆安师范学校受到革命思潮的影响，参加了海丰学生联合会，出版《新海丰》。并在《赤心周刊》上发表文章，对《陆安日刊》的反动观点和言论，展开批驳、辩论，对海丰知识界的影响甚大。1925 年春，考进中山大学，加入中国共产党。1927 年 4 月，与海丰留省学生余创之、余国英等十多人被国民党当局逮捕，遭受严刑拷打。翌年，写下《狱中遗书后》，与苏家麒等 15 位在校学生被押赴刑场枪杀。

绝笔诗（两首）

铁锁啷当心不寒，为将真理播人间。伤痕血渍何须扪，南石楼头更漏残。

沉沉黑狱过新春，主义彰明慷慨陈。虽是此身随物化，珠江夜夜照孤磷。

【按】录自张至《记革命烈士张肇志》，载于《广州文史资料》第十七辑。

马焕新（约1900—1986），海丰人。国民党左派。早年参加过彭湃领导的农民运动。

清明扫墓

为吊幽灵上北原，一年一度此消魂。归来犹存春衫湿，孰辨泪痕与雨痕。

【按】录自《海丰民国日报副刊》（1932年4月14日）。

何镜湖（1900—1948），号麟笔、铁笔。海丰捷胜镇（今属汕尾市城区）人。工于诗文，潜修《易经》。以卜卦为生，嗜饮狂放，是一位传奇式人物，人称"镜湖仙"。原手抄《镜湖诗稿》已散佚。

苏武牧羊

关山万里夜迢迢，海上牧羊慨寂寥。只恐云迷胡月淡，流辉照不到天朝。

莲花山（三首选一）

文山跑马四泉来，朵朵莲花向玉台。极目云天岭表外，人间正是一蓬莱。

【按】"极目云天岭表外"，疑为"极目岭云天表外"之误。

申包胥哭秦庭

古来善哭姓名留，变俗兴邦总有由。若把杞良妻比拟，英雄儿女各千秋。

端午焚诗

水鬼江神皆此子，离骚赋后赋牢骚。赊粮煮粥薪燃尽，忍把诗笺付火烧。

挈儿会友

元宵闹罢雨霖多，镇日闲来剑又磨。亲带娇儿诗社去，听听乳燕试新歌。

后顾

妻儿随我久安贫，餐露栖霞究凡人。倘若当年腰折米，何曾今日瓮生尘？

秋月有怀大玉对月冠首诗

秋水驰神念转生，夜深相忆恨难平。有愁偏向青衫湿，怀抱每从红袖倾。
大好月明明月夜，玉人怜我我怜卿。对拈红豆暗流泪，月照黄花起故情。

【按】录自何秀锄主编《捷胜诗词选》（作家出版社，2008 年）。

林春芳，海丰县城人。民国时期海丰著名文化人士、教育家。著有《海丰杂谈》。

日寇侵华

东临祸水起芦沟，北望烟尘涕泪流。家国兴亡原有责，誓将碧血洒神州。

【自注】1939 年 3 月。

【按】录自海丰县档案局《海丰县民国档案资料》。

陈祖贻（1900—1985），海丰县城东笏人，法国留学博士。民国时期曾任广东教育厅长许崇清机要秘书、海丰县长。晚年客居台湾，任台湾当局"立法委员"。著有《归来集》，载诗两百余首。

吊雨人并序

十八年余署海丰县事，雨人来佐幕，中秋八月署中小圃忽见桃花开放，颇示异兆。因以八月桃花为题，互有唱和。翌春，余辞职赴港，握别周岁，而雨人竟以病谢世。回首旧事不胜于邑。
挂剑嗟何及，重来墓木陈。谁知周岁别，竟作隔泉人。
官圃桃花放，荒原宿草新。遗章休展读，一句一沾巾。

秋日感怀

黄花处处开，岁月暗相催。举国无净土，故园剩劫灰。
报韩誓一死，出昼复三徊。天意苦难问，何时春响雷。

【自注】二十年于香江。

题内人小照

结俪十二载，亲爱两相依。倩影犹当日，清香胜旧时。
嗟予未得志，赖尔慰相思。风雨先春至，花开莫恨迟。

【自注】海防香港舟次。廿八年春。

由河内赴海防车中口占

周道真如矢，油车去似龙。可怜旧贡地，已脱版图中。
亲舍浮云白，沙场战血红。中原平定日，此脉岂离宗。

【自注】廿八年初夏。

归来并序

京沪既陷，仓卒南归，复以事于役滇桂，万里征尘，今春始遂还乡之愿。栖迟匝月，城郭依旧，人事已非。悲从中来，赋此寄意。

万里归来日，千疮待补时。烽烟环海急，得失寸心知。
猛虎谁添翼，城狐自毁篱。莲峰愁里望，欲去复迟迟。

【自注】廿九年仲春。

乡居书怀

岁月堂堂去，春来独闭关。生涯欣草木，魂梦绕江山。
大地阳光美，孤城夕照殷。乡居殊寂寂，髀肉叹身闲。

村南散步口占

十年不踏村南路，依旧迎人是远山。一抹峰峦张笑脸，愿将此意播人寰。

韵和张世伯一绝并序

张友仁世伯出示《鼓山未果》大作于福州旅次，中有"回首漳南又一时"之句，因忆先叔达生在时，与诸前辈诗酒唱和，盛极一时，如今墓木已拱，悲感何如？

邯郸学步未成诗，仰止徒劳忆旧时。白下风流谁可继，山青淮碧我情移。

【自注】廿一年冬福州。

【按】达生，陈祖贻叔父。同盟会员。张世伯，指惠州张友仁。同盟会员，海丰县第二任县长。新中国成立后，任职广东省文史馆副馆长。

得助之兄南归抵港之讯喜不成寐回忆往事率成短章（六首）

约期盼尽上元灯，忽报归来梦可曾。起索枯肠成短什，携将明日迓良朋。

【自注】先是余接助之自海防函告，上元前后可抵港晤面，乃因事延迟半月之久。助之，吴助之。海丰县可塘镇溪头乡人。作者留法同学，博士。1930年入桂佐戎幕，擢至龙津督办。抗战后赴越南经商。

往事犹疑在眼前，当时裘马俱翩翩。春波不照惊鸿影，梦断龙津三十年。

【自注】三十年前，助之与余同肄业海丰中学，龙津溪为海丰风景区，乃课余常游之地。

平分春色似连枝，海外云山到处随。最忆花都寒旅况，个中滋味几人知。

【自注】民九年本省考选留法学生，每县两名，助之与余均获选，因同出国。

珠海分携又十年，江南桂北路三千。如何不作同归计，衣食驱人一惘然。

【自注】民十九年助之入桂佐戎幕，余则携眷赴沪，从此两地参商，十年未遇。

数载绸缪一日欢，西行雁阵忽惊寒。猿啼雨暗雷平道，回首前情欲帆澜。

【自注】久居沪上，每思西行与助之一晤。时先兄宏亦服务桂省府。廿六年，余始得便奉命赴桂考察实业，满望故人聚首，手足团圆。不意行抵桂林时，忽接先兄噩耗，乃赶往雷平营葬事。按，先兄宏，即诗人长兄陈宏，民国音乐家。

不是烽烟不聚头，重逢此日且埋忧。剑湖春色无边好，越女如花似昔不？

【自注】"八一三"事变后，余始南归，因得赴河内与助之再会。

剑湖春朝

何处能消万斛尘，朝来独步剑湖春。人人都说春光好，领得春光有几人。

【自注】廿八年春，安南河内。

小楼明月夜

月满南楼夜未央，东风吹送木梨香。□年好景君须记，休与时人斗短长。

【自注】廿一年夏。

【按】原编者吴山注："第三句缺首字，疑或为'他'字。"

咏八月桃花并序

八月署后小圃，忽见桃花开放，不知是何征兆，因成一绝示诸同事。

园林萧瑟正秋风，忽见玄都笑脸红。应是严刑能止辟，桃花八月夺天工。

【自注】十八年海丰县署。

代笔赠某女史（两首）

玉出蓝田自不同，昭华迷失乱离中。相逢一奏吴宫曲，肠断巫山几万重。

惺惺自是惜惺惺，一段因缘百段情。浅水湾头深夜月，何时重见照双星。

【自注】廿八年夏香江。

避乱山乡见桃花盛开有感并序

转眼两月而归乡消息仍属渺然也。率成三绝句。

寂寞山园寄一枝，阴晴朝雾盼归期。如何天上团圞月，只照人间未展眉。

闻日寇投降有感

忽闻天日见神州，不觉临风涕泗流。痛定如今翻思痛，八年苦恨上心头。

秋日重湖奉和外交部刘参事光谦学长即用原韵（四首）

正气应凭我辈留，东来风雨满城秋。挥戈未了鲁阳志，掷笔难忘定远侯。

身谋国计两蹉跎，放眼人间感慨多。未把铅刀操一试，羞将心事付渔蓑。

十六年前此地来，岳坟苏墓两低徊。湖光山色依然好，忍见胡儿践绿苔。

吟罢新诗倍寂寥，中原士气渐沉消。成仁尚有头颅在，肯学清谈误六朝。

【自注】廿四年杭州。

春窗杂咏（五首）

风风雨雨伴春来，一树寒梅独自开。惆怅江南离乱后，满园桃李倩谁栽。

春草春花作意研，教人重忆旧钗钿。卸泥燕子归何处，触目空巢一怅然。

风雨连天助寂寥，今朝喜见王云娇。春光九十剩多少，欲向湖边问柳条。

何人堪与诉平生，又见桃花照眼明。十载京华憔悴甚，肯将此骨媚公卿。

岁岁春归在客先，今年归得在春前。吟哦漫作诗人拟，聊把欢娱托素笺。

【自注】三十年春，海丰中学。

感怀并序

十四年于广州一中。刚从法国留学回来，任教育厅许崇清厅长机要秘书，并在广雅书院授课。

廿五年中沧复桑，人情世事两茫茫。重洋负笈春三度，故宅栽花梦一场。

风雅谁更追白社，干戈终见劫红羊。不曾虎啸倾秦室，下邳何人识子房。

秋日随侍家慈游青山

又见千林红叶飞，故园东望壮心违。岭南野草秋犹绿，塞北河山色已非。

一更鬼谈施夏雨，十年空想报春晖。功名那及来衣舞，博得亲前一笑归。

【自注】十九年秋辞去海丰县长，回港省亲。

【按】家慈，即陈祖贻之父陈月波。同盟会员。广东省著名老中医，易经大师。

海上明月夜凭船栏俯仰海天有感

敢因飘泊悔平生，碧海青天大有情。星斗高观人物小，世途险觉浪涛平。

寒潮起落亘今古，皓月圆亏见昃盈。凭栏闲看云舒卷，出没无心任性灵。

【自注】二十年港沪舟次。

乡思

蹉跎渐觉负韶华，乱世功名念亦赊。破浪平生曾有志，思归此日已无家。

难忘丽浦三秋月，还忆名园十亩花。乡梦正愁没处渡，那堪东北隐悲笳。

【自注】廿一年于汕头。

滇越道上即景

叹息何年奠九州，聊将风物解离忧。林边掘立英雄树，谷底闲行处士流。

越岭车从天上坐，穿山人在夜中游。汉家大地谁能夺，收拾从头待我俦。

【自注】廿八年二月十四日滇越路车次。

乱离吟·民国三十年海丰沦陷避乱纪实（三首）

蓦地狂飙张敌麾，可怜燕雀尽辞枝。噬人铁鸟凌空急，奔命哀鸿缩地迟。
此去难知生死别，频行未卜北南移。千年教化应犹在，一日顺民讵肯为？

惊魂差定未为安，回首危巢欲帆澜。满目凄凉娘觅子，一时狼狈凤离鸾。
苦无消息逢人问，都有烦忧只自宽。浩劫还添寒料峭，漫天风雨困衣单。

消愁无计奈愁何，此日高吟感慨多。欲把一肩担道义，便期十万试横磨。
男儿不合观成败，天意宁知变顷俄。落日挥戈同伫望，鱼龙腾跃一江波。

与蔚之谈世事有感

盖将心事付谈边，人似秋风叶底蝉。汗漫曾游千万里，轮囷未复五铢钱。
休夸狡兔营三窟，终见飞龙起百川。为待盈虚消息透，与君杯酒共陶然。

柬林指挥官朱梁廖团长逸尘

铁马长城念且休，空将热泪洒狂流。寸心可质天人鬼，万事听从风马牛。
桃李无言春竟去，诗书有伴我何求。尝怀高义难为报，只祝山河一战收。

由龙州赴雷平葬兄

生离死别是初经，不辨归程与去程。泪眼憧憧疑鬼影，愁肠迭迭卷猿声。
家遥亲老平生恨，妻寡儿孤不了情。愿尔有灵来一会，今宵相待在三更。

【注】陈祖贻之兄陈宏，曾任民国上海美术专科学校油画系主任，后赴广西发展，为作画跋山涉水，1937年不幸跌落深潭丧生，年仅38岁。生前在广西已创作出大量中西风格兼并之作品。举办二十二次个人画展，被称为"中国的高更"。著名摄影家沙飞曾说："如陈宏如不遇难，必将在中国画史上开创新的一页。"陈祖贻与兄陈宏、陈洪三兄弟都是我国早期留法、学成归国的人才。陈洪则任民国上海国立音乐专科学校教务主任、教授，是我国音乐事业的奠基人之一。生前是江苏省音乐家协会主席。原编者澳大利亚诗人吴山注：第三句"憧憧"恐乃"幢幢"之笔误。

悼念已故同学并呈蔚之严子诸学兄

为数平生总角亲，晨星寥落更何人。鱼龙寂寂秋初冷，天日昏昏乱正频。
济世有才怜贾谊，招魂无计哭陈遵。独留我辈供多难，休负男儿七尺身。

蔚之将赴曲江赋赠

杂花生树草离离，故国平居有所思。一局残棋供圣手，七分满月待圆时。
表忠有地祠丞相，纾愤无才续楚辞。此去曲江风日好，愿君折得向南枝。

辛巳重阳行书怀

过隙韶光迅白驹，羞将两鬓插茱萸。回头四十年间事，输与烟波一钓徒。
本是狂人未许狂，狼烟满地度重阳。龙山落帽成追忆，立尽西风一夜凉。

边区总部花圃看菊呈香将军

不恨□梅未见梅，归来留得菊花开。貔貅十万花千本，尽是将军手自栽。
干戈扰攘未休兵，忍把浇花寄逸情。我是人间不舞鹤，愿公霖雨为苍生。

【自注】十一月于兴宁。

【注】香将军，即香翰屏。

黄菊虎兄出示近作次韵却寄

等是长歌当哭人，飘摇风雨著微身。酒痕怕认青衫旧，世变平添白头新。
若使一符能救赵，岂无三户可亡秦。廿年辛苦成何事？惘怅前生了未因。

【注】黄菊虎，海丰中学教师。《海丰民国日报》主编、海丰县参议会议员。

【按】以上均录自陈祖贻《归来集》。

　　吴振凯（1901—1965），陆丰县碣石镇文化名人。中学教师。传世有《一勺寒泉》等诗词十一首。其中恋情诗写得缠绵凄婉，九转回肠。

陆丰旅次题壁

常日半掩门，清芬欲断魂。梅花如有意，伴我咏黄昏。

题某女学生参加抗日游击队

木兰前代事，喜汝亦豪英。钢刀诛倭寇，铁血铸长城。

蓝桥路断

道是多情未有情，蓝桥梦断梦难成。缘悭莫向图中看，只悔当年错识卿。

影中人

影中人是梦中人，大好姻缘认未真。我自有怀何不偶，问渠渠也暗伤神。

碣南道中

纷纷细雨近清明，踏遍名山数百程。塔影参差知市近，路人谈语识乡情。
家藏书卷千金价，城被蛾眉一笑倾。满目荒凉竟若此，愧无鹤俸济苍生。

无题（两首）

一勺寒泉九曲经，出山水浊在山清。仲由不悦见男子，伯凯无心毁贾生。
不为功名原养志，每因知己说多情。花花草草扬州道，冠盖京华无此名。

名花肯比出墙枝，端合藏春与护持。密意未将卿早喻，疏防底甚我犹疑。
窥墙宋玉终售色，折简飞燕果爱诗。一语慰欢今已慰，但忧薄幸不忧迟。

浪淘沙·送春

生不遇其时，匹马何之？萦怀愁绪有谁知？不恨春随征路远，只恨来迟。
把盏又牵衣，细问归期。绣缝倦处莫相思。最是无情堤畔柳，哪管人离！

【按】录自卢木荣《碣石诗词选》。

姚焕洲（1901—1979），海丰县汕尾镇人。毕业于集美水产航海学校渔捞科。1925 年负笈日本国北海道帝国大学水产专门部。1929 年学成归国。1936 年夏，出任广东省立高级水产学校校长。

致友

难寓公平蜗陋房，常将国力系愁肠。无情世态司残局，有价文章著秘方。
练笔何妨陶自乐，论友只许醉飞觞。长宵反侧待晨晓，且自狂啸吐气昂。

【按】录自《广东水产与航海教育事业的奠基者——姚焕洲先生传略》，见广东省人民政府文史研究馆编《岭南文史》（2011 年第 3 期）。

杨成志（1902—1991），字有竟，广东海丰县汕尾镇（今属汕尾市城区）人。著名民族学家、人类学家。1927 年从岭南大学历史系毕业，被聘为国立中山大学助教。1935 年冬，杨成志从法国学成回国，执教于国立中山大学兼任人类学部主任。1949 年起，任职中央民族大学教授兼研究部民族文物室主任。有《偶成诗草》。

游昆明西山

雨从山上下，船在湖中行。各人心舒畅，万事志竟成。

【自注】与友人游昆明西山。在昆明湖上口占。时一九三零年。

【按】录自《偶成诗草》。

胡风（1902—1985），原名张光人。笔名谷非、高荒、张果等。湖北蕲春人。现代文艺理论家、诗人、文学翻译家。1920 年起就读于武昌和南京的中学，开始接触"五四"新文学作品。1925 年进北京大学预科，一年后改入清华大学英文系。1929 年赴日本留学。1933 年因在留日学生中组织抗日文化团体被驱逐出境。回到上海任中国左翼作家联盟宣传部长。是年通过丁玲的介绍与邱东平认识，成为文坛挚友。抗日战争爆发后，主编《七月》杂志，1941 年 1 月皖南事变后，《七月》被迫停刊，他另编文学杂志《希望》。1949 年起曾任中国文联委员、中国作家协会理事、《人民文学》编委。1955 年 5 月，因"胡风反革命集团"案件被拘捕判刑。至 1965 年 12 月底出狱。1967 年 11 月再度入狱。后又被送往四川劳改农场。1980 年 9 月平反后，担任第五届、第六届全国政协常委、中国文联全国委员会委员、中国作家协会顾问等。著有《胡风评论集》《胡风的诗》等诗文集。

忆东平

劫灰三载说江南，地冻天荒又岁寒。幸有灾黎成劲旅，恨无明镜照西天。
同袍喋血倭奴笑，一榻酣眠傀儡闲。回首京华寻旧梦，石头城内血斑斑。

书生毛戟非无用，为杀倭儿拾铁枪。赢得风霜磨傲骨，忍将愤懑对穹苍。
温情不写江南梦，宿恨难忘塞上殇。耿耿此心犹搁笔，来今往古一沙场。

【注】以上两首据诗意应是作于 1941 年 4 月。

【按】录自《胡风评论集》（人民文学出版社，1985 年）。

悼东平

傲骨原来本赤心，两丰血迹尚殷殷。惯将直道招乖运，赋得真声碰冷门。
痛悼国殇成绝唱，坚留敌后守高旌。大江南北刀兵急，为哭新军失此人。

【注】作者文末注明此诗文作于一九四六年七月十六日晨五时，上海。

【按】录自《胡风评论集》（人民文学出版社，1985 年）。

陈舜仪（1903—1931），海丰县城人。毕业于陆安师范学校。陈舜仪受彭湃的影响，积极参加社会革命活动，成为学生领袖人物。1927 年 12 月，在海丰县第一次共产党代表大会上，陈舜仪当选为中共海丰县委首任书记和县苏维埃政府委员。又任海陆惠紫特委书记，创建中国工农红军第十七师第四十九团。后任广东省委农委书记、省委常委、组织部长、南方局常委等要职。1931 年 3 月在香港被捕后，押回广州枪杀。

送董朗、徐向前同志离开海丰赴港

改天换地插红旗，横扫千军任骋驰。胜败兵家寻常事，退潮自有涨潮时。

【按】录自王曼、杨永《怒海澎湃》（漓江出版社，1984 年）。题目为编者根据内容所拟。

钟敬文（1903—2002），原名谭宗，字静闻。海丰县公平人。著名的民俗学家、诗人、散文家。少年聪颖勤奋，早年诗词深受袁枚"性灵说"影响，注重神韵。著有《天风海涛诗词抄》《兰窗诗论集》等。

再游东山园

几阵清霜后，山林叶半丹。秋深红柿熟，风劲碧流寒。
榕影铺荒径，樵歌起远峦。日沉归路晚，余兴尚盘桓。

怀林和靖

我爱林逋仙，风致如寒泉。利名无锁钥，梅鹤有因缘。
抱病收红药，行樵入紫烟。自君之羽化，云冷孤山巅。

悼西薇君

客意本寥落，闲来更黯然。病躯愁夜冷，乡讯滞邮传。
败叶如相语，寒蛩将入眠。秋光已迟暮，生怕计流年。

【按】刊发于 1926 年广州杂志《絮语》。

元日联诗

良辰美景奈何天，微雨纷纷锁翠烟。拟向通灵陈一疏，祈求红日庆新年。

题画

霜重溪桥落晚枫，寒烟消尽见晴空。野人占尽秋风味，家在青山黄叶中。

荔枝湾纪游

已无豪气超人上，只有疏狂爱浪游。水际林梢闲驻影，人间便觉懒回头。

床上口吟四绝赠王西薇（选二）

岁事轻青花共艳，风情骀荡柳争颠。谁知便着妻孥累，度此天荒地老年。

文园多病废残篇，我亦沉忧瘦可怜。想到西风蒲柳语，中宵泪落一凄然。

【注】作于 1927 年 5 月。

【按】录自钟敬文《偶然草》。

周甲杂诗（录二）

少年摹拟颓唐派，谁识临危节不挠。最忆田寮潜访夜，炎炎别语气干霄。

当年文界起新风，三朵花开曙色中。莫惜清才遭夭折，换天事业要英雄。

【注】《周甲杂诗》是作者在民国时期出版的一本诗集。

怀友人

海涅斗心原屹屹，子房风致乃恂恂。南溟劫火横飞后，何处沧波问此人？

【注】作于沦陷前韶关坪石国立中山大学临时校址。

过奈良故都

冻云癯鹿助清寥，肃肃髡衫梦故朝。过客雄心未能死，百金欲买奈良刀。

【注】作于 1935 年冬，日本。

闻鲁迅先生逝世口占

文章如鼎图群魅，世路于公直战场。南北青年瞻马首，何曾荷戈肯彷徨。

别杭州东渡

几年湖上看春光，别去依依似故乡。归梦西来应有信，海潮相约上钱塘。

【自注】作于 1934 年春。

访柳祠

是非终古有公断，山水向人犹逸姿。我亦南迁一骚客，东风来拜柳侯祠。

【自注】口占于 1938 年春桂林。

曲江城郊庵堂口占

梅花红叶绕斯庵，小有风情是赣南。想到众生千百劫，合从人海作瞿昙。

【按】此诗发表于 1949 年前广州教会大学校刊《须臾》。

赞抗日老英雄萧阿彬

一箭双鹬添故事，廿年湖海惮威声。铁心未肯饶穷寇，更欲西陂夜砍营。

化装乘轮赴港

爱国都成犯罪身，一时解聘几同人。为逃钳网求民主，变服低眉上港轮。

【自注】一九四七年夏，余与中大同事龚彬、彭芳草等教授，被反动当局强行解聘。余即化装搭轮赴港参加反蒋之民主运动。

由港乘客轮赴京

千人小市傍山坡，两载流亡此地过。消得胸中沉郁气，一窗晨夕见沧波。

【注】作于 1949 年 5 月赴京参加全国文学艺术界联合会第一次代表大会途中。

【按】以上录自山曼《驿路万里》（山东画报出版社，2001 年）。

幽居杂兴（五首选一）

浊世劳劳只自缠，山林别有好姻缘。晴来带鹤寻幽药，晓起呼童汲冷泉。
遗世未能聊小住，放怀已得即真仙。不须更论行藏事，玉碎终应逊瓦全。

山林小居寄植语

小寄园林托隐流，日来清福饱双眸。排空云巘青不断，临水野花红自秋。
人带轻烟耕绿野，鸟随寒雨落沧州。风光历历堪娱赏，可肯遥来共胜游？

重阳节

竟来此地过重阳，思陟危峰瞰大荒。万里西风丛血泪，百年佳节几杯觥。

谣中白雁真成谶，梦里黄花浪有香。微力未宣私议在，翁流宁识此心伤？

【自注】口占于 1937 年 8 月。

【按】录自作者《天风海涛室随笔》（上海人民出版社，2000 年）。

卢熙（1903—1948），字建中，号志坚。陆丰县碣石镇人。原籍惠来县东港镇。少时随父经商移居陆丰碣石镇。中年因仗义疏财而家道中落。常与文化名士和佛教高僧来往，性耽文学、诗词。

除夕

独宿迷床梦杳冥，觉来邻近炮声鸣。迎春光景长如是，身世百年否与荣。

短歌吟（四首）

河山旧，世态新。昔年称富足，今朝已赤贫。此情此景谁人信，年终无米又无薪。

柴可折，米可赊。度得年关过，难免走天涯。亲朋大半都似我，绝路相逢实吁嗟。

疏财义，一豪商。家资耗尽了，无计遣寒秧。无求人时不识世，至此方知逐炎凉。

寻哲理，学参禅。不求金玉贵，但愿儿孙贤。穷通得失皆为命，莫损心头一寸天。

【按】录自卢木荣《碣石诗词选》。

钟梦卿（1903—1984），海丰县城高田人。清末秀才。一生喜欢种花莳草，钓鱼郊游。与县内林襄侯、刘培璜等诗友时相来往。

花石诗

污泥不染是名花，傍石丛生愿非差。绰约骄姿原本色，嶙峋风骨自成家。

情怀投契浓于酒，风采交辉艳似霞。更喜点头和解语，修来灵慧享清华。

壬午年春午后独游大云岭

忆昔少年协少年，今朝独上翠微巅。山曾相识仍非老，石解能顽最可怜。

极目遥天连海阔，举头斜日榜云悬。嗟余身世磨尘劫，输彼开春数杜鹃。

【注】作于民国三十一年（1942）。

春日郊游

融融天气正春阳，遥瞩郊原草尽芳。解去重襟缘日丽，携来满袖觉风香。
吟魂欲断诗难得，游兴未阑返不忘。却怪蝶蜂狂态甚，生涯毕竟为花忙。

赏花

群芳荟萃一园中，时令共随斗丽容。粉黛几疑来汉苑，霓裳不让舞唐宫。
试调玉屑难为白，拟照银灯未许红。娇艳如斯须记取，哪堪零落怨东风。
【按】录自1932年《海丰民国日报》副刊。

彭史饶（1903—1946），学名成裕，号元宇。陆丰县吉康都水唇墟人。中山大学文学系毕业。民国时期历任陆丰县立一中校长，河田中学及吉云中学创办人、校长。

观昙花初开联句

无看无酒赏昙花（校长彭史饶），一现空留酒债赊（教导主任袁卓民）。
酒尽诗成花亦谢（教师庄铁民），从今酒债向谁家（语文教师江瑞征）。

午夜不寐遣怀贻诸生

龙马不逢徒叹凤，豺狼当道可怜狐。劳劳愧我空群马，咄咄因人拙似鸠。
【按】录自叶锦天《夜赏昙花记事》，载于《陆河文史》第三辑（1993年12月）。

林立吾（1905—1979），字绍基，海丰县梅陇人。梅峰中学创办人。晚年取所作诗删削，得存诗近两百首出版，即《观我生吟草》。

挽吕松如君

飞絮落红遍海隅，少薇星殒不胜哀。诗成顷刻多生意，文极纵横有博才。
煮字难舒贫病苦，啸歌欲唤风雨雷。带将词藻黄泉去，遗稿向人搜集来。
【按】载叶良方《海陆丰诗词史话》（成达出版社，2011年）。

黄菊虎（1905—1949），名集衍。笔名老菊。海丰县公平墟人。幼聪慧，擅诗文，下笔千言，亦善书画，海丰著名文化人士。曾任海丰县立中学教席、海丰县国民党部监察委员、海丰县参议员、《海丰民国日报》主笔、清同治《海丰县志》增订版主编等。黄菊虎经常在《海丰民国日报》发表作品，诗名凤著，还常与夫人林娇霞相互唱和。

因有所见书感（八首选四）

休将旧事说从头，是是非非总是愁。如此三年前后事，几生福分几生修。

曾是三春紫陌花，梢头豆蔻好年华。如今移植巴陵道，嫁向东皇莫自嗟。

虚名辜负到如今，旧迹未除岁月侵。知否珠江明月夜，有人话旧说伤心。

分明皎婉月明珠，千里迢迢孰寄书？一纸萧娘肠断处，归来前事尽模糊。

【自注】四月十四日过中山马路。

【按】录自《海丰民国日报》（1932 年 4 月 14 日）。

寄黄鹤（四首）

漫教多病瘦吟身，芳草青青绿已新。报道春风还未老，莺花三月最骄人。

似我欢情已似冰，鬓丝如雪负今生。无端又欲逃禅去，回首天涯太不情。

文人命薄词人狂，红泪双双封浊浆。今日陇梅方结子，前身无复柳青娘。

陌头杨柳绿成阴，谁解多情一片心。凤讯已空春讯杳，知君回首泪沾襟。

【按】录自《海丰民国日报》（1932 年 4 月 14 日）。

吴鸿（1906—1985），号梦庵，又号岭东布衣。海丰县可塘镇人。早岁任教于香港某英文书院，战后复员，受聘到国民政府驻越南河内总领事馆任职。曾在当地《中国晚报》主持《诗炉》，与越南侨界诗人李鲁叔、周益伯、陈友琴以及香港张纫诗、蔡念因诸先生，皆有唱和。擅行书，诗以近体为胜。著有《梦庵吟草》。

客中吟（四首）

廿载他乡当故乡，老来行径更荒唐。几曾伴作难眠夜，笑就邻翁索酒尝。

人海茫茫一苇航，欲于何处访柴桑。分明此是炎方地，那有霜枝向晚香。

只今天意欠分明，啼笑人间总不成。虫臂鼠肝随赋与，此身倘及见河清。

任教海阔与天空，鲲化鹏抟总未通。万里乡关归一梦，离离禾黍泣秋风。

秋夜（四首）

玉宇无尘月自明，西风著意肆秋声。辞枝黄叶盘雕影，一犬猘猘百犬惊。

露重风高夜渐深，落枫消息满园林。月光穿漏飞檐角，指点阶前几点金。

一夜乡心万里长，难凭归梦到山堂。有言欲共秋虫语，又恐秋虫语不详。

我欲擎杯一问天，人间如此此何年。山川草木皆摇落，鸡自嘤嘤剑自悬。

有寄（四首）

等闲老眼看今朝，百态翻新未易描。颇怪阳春行脚错，牡丹红上绿杨桥。

风轻日暖柳丝长，院落融融别有方。玄鸟也知花解语，拼将心事诉红妆。

几缕幽情拨不开，因风兰蕙独低徊。从知小李伤心处，江总当年只费才。

只缘诗趣近郊寒，当得东皇着意看。一袭春衫怜骨相，可曾今似凤池翰。

与祖贻兄久别重逢赋此将意并以送行

鼓声蓦地各西东，廿载重携隔世同。万里朱殷横战骨，八荒摇落怨秋风。
凭栏便有堂堂意，抚迹难禁黯黯忡。为爱武陵溪色好，枕流游目送归鸿。

违难途中

俨同凫乙逐沧波，离乱年时奈若何。已到大江吴地尽，欲登彼岸越山多。
愁生古道风兼雨，酒纵新亭哭当歌。搔首问天天不语，一灯坐对影婆娑。

压岁

凭栏面北支颐望，万里苍茫水接天。去日无声头白渐，阳春有约燕归先。
家山蔚作中宵梦，客绪芬如向晚烟。又见黄梅花透蜡，安排香案迓新年。

客窗秋夜

西风惊梦不成归，坐对深灯感式微。终岁锄梨空费力，万家捣杵独无衣。
从知已错难重铸，便有来兹懒再希。廊庙江湖俱挂虑，何如早息汉阴机。

诗人节柬《诗炉》吟侣

日日樵苏上翠微，一肩长负夕阳归。炉堪煮字饥难疗，心欲无言兴自飞。
去国衣冠随岁老，隔江风雨渡声稀。只今兰芝青犹在，唤起诗魂尚未非。

名园病起有诗喜次元均

旧衣重检一身宽，减却浮华更耐寒。万劫能存真我在，百年应作寄萍看。
深灯展卷花生眼，好月窥人夜倚栏。总为乐天居易卜，未随众口怨长安。

次陆文英解愠风却寄香江

日永南陂欲醉天，薰风拂我觉怡然。悬知北海衣冠胜，想见东坡屐齿鲜。
胸次长城罗万卷，山中一局阅千年。蓬莱不是无寻处，只在吟边与醉边。

王凤翔湄江隐吟亭落成有诗索和

吟身寄得快哉亭，诗眼看人远更青。坐对春风怀夏土，移将北斗作南星。
清杯敛滟朋簪盍，碧草芊绵屐齿馨。休羡淮王旧鸡犬，人间亦自有天庭。

飓风行

　　南风拂拂向黄昏，万户千家不掩门。天北飞来一片云，五彩灿烂何缤纷。时人指点说
征兆，牛鬼蛇神安足论。彩云忽散色转墨，斜阳下坠秘天黑。蓦地狂风挟雨来，万马奔腾
走沙石。家家户户争闭关，风雨叩关如裂帛。汹汹雨骤欲穿檐，呼呼风响足褫魂。风雨声
中如有神，□指人间数不德。阋墙狐鼠聚一丘，苛政猛虎添双翼。奈何有国不能国，奈何
有敌不能敌。人心□溺天心怒，巨灾连朝，夕雨不停兮风更号，顿看平地卷波涛。茅屋吹
翻六畜淹，自作孽兮不可逃。欲将天理消人欲，记取天言成宝箓。风雨敲窗夜未央，书生
不寐自秉烛。可怜满园新桃李，明朝无复旧时绿。可怜禾稼连云熟，天不与足谁与足。独
有庭前两老株，挹露餐风不随俗。盘根错节数十年，风来屹然不动如山岳。

　　【按】以上均录自《梦庵吟草》。

　　卢维朱（1906—1991），又名兆坡，号元绿。陆丰县桥冲镇大塘乡人。民国时期曾在
学校教过书。善书法、喜吟咏。撰有《明十八世祖考百炼公传略》。

咏乡贤祖有序

　　卢锻，明兵部主事。负经济之才，抱安邦之策，破家御寇，一方咸赖安全，又出谷以赈孤寒，清乾

隆御批为乡贤，准其入祀。

> 少抱安邦策，毁家保碣城。五攻御海寇，三聘却清廷。
> 报国忠贞烈，传家孝友诚。流风遗尚政，千古仰英名。

【按】录自陆丰卢木荣《百炼诗声》。

许冰（1907—1933），又名许玉磐。广东揭阳人。彭湃继任夫人。揭阳县妇女解放协会主席。1928年随彭湃到上海中共中央机关工作。1930年回广东，任中共东江特委委员兼妇委主席。后在普宁被捕，就义于汕头。

怀念彭湃

风萧萧兮秋意深，步高山兮独沉吟。思我哥兮泪沾襟，天地人间兮何处寻？

【按】录自许冰《怀念彭湃同志（诗一首）》，见《彭湃研究史料》第三卷。

蓝训材（1907—1955），海丰县城人。土地革命时期，在彭湃的影响下，加入中国共产党，担任海丰工农革命军中队党代表。1937年8月在香港受中共南方局派遣返回海丰后，以公平旧圩为据点成立中共海陆丰支部，担任党支部书记。旋在海陆丰组织中共地下党组织和抗日武装队伍。历任东江纵队第六支队政委、海丰民主县政府县长、中共海丰县委书记等。新中国成立后任东江法院院长，后因病逝世。

从香港奉命回邑

莫怨冰封今乍消，潜龙一跃出重霄。千年积雪化甘泽，洒遍人间起赤潮。

【注】作于1937年。

【按】录自1953年《蓝训材自传》及其儿子蓝波书面资料。

何香荷（1908—2013），海丰捷胜（今属汕尾市城区）人。自幼苦读诗书，工书法、诗词。毕生从教，任小学校长多年。

范蠡泛舟五湖

佐越平吴信可钦，声名传诵到而今。见机遁迹浮槎去，烟水茫茫何处寻？

捷胜诗会赋得梅花诗（两首）

冰拟丰姿玉拟神，暗香花影雪为茵。美人有梦频相约，明月无端着意亲。

始信梅妻非幻想，方知鹤子本情真。罗浮若与孤山并，占断人间不老春。

【按】录自何秀锄《捷胜诗词选》（作家出版社，2008年）。

陈宝琬（1908—1984），笔名晚香氏。海丰捷胜（今属汕尾市城区）西门人。海丰陆安师范肄业。一生从事乡村教育。平生诗作较多，著有《晚香诗词集》。

怀仲弟

天寒怀仲弟，千里为饥驱。采矿临深壑，治辙视畏途。

毋为巧妇巧，宁作愚公愚。揩得三冬过，和风待舞雩。

闺情

流苏隐隐卸银钩，兰麝香温度小楼。红日半窗慵未起，任教鹦鹉唤梳头。

咏懒梳妆菊

香肌簇玉瘦腰肢，婀娜风前强自持。晓日三竿梳洗懒，鬓丝缭乱倚东篱。

欢送抗日远征军

夫婿从征振义师，灯前惜别订心期。久闻岛国樱花艳，莫趁归装折一枝。

返魂草

老叶难同嫩叶争，辞根沾土会更生。羡君独具返魂力，接木移花不尽荣。

悼亡诗（六首选五）

农历四月二十二日为亡妇黄雪芳忌辰，仍志哀感。

检点平生事事差，晚来眼泪已无多。当卿死早同侪惜，患难频经我奈何？

恩爱难忘永别离，年年此日剧堪悲。幽魂路隔原飘杳，谒荐时傥知不知？

菡萏黄梅正及时，聊治忌日表哀思。泉台设想犹当慰，耳鬓厮磨有幼儿。

小玉当年已化烟，顿令恨海永难填。思容绘影终归幻，伴读添香更枉然。
去日庭前双斗草，至今厨下独烹莼。奈何死早还堪惜，博得词人翰墨传。

八载相依情性殷，至今梦境怕重温。娄湖月照伶俜影，鹤岭风吹飘渺魂。
词容常临询老况，孤衾依旧剩啼痕。奄奄怅日长鳏在，能得黄泉细共论。

【按】 录自杨永可、叶良方主编《汕尾古今诗词选》（生活·读书·新知三联书店，1997 年）。

蔡镇藩，民国海丰县捷胜（今属汕尾市城区）人。

白桃花

缘遇灵根漫说无，生逢道士育玄都。只因伤别刘郎后，一世胭脂不肯涂。

石室洞天

城南踏遍路迢迢，觅得隐居号一窑。怪石巍峨藏古洞，浓烟笼罩远皇朝。
诗铭石壁凌霄汉，风触棋台响类潮。一自寻幽人去后，残碑遗迹到今朝。

【按】 以上均录自杨永可、叶良方主编《汕尾古今诗词选》（生活·读书·新知三联书店，1997 年）。

彭汝成，陆丰县吉康都五云峒（今属揭西县）人。民国陆丰文人。

榕江晚眺

散步江滨兴意浓，夕阳西下影朦胧。园堤柳枝随风舞，隔岸渔歌唱晚风。

秋夜感怀

散步榕园秋露寒，萧条客况甚心酸。家乡景致堪回首，虑思频增踦夜栏。

挽荣轩公（四首）

得悉从优志不勤，追惟往事总成云。前年我病君临问，记忆今朝我哭君。
试把生辰作死期，闻君昨夜尚交棋。一朝撒手便归去，不恋尘缘达可知。

我自遭忧一月过，为君感触泪偏多。人如久病终为惨，无疾而终快乐呵。
令祖当年逝世时，前人丧挽尚留诗。我今作挽乃如昔，君到泉台谅也知。

种松

消得春光尽自闲，不如种植去耕山。量秉松米三筒满，栽去风门一日全。
蕨节如针移足缓，石山似铁下锄难。来年树木逢春茂，待日成林意盎然。

贺卓任令尊堂诞辰

大德门庭有义方，木公金母晋霞觞。云浮瑞气钟鹏石，雪点梅花映画堂。
膝下勋名光党国，庭前彩戏献龙章。吾宗家世原高寿，更祝乾坤日月长。

【按】以上均录自深圳市文物管理委员会办公室编《虎岩诗词选》《虎岩人物志》。

吕小枚，民国海丰县附城鹿境人。广西龙州中学教师。

寄星魂兄

心事由来只自知，客边又见物华移。当年北粤文身地，此日龙州去国思。
多病即今成朽老，微薪端赖济寒饥。良辰知己天涯恨，最是灯昏听雨时。

【按】录自吕钢编印《吕展如诗集残编》（手抄稿，1996年复印件）。

钟跋罗，海丰县城人。民国时期吕展如诗友。

春日偶成

春意阑珊未肯迟，闲中岁月暗中移。推衣尚觉余寒在，拂几徒增野马驰。
岂有语能惊鬼胆，应无贫乏困书痴。自知性癖难偕俗，羞向途人学笑眉。

【按】录自吕钢编印的《吕展如诗集残编》（手抄稿，1996年复印件）。

何兰阶，女。民国时期海丰县城人。

龙津渔唱（鹤首诗）

龙潭明似镜，津水碧长流。渔火两三点，唱歌忘国仇。

【按】录自杨永可、叶良方主编《汕尾古今诗词选》（生活·读书·新知三联书店，1997年）。

释仕开（1908—1991），紫金县上义镇人。1917年在惠阳西来古刹出家。1924年寄锡海丰县城万寿古寺。1941年为西来古寺住持。曾任揭阳市丰化古寺方丈。

寄锡万寿寺游五坡怀古（三首）

正气冲牛斗，忠心贯古今。英雄豪迈志，万载令人钦。

忠臣不怕死，身死名流芳。耿耿为公者，能争日月光。

丰邑五坡岭，千秋泣鬼神。皇天不祀宋，恨煞老忠臣。

【按】录自杨永可、叶良方主编《汕尾古今诗词选》（生活·读书·新知三联书店，1997年）。

林娇霞（1908—1982），女。海丰县梅陇镇归丰林人。是民国时期海丰县内少数受过学校教育的知识女性，年轻时曾以笔名林绿芷在报刊上发表诗作，嫁给诗人黄菊虎之后，夫妻琴瑟和谐，相互唱和。晚年寓居香港。有《林绿芷诗词稿》。

春节日

春节阳辉照入堂，炉香芬郁烛光煌。家家户户响红炮，庆祝年丰人乐康。

【按】录自林娇霞裔孙黄意同先生提供的《林绿芷诗词稿》。

丘东平（1910—1941），原名丘谭月，号席珍。海丰人。现代作家。1924年考进县立陆安师范。翌年参加农运和青年团工作，主编《海丰青年》。1926年任海丰县农民自卫军大队秘书，1927年参加武装起义并加入共产党，任东江特委书记彭湃的秘书。苏维埃政权失败后亡命香港。1932年，丘东平由大哥丘国珍引荐，到十九路军翁照垣旅当文书，参与了上海"一·二八"战役和福建倒戈反蒋事件。1934年底赴日留学，参加了左翼东京分盟。归国后参加了上海"八一三"抗战。1938年春，加入新四军。1938—1939年是他创作最活跃、最有成就的时期，发表了《第七连》等代表作。1941年，任鲁艺华中分院教导主任，7月24日晨，率师生两百余人在北秦庄遭到日军袭击，为掩护师生身亡。

秋怀

叶落梧桐悲宋玉，缠绵秋雨疾相如。何时云敛天开朗，载酒欢歌泛五湖。

【按】发表于 1936 年秋。录自黄健群《丘东平的一首诗》，载于《海丰文史》第二十三辑。

邹鲁夫（1910—1987），号吹斋斋主人。陆丰市东海镇人。出身于书香门第，其父邹聘之为晚清秀才。擅长杂文，工诗词。曾任陆丰《国民日报》总编辑。一生笔耕，著作甚丰。

咏盆榕

龙盘与虎踞，委曲盆中置。怪状自无知，迎合主人意。

河田道中

道旁茅店卖糍粑，秋水送波又送茶。甜到心头甘到口，阿谁还不爱山家。

咏史

雷厉风行鸦片焚，忽须丹诏屈英伦。粤伊道上悲羊石，风雨楼中梦虎门。华胄有心申国恨，庙堂无计定胡氛。三元一役留星火，燎遍神州开纪元。

国难·调寄忆秦娥

喇叭咽，长空雁叫山城月。山城月，丢盔弃甲，难民伤别。　　戚家战士真豪杰，东征遗饼民怀切。民怀切，谁平三岛，把天皇磔。

登玄武山·调寄渔家傲

天接桅樯连晓雾，峰回石磴登玄武。闻道甲龟能御侮，并神禹。兵家建斯举。　　海盗家风猖日寇，明清设卫分军驻。锈炮羸兵松懈处，陷越所。争教北宿逃云去？

【注】原编者缀语："借古讽今，对国民党消极抗战而北撤山区，无限愤慨。"

【按】以上录自官蔚成《邹鲁夫先生诗词遗作选》，见《陆丰文史》第四辑。

吕焕墀（1910—2001），名宅，号鹿野村夫，字超尘，笔名寄萍。海丰鹿境人。教师。青年时曾从军旅。著有《寄庐诗草》。

登山

闷来独自上山丘，极目中原无限愁。政府谋存新满国，人民忍割旧神州。
频年内战雄于虎，此日外交觫若牛。安得横磨十万剑，尽诛佞贼敌人头。
【按】录自吕钢编印的《吕展如诗集残编》（手抄稿，1996 年复印件）。

林兆伍（1911—1997），海丰县捷胜镇（今属汕尾市城区）人。后移居海丰县城。历任海丰中学、彭湃中学、公平中学教师。有《陋室诗稿》。

登龙津桥

晚来人似浴华清，登逐龙津趁月明。流水无心系绮梦，落霞何意送繁英。
桥连画阁成长栋，风入幽篁弄小筝。此是桃源新境界，有谁治乱寄豪情。
【注】1946 年作。
【按】录自何秀锄《捷胜诗词选》（作家出版社，2008 年）。

吕焕璜（1912—1995），名欧。海丰鹿境人。教师。著有《陋室诗草》。

掬水月在手

楼失红绡夕照收，携醅邀伴泛轻舟。酒余闲坐弄江水，忽见嫦娥掌上留。

弄花香满衣

兴至步芳径，春风拂晓辉。雨沾千树绿，露润百花肥。
眼乱手还弄，兴阑意未违。内人闻馥味，疑我折花归。
【按】以上录自吕钢编印《吕展如诗集残编》（手抄稿，1996 年复印件）。

郑一梦（1913—1970），名逸，字建忆。陆丰县东海镇人。民国十年（1921）起从事教学工作，历任小学校长、龙山中学教师。喜诗文。

悼念马湘魂老师

终生厄运旧中国，两卷时传古竹居。一事至今仍抱憾，先生死去我无诗。
【注】作于 1939 年清末贡生马湘魂在海丰县城关帝庙前被日机炸死之后。

悼陈继明烈士

一支妙笔走龙蛇，倚马千言真足夸。生就才华天应妒，忍教风雨折黄花。

岁暮口占

年糕米粉晒初干，嫩鸭肥鹅列市廛。一片欢心托红纸，沿街多少买春联。

教师生涯（三首）

久甘粉笔旧生涯，黉舍由来惯作家。莫道盖天香味好，薪金一日一泡茶。

天生性格最怜渠，淡泊自甘咬菜蔬。倘作孟尝座上客，不须弹铗叹无鱼。

朔风次第到寒家，儿女依然着苎麻。十月衣裳剪未得，阿爷真个难为爷。

【按】以上录自陈炳奎搜集的《郑一梦先生遗作（诗五首）》，载于《陆丰文史》第二辑（1987 年）。

吕嘉（1913—1996），号念嘉。汕尾中学教师。工诗词、书法。著有《培香草堂诗集》。

次韵和鸿儒叔《偶生白发》

国难家仇日正深，那堪晓镜雪霜侵。无端白发添君鬓，有感驹光惊我心。
壮志未尝歌当哭，豪情难遏醉犹吟。相期早遂鹏搏愿，毋作鹪鹩借上林。

次韵林牧君除夕感怀

晚来爆竹响连天，稚子欢声噪耳边。故态复萌痴欲卖，新衣试着笑何妍。
山妻索写宜春字，伙伴辞分压岁钱。为有风光无限到，明灯以待不吹蠲。

【按】录自《培香草堂诗集》。

刘培璜（1914—1998），字聊生，号衡门。海丰县公平镇人。神钟诗谜社社长，粤东著名老中医。十五岁时学诗，擅诗词联赋，工书法。有《刘培璜诗文手稿》，收录 1946 年至 1949 年的早期作品共两百多首。"文革"时期藏于家中药草山房。曾被红卫兵抄家没收，"文革"后归还其本人。

为波翁答仲康老人原韵捉刀

神清诗意好，弥合人倾倒。笔力健横秋，苍苍劲节老。

夜阅二月二十六日报章

大江南北阵云深，急火军书星夜临。燕蓟健儿呈杀气，京畿戍卒戒戎心。

黍离之什

志士抚髀空拊焉，诗人噤口若寒蝉。民生国计凋零尽，道德文章屏弃捐。

为波翁答仲康老人原韵捉刀（两首）

童颜风趣独横生，善骂为因快不平。世事浮云多演变，天机圆妙保康宁。

八十雍遐德厚生，高人风度爱和平。上池授我长桑水，力道功深泰且宁。

【自注】此翁为海丰一八十高龄之老医，颇有道貌。然无端善骂，故波翁命作诗规之如上所云。

明志（两首）

山有扶苏隰有荷，夕餐秋菊饮清波。折芳馨芷纫兰佩，被薜荔裳披女萝。

松有节兮柏有操，士之贞兮不可挠。将赋诗以明志兮，又何心力之瘁劳。

丁亥春末发淫雨四十五日（五首选二）

过尽倾盆四月天，几家漏屋难成眠。如今虽不是寒食，因为无柴只禁烟。

崇朝风烈迅轻雷，惦念园间新绿摧。田野带来好诗意，无情雨又打将来。

永志不忘（三首）

金融暴泻日无色，物价疯狂夜有声。突至骤如风雨急，刚才收入顿为零。

连日愁云黯淡天，寒风萧索不成眠。馈粮何处呼将伯，多少人家人禁烟。

穷人尚且要翻身，而我犹非至极贫。况有医家小道技，愿安粗粝饱鱼莼。

苦味之杯

政治分崩乖措方，阵营零碎不成行。过江财阀多于鲫，举国官民乱热螳。
苦闷忧疑成局惯，征徭戍赋是家常。淡风吹倒工商业，涨势助贪公务员。

附和所赐阅昭汉君原韵

睡足荼蘼午梦长，静闻清气暗闻香。南华经卷横书榻，要与幽人读老庄。
莺啼花间昼正长，消闲扫地且焚香。忽思友侣看山约，曳杖桥西上竹庄。

初春感怀（两首）

立春雨水节新寒，乌桕青枫叶色丹。日拥轻狐连料峭，风吹铁马响琅玕。
松茶鼎上调森伯，芋火炉边忆懒残。欲问明朝花事好，但凭修竹报平安。

节候虽佳景未阑，因风怀想独无端。半窗纸帐梅花冷，一枕松涛木叶残。
翠掩重门闲燕子，青拖柳色上栏杆。轻裘仕女添香兽，不解人间范叔寒。

送沙君

浮生聊寄等闲身，瞻望庐山面目真。社会已成新气象，衣冠尽是少年人。
黄花开后诗弥瘦，白酒醒时意更贫。相伴余君终告别，尚无片语慰嘉宾。

清明前三日重与吴伯棠君

虎兕出于柙，干戈起萧墙。龟玉毁于椟，兄弟阋于堂。谁外御其侮，曾知民如汤。可长叹者再，可泪下数行。四强将会议，列国幻祷张。当前事急矣，吾民处遐荒。穷居伏草莽，何以远高翔。仰天长叹息，望海增神伤。心虽欲奋飞，其如身在床。

拔帜立帜

国军晨退却，午即来民兵。解放一旬半，氓聊乐余生。反攻驰急警，仓卒爱启行。炮花飞入市，鸡犬不安宁。重来十七日，疫夫五百名。派粮若干石，宵禁御徒惊。视民如匪敌，格杀随时能。解放军再至，合围势遂成。危楼当巷战，竟日枪炮声。凿壁发其伏，大厦将危倾。粮援两尽绝，为城下之盟。投戈请待命，俘虏集中营。残军留废垒，瘦马系空棂。一月三易帜，市容屡变更。明日事何若，无人认得清。

寄潘岳君

怡庐莫逆成知友，烽火南来别已久。同是东江州里人，云山间隔平安否？豨生与我皆如旧，每念神驰君左右。别后问君何所有？河阳花满一垂柳。若栽芋栗未全贫，秋至当能试菊酒。人事音书付寂寥，佳时须惠两三首。

【按】以上录自《刘培璜诗文手稿》，载《海陆丰诗词史话》。

赖少其（1915—2000），笔名少麒，斋号木石斋。陆丰县新田人（今属陆河县），原籍普宁县流沙镇。1928年随父母迁入新田，就读于陆丰龙山中学。1930年春求学于广州美术专科学校。毕业后参加鲁迅倡导的新兴木刻运动。曾在武汉任中华全国木刻界抗敌协会理事。1939年参加新四军，转战大江南北，以木刻画为工具宣传革命思想。皖南事变中，被关押在上饶集中营，在狱中坚贞不屈。1942年至1948年先后任《苏中报》副刊编辑、新四军一师宣传部文艺科长、四纵二十九团政治处副主任等职。1949年后，历任南京、上海等市宣传部门领导，主持筹建了上海中国画院。在担任安徽文联、美协、书协主席期间，创立黄山画派。中国当代画坛领袖之一，有"艺坛圣哲"之称，在日本被称为"中国画伯"。善诗词，每有画作，题句配之，相得益彰。有《赖少其诗文集》《赖少其自书诗》《赖少其画集》《创作版画雕刻法》等多部著作。

新婚诗（两首）

露轻湿罗衣，雾重难举眉。轻狂走野径，未知醉如泥。

月印深潭两度清，春水绿波相映人。分明无法分光彩，要把人心当天心。

【注】两首均为古风。钟兆云《赖少其和曾菲充满诗情画意的爱情故事》载："1943年1月，新四军一师政治部主任钟期光为他们主持了婚礼，代表师首长表示庆贺。新婚之夜，在新房和战友的眼光下，赖少其送给新娘曾菲的礼物是这首诗和一枚印章。"

【按】录自钟兆云《赖少其和曾菲充满诗情画意的爱情故事》，载《党史博览》2003年第11期。

狱中

从来未受缧绁累，于今始进夫子庭。寂寞楼台颜色旧，竹影暗传春风铃。

【自注】皖南事变后，国民党以安徽泾县夫子庙作为监狱。

国殇

来时白雪铺广野，不觉江南蝴蝶飞。既欲亡牢思补牢，子兮子兮胡不归？胡不归兮可奈何，惟抱玉兮以沉珂。夕阳西坠误迟暮，从此江河不扬波。不扬波兮人已去，人已去兮名不坠，名不坠兮草凄凄，草凄凄兮心欲裂。

【注】作于 1941 年 5 月皖南事变之后。

【按】以上两首录自吴春泉、洪楚平《宝刀削发作彩笔——赖少其的生平与艺术成就》（1989 年）。

吕金友，海丰县附城鹿境人，民国时期文人。

题圣井古迹

两山挟涧独清幽，时出甘泉石上流。绿水回环罗带绕，蓬莱舍此莫为俦。

【按】录自海丰鹿境山南麓摩崖石刻。

林建国，海丰县城北门人。民国时期文人。

题涵月水云洞

林翠山涵月，水清石吐云。何须攀绝顶，此地一乾坤。

【按】录自海丰县城大云岭龙潭摩崖石刻。

曾中原（1919—1994），原名昭图，号燕初。海丰县赤坑镇人。中山大学哲学系毕业。曾加入粤赣湘边纵队，不久以托派嫌疑入狱。后平反恢复中学教师之职。离休后主编《海丰县志·人物篇》。著有《曾中原诗文稿》。

抗战流寓诗抄·入桂（两首）

强邻压境东南倾，十万大山苦用兵。拼搏军民征战地，流亡士庶觅居停。
洪王纪念堂长吼，柳子衣冠冢有声。救国拯民同一忾，漓江水激柳江鸣。

稍息江城日夜心，欲行又止费沉吟。远瞻黔蜀忧前路，回首粤湘劫后尘。
实地年年平野阔，流亡处处莽林深。桂林已陷巢何处？蜀道难行且就黔。

【注】1943 年日军攻陷长沙，作者在韶关坪石中山大学与同学避难入桂，写下这首处女作。

【按】录自《曾中原诗文稿》（1993 年 1 月）。

张一之（1919—?），海丰县捷胜镇（今属汕尾市城区）人。毕生从教。

题《友人赠菊梅图》

喜君书画妙凝神，笔底寒英意态真。应是灵犀勤有绩，写来南岭一枝春。

【按】1946 年作。录自何秀锄主编《捷胜诗词选》（作家出版社，2008 年）。

林竹生（1920—?），字建爱，号惠园主人。揭阳人。早年毕业于汕尾省立水产高级学校。曾任汕尾坎白中学校长、台湾私立东方工业专科学校教授、曼谷荣光企业公司董事长。当代留美著名画家、诗人。著有《惠园诗抄》两卷。

锁窗寒

月冷公平，星寒万福，不堪回首。花朝月夕。促膝何时重又。梦无凭，几回醒来，可怜兀自伤心久。问丽江流水，年华去也，怎生追究。　　知否？长亭柳。正缘绿丝丝，最难消受。衡阳雁断，痛别更干杯酒。煞烦忧，天末故人，自今怕见明月瘦。忒风流，湘女多情，切勿长羁守。

踏莎行·悼莫志明

身处山城，家悬香岛，妻娇儿幼爷娘老。公平圩外野坡前，可怜白骨埋青草。　　惊蛰晨啼，寒鸦晚噪，无端愁绪将人恼。几番更静夜阑时，惊魂不定心伤懊。

【按】作于 1947 年。录自《海天与共——广东省立高级水产职业学校（现湛江水产学院）建校五十五周年纪念特刊》（2009 年 11 月）。

刘健（1924—1995），海丰县捷胜镇（今属汕尾市城区）北门人。著有《雪窗吟草》。

欢送远征军

送别何须泪纷纷，好凭壮志靖倭氛。东风也有豪情在，一路樱花为送君。

舟经虎门寄许子云兄

山势雄如虎，天涯一影鸿。片帆穿要塞，千里破溟蒙。
春霭笼堤白，岸花揖客红。回头乡树杳，白浪卷长空。

无题

谁把雄心转世风，操戈同室正争功。忍听鼙鼓惊天暗，极目乾坤染血红。
百胜将军矜战绩，十年老弱泣哀鸿。多情应为苍生哭，猿鹤虫沙劫火中。
【按】作于1947年。录自何秀锄主编《捷胜诗词选》（作家出版社，2008年）。

黄慰群（1928—1993），号砚冰。海丰县城河荣人。惠阳书法协会会员，汕尾市书法协会会员。海丰县第二届政协文史委员。著有《砚冰诗草》。

读书有感

少年壮志气如虹，埋首案头苦下功。莫道书生无一用，成才多在简篇中。
【按】1947年作。录自《海丰诗词》总第六期。

种瓜吟

负泥选石牵篱笆，生计澹然学种瓜。闹煞一天风雨恶，夜来打落半棚花。
【按】1948年作。录自《海丰诗词》总第六期。

附　录　历代海陆丰诗词摩崖石刻选辑

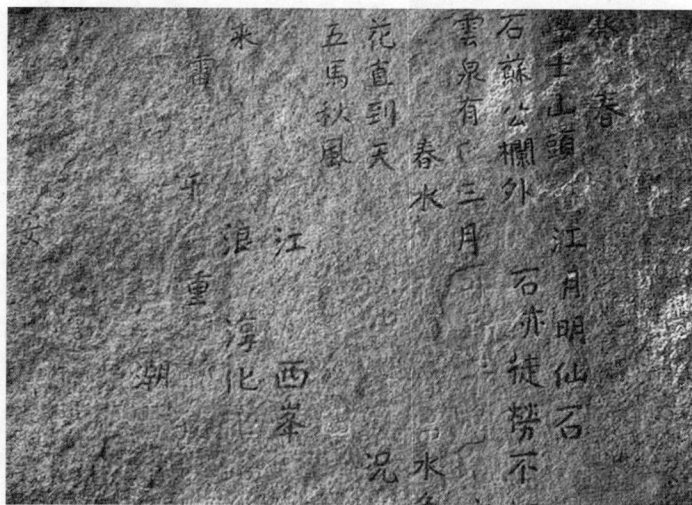

图一　北宋甲子待渡山诗词摩崖石刻残迹一

图二　北宋甲子待渡山诗词摩崖石刻残迹二

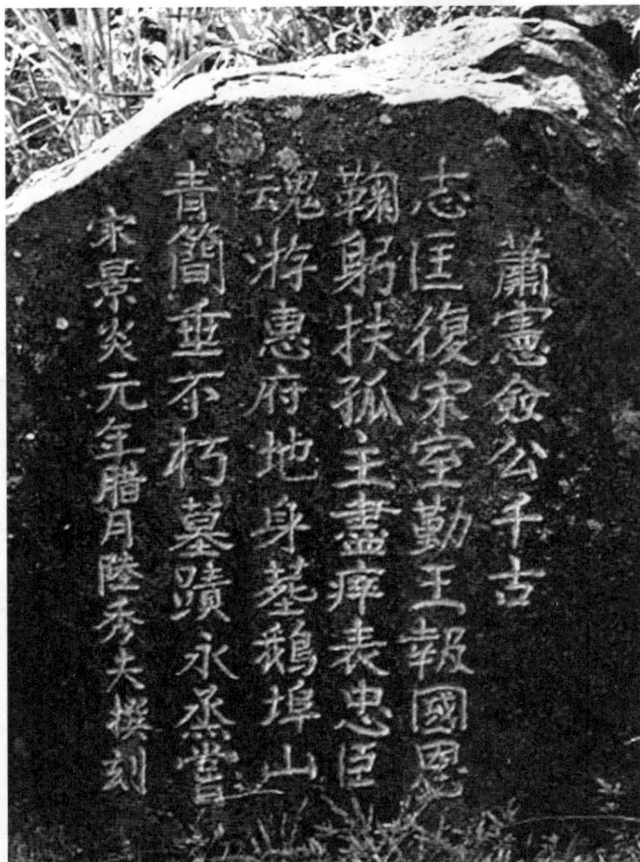

图三　南宋景炎元年（1276）腊月小漠狮山诗词摩崖石刻（诗作者为陆秀夫）

图四　明万历年间捷胜黎明洞诗词摩崖石刻（诗作者为捷胜千户刘松）

图五　明万历捷胜黎明洞诗词摩崖石刻（诗作者为捷胜庠生廖天佐）

图六　明万历年间甲子摩崖石刻诗（诗作者为王庆臣、胡时化、胡国卿）

图七　清道光二年（1847）陆丰湖东诗词摩崖石刻残迹

图八　民国汕头市达濠青云岩诗词摩崖石刻（诗作者为陆丰张兆熺）

图九　民国廿五年（1936）春汕尾坎下城诗词摩崖石刻（诗作者为平远县姚雨平）

图十　民国十二年（1923）汕尾坎下城诗词摩崖石刻（诗作者为广宁周其湘）

图十一　民国十三年（1924）汕尾坎下城诗词摩崖石刻（诗作者为东莞何笃生）

图十二　民国十三年（1924）汕尾坎下城诗词摩崖石刻（诗作者为春州黄伯龙）

图十三　民国十三年（1924）汕尾坎下城诗词摩崖石刻（诗作者为东莞何笃生）

图十四　民国捷胜得道庵诗词摩崖石刻（左：比丘根慧　右：林襄侯）

后　记

　　1949 年后，海陆丰曾先后属于汕头、惠阳地区下辖的县级行政区域，至 1988 年才成立汕尾市。海陆丰虽然历史悠久，积淀深厚，但除了两县的县志外，没有经过系统汇编及校勘的地方历史文化书籍。许多珍贵的诗词资料，收藏于全国各地图书馆、档案馆和博物馆中，分布在市内各地的摩崖石刻上，也有不少诗人的诗歌手抄本散布于民间，随时有湮灭的危险。为此，从 1990 年开始，编者殚精竭虑地搜集了大量有关汕尾市的诗词资料。2014 年 4 月，潮汕历史文化研究中心为提升潮汕文化品位，打造岭南文化品牌，建设"21 世纪海上丝绸之路"，在广东省委宣传部的牵头和组织下，启动了汕头、汕尾、潮州、揭阳四市的《潮汕文库》大型丛书编辑出版工程。编者喜逢良时，决心将自己二十多年来通过多方搜集积累的海陆丰诗词资料经挑选汇编成书，在《潮汕文库》大型丛书编委会的大力支持和指导下出版。

　　众所周知，古籍的整理点校工作，有别于一般的学术研究课题，烦琐而容易出错。《海陆丰诗词选征》所收录的作品，出自不同朝代数百名诗人之手，内容丰富，涉及社会、政治、军事、经济和民俗等方面，而个人水平有限，只能尽其力而为之。经过一年的努力，《海陆丰诗词选征》初稿终于送交《潮汕文库》编委会孙杜平、林志达两位专家审核。出版时再经亢东昌和黄佳娜两位编辑审稿，对拙稿提出了不少中肯的建议和批评。这里谨向他们表示衷心的感谢！在资料的搜集过程中，承蒙惠州的吴定球、李明华、何志成、严一超，潮州的韩山师范学院研究员郑守治，汕头的周修东，澳洲的吴山等，以及汕尾的余少瑜、赖定愚、刘存善、卢木荣、何秀锄等先生，海陆丰的杨永、余少南、翁域、马世畅、马思周、钟维嘉、黄慰群、林应年、陈鸿千、卢时杰、马毓英、薛叙谋、林吉祥等先生提供资料。并采用了严永忠、刘蛰、黄隆恩、金至真、何夏逢、余振龙、滨海晨风、风河晚渡、啸天、何柳子、陈佳作、行摄天下等网友和西子、碣石、大塘、甲子、捷胜等国内论坛的图片。值此书付梓之际，特致以诚挚的谢意。

叶良方
乙未年初夏于海丰县城北郊五坡书斋

《潮汕文库》大型丛书第一辑书目

系列名	书名	作者
潮汕文库·研究系列（第一辑）	潮汕史简编	黄挺著
	潮汕方言歌谣研究	林朝虹、林伦伦著
	潮汕华侨史	李宏新著
	选堂诗词集通注	饶宗颐著，梅大圣注
	饶宗颐辞赋骈文笺注	饶宗颐著，陈伟注
	饶宗颐绝句选注	饶宗颐著，陈伟注
	汕头影踪	陈嘉顺著
	汕头埠老报馆	曾旭波著
	潮人旧书	黄树雄著
潮汕文库·文献系列（第一辑）	潮州耆旧集	（清）冯奉初辑，吴二持点校
	郭子章涉潮诗文辑录	（明）郭子章撰，周修东辑校
	潮汕女性口述历史：潮州歌册	刘文菊、陈俊华、李坚诚、吴榕青、刘秋梅编著
	人隐庐集	（清）吴汝霖、吴沛霖撰，吴晓峰辑校
	做"缶"与卖"缶"：近现代枫溪潮州窑陶瓷业访谈录	韩山师范学院图书馆、颐陶轩潮州窑博物馆主编，李炳炎、陈俊华、陈秀娜编
	瞻六堂集	（明）罗万杰撰，黄树雄、王缨缨、林小山整理
	四如堂诗集	（清）陈锦汉著，陈伟导读
	醉经楼集	（明）唐伯元撰，黄树雄、王缨缨、陈佳瑜整理
	百怀诗集　龙泉岩游集	（清）陈龙庆撰，陈琳藩整理
	重刻灵山正宏集	（清）释本果撰，郭思恩、陈琳藩整理
	立雪山房文集	（清）黄蟾桂撰，陈景熙、陈孝彻整理
	汕头福音医院年度报告编译（1866—1948）	（英）吴威凛（William Gauld）等著，朱文平编译